死于象蹄

朱一叶 著

江苏凤凰文艺出版社
JIANGSU PHOENIX LITERATURE AND
ART PUBLISHING, LTD

图书在版编目（CIP）数据

死于象蹄 / 朱一叶著. — 南京：江苏凤凰文艺出版社，2018.4
ISBN 978-7-5594-0134-2

Ⅰ.①死… Ⅱ.①朱… Ⅲ.①中篇小说－小说集－中国－当代②短篇小说－小说集－中国－当代 Ⅳ.①I247.7

中国版本图书馆 CIP 数据核字(2017)第 317660 号

书　　名	死于象蹄
著　　者	朱一叶
责任编辑	张　黎　张　婷
出版发行	江苏凤凰文艺出版社
出版社地址	南京市中央路165号，邮编：210009
出版社网址	http://www.jswenyi.com
印　　刷	江苏凤凰通达印刷有限公司
开　　本	787×1092 毫米　1/32
印　　张	9.625
字　　数	205 千字
版　　次	2018 年 4 月第 1 版　2018 年 4 月第 1 次印刷
标准书号	ISBN 978-7-5594-0134-2
定　　价	34.00 元

（江苏文艺版图书凡印刷、装订错误可随时向承印厂调换）

1/ 死于象蹄

57/ 绿洲

115/ 哈扎尔之匙

161/ OM

177/ 兔子

201/ 寻找安妮

/ 死于象蹄

Just a perfect day
You make me forget myself
I thought I was someone else
Someone good

  ——Lou Reed *Perfect Day*

  我时常有一种渴望，一双大手抱紧我的脑袋，将它抛向墙面，就像摔碎一颗鸡蛋，脑浆四溅，而这双大手又恰巧就是我自己的，这幅时常伴随着 *Perfect Day* 出现的慢镜头画面有点不可思议，也不太符合逻辑。可是我这样年轻，又这样愤怒，最擅长的就是把自己搞得神志不清，还管他娘的逻辑呢。不得不承认这种自毁的激情就是促使我做一切的动力，它让我无所畏惧，所有的问题最终都有了唯一的解决办法。这有点类似于自暴自弃，破罐子破摔。像肝脑涂地这样的词语早就成为我的挚爱，我放弃了它所要表达的深层含义，仅仅是这个画面，就让我着迷得恨不得一天想上一百遍。

  我的女朋友又黑又漂亮，她有一双紧致细长的小腿，它们在阳光下闪着金光，它们奔跑、跳跃，总让我目不转睛，像是一只小鹿，更像是一群小鹿。我们是在路上认识的，第一次见到她的时候，可是和现在完全不一样。她皮肤白皙，穿着干净整齐的衣服，背着崭新的背包，扎着马尾，手里拿着一本旅行指南，傻兮兮地站在路边强烈的光线下，看着我发呆，一副不知道要往哪儿走的模样。她跟了我十个月了。我叫她"嘿"叫她"喂",我作弄她,让她哭泣,我和她做爱,让她上天堂。

在曼谷的考山路,我带她在路边编了脏辫;在马来西亚的古晋,我带她前往热带雨林;在挂着骷髅头的长屋中,让当地土著在她的胸前文了一串图腾。在老挝的万荣,我们坐在轮胎上,喝着 BeerLao 漂流,夜里被河对面"胖猴子"酒吧的音乐声吵得无法入眠,而这儿最有名的旅游项目就是毒品、酗酒和溺亡了。在越南顺化的战争博物馆,她盯着世界各地的反越战海报,而我则被那些因为化学武器而成为畸形的儿童夺去了眼球。在西贡,我们窝在酷热的旅馆,看《情人》、看《现代启示录》,像两条湿滑的泥鳅一般扭在一起,做爱,洗凉水澡,一遍一遍地听着大门乐队的 *The End*。在柬埔寨,我带她去参观红色高棉监狱博物馆,还骑着自行车带她去看高棉的微笑。我带她到印度的果阿,在跳蚤市场为她买了彩虹色的扎染长裙,还有一条有着一颗天然水晶柱的手工编织项链。在本地治里,我们在乌托邦黎明之城的水晶球前屏气凝神,忍住发笑,假装静坐冥想。在恒河边,我带她去喝 Bang Lassi,她感觉失去了屁股,昏睡了一天一夜,她说她一直在恒河游泳一直游泳。在开罗的街头,我们一杯接一杯地喝一埃镑的甘蔗汁,配着泡成粉色的咸菜,吃两埃镑一个的鸡肝三明治。在尼罗河边,我用那把破吉他为她反复弹唱猫王的 *Love Me Tender*,我们在恒河沐浴,在死海漂浮,在红海游泳。我们在金字塔的沙尘暴中大笑,吃了一嘴沙子，还被迷住了双眼。在博物馆，我们与图坦卡蒙面具长久地对视，在木乃伊前偷偷接吻。我带她到达撒哈拉腹地的绿洲，在一片椰枣林中寻找冒着泡的清泉。我们坐在各种各样的地铁和汽车中，和当地人挤在一起，在各种奇怪的气味中，坦然地迎接好奇的目光。我们因为一些小事而争吵，她朝我扔过水瓶、枕头、球鞋，还踢烂了我的吉他，正好我早就想扔掉这个累赘了。我在她生病的时候不知所措，买错了药（将治疗痢疾的药买成了治疗疟疾的），甚至还在马路上认识了新的女孩，想要立即抛弃她。她诅咒我去死，她时常这么干。我们喜欢危险的气息，唯恐天下不乱，就像两条嗅觉敏锐的狗，西奈半岛随处可见的狙击手和开罗街头的坦克让我们兴奋不已。她常说认识我真好，我让她梦想成真。这是我听过的最好的话，我竟然能让我的女人梦想成真，这是我至今为止干过最好的事了。我们不放过任何蹭吃蹭喝的机会，我们理所当然地接受陌生人的好意，我们逃票，拿走旅馆的毛巾，我们胡乱砍价不愿意付一分钱，我们粗鲁敏感，自私脆弱，真是天生的一对儿。

在卢克索参观完卡纳克神庙，四十多摄氏度的高温，连同四千多年前的壁画和象形文字把我俩搞得神情恍惚。穿着白袍，包着头巾的胖子，赶着他那匹昏昏欲睡的老马拉着我俩返回。我们感到口渴难耐，又异常兴奋地大声讽刺着现代文明，就像全世界的人都正在浑浑噩噩地朝着毁灭的方向奔去，而此刻，只有坐在这黑色的有着夸张装饰、散发着皮革臭味儿的车厢中的两个中国人，独具智慧地认为人类文明早在几千年前就达到了巅峰，现在只不过是一种倒退罢了。当马车回到尼罗河岸边，我拒绝给这位胖子任何小费，在一阵咒骂声中，我拉着她一头钻进路边开着空调的纪念品商店。

是我先看到那对耳坠的，它们像两团淡蓝色的雾气，像宇宙大爆炸时的混沌，像还没有任何生命时的寂静，让我想起我所有的女人。她们柔软而湿润的姿态，她们在黎明前散发着淡蓝色光芒的皮肤，她们在耳边呼出的温热气体，想起她们面颊上滚落的泪滴，遥远而模糊的眼神。很快，她也被吸引了过来，我看到她眼中的渴望，看到这两团雾气将我俩渐渐笼罩。

"有什么需要帮忙的吗？这位女士需要试戴一下这对耳坠吗？"一位留着大胡子，戴着小小的眼镜的大叔走了过来，他的视线穿过眼镜的上方观察着我们，五个手指头上的五个大戒指很难不让人注意到。

"为什么不呢？"我为她将头发别在耳后，我们相视而笑，有点一起作弄这位大叔的意思，因为我们都看到了价钱，它不像以前买的那些廉价玩意儿，它是一件真正的珠宝，从来都不会属于我们这样的游客，即使是砍价砍到一半，也会让我几近破产，走不了更远的路了。

"嗯，它显得你更黑了，它不适合你。"我退后了一步，左右端量着，玩只试不买的把戏，每次都是由我来想不买的理由，然后她来附和我的。这样我们就可以优雅地脱身，不带着一点尴尬。

"我觉得挺好看的。"她盯着镜子里的自己着了迷,过了老半天才回答我。

"这对耳坠真的很适合这位女士,像是专门在等待她的到来。"这位大叔笑眯眯地凑了过来,从柜台下边取出个计算器。

我站在那里,像是一个遭到背叛的失败者,他们迅速结为一个阵营,一起来针对我这个穷小子。我拉着她的胳膊,用中文对她说:"喂,咱们走吧,太贵了。"

"那就多戴一会儿嘛,急什么?"她在我的面前左右摇晃着脑袋,让那对耳坠剧烈晃动着。

我被她这副模样激怒了,伸手去摘那对耳坠,她扭动着身体,大叫着:"你弄痛我了!你要把我的耳朵弄烂了!"

我使劲推开沉甸甸的大门,一头扎进了商店外边炙热的空气中,身后传来阿拉伯语的咒骂声、女朋友的哭泣声,直到门重重地关上。我趴在尼罗河岸边的石头栏杆上,看着停靠在岸边的帆船,一个皮肤黝黑的小伙子爬上桅杆,正在收起白色的帆。没过多长时间,她向我跑来,我知道她会向我跑来,那群闪着金光的小鹿总会向我跑来。她揪我的耳朵,捶我的胸膛,踢我的屁股,她的眼角挂着泪水,这女人最美的首饰,不需要花一分钱。

"如果我买下那对耳坠……"我正准备说些什么好让她忘掉那对耳坠。

"我就嫁给你。"她打断了我。

"你就值那么多钱？"

"我就值那么多钱。"

我用脚使劲踢了一下石头柱子，我更想用头撞向柱子。我们都望向远处，老半天不说话。

"下个月我就要过生日了，我就二十五岁了！"她已经提醒了我无数次了。

"我知道。"我回答得那么迅速，那么不耐烦，就像是一个为了掩盖自己忘记了妻子生日行径的丈夫。

没过多久，我们就平息了情绪，眼前美丽的景色和身后的马蹄声，让我们有点不知自己身处何时。就和以前一样，每次生气之后，都会有片刻最好的时光，我们牵着手，沿着尼罗河散步，看起来就像一对度蜜月的新婚夫妇，我们时不时地相视而笑，不说一句话，早就把即将脱水的身体抛到九霄云外。我们甚至还花了二十埃镑，让黝黑的小伙爬上桅杆，重新扬起风帆，在尼罗河上荡舟，直到硕大的太阳再也承受不住自己的重量，一头栽进水里。

第二天一醒来，看见她蜷缩在我怀里的模样，柔软、脆弱、天真，脸上有着夏天桃子的颜色和绒毛，就像是从我身体刚刚分离出来的一个婴儿，有着不堪一击的宁静和美丽，我想吞下她的同时又怕弄坏了她。我忽然就做了一个决定，我决定让我的女人梦想成真，就像她说的那样："你让我梦想成真。"之后的事情，管它那么多呢。就像每一个崭新而冲动的决定，带着耀眼的白光和清新的空气，让我的心颤抖，就连我的手都抖动着无法系上纽扣。趁她还没醒来，我一边穿衣服，一边向尼罗河边跑去。

我推开了那个商店的门，昨天那位大叔正在打扫卫生，空调还没打开，屋子里一股陈腐的味道。我向那对耳坠走去，在早上的光线中，它更加模糊而虚幻，遥远而陌生。我盯着它们，让淡蓝色的雾气笼罩着我，关于生活的扰人细语，女人哀怨的目光，被囚禁的远方，还有那些包裹在半透明的薄膜中、漂浮在羊水中的孩子……它们更像沙漠中即将渴死的人所看到的一片虚假的湖泊，两团不祥的预兆，包裹在它水滴状的外壳里，在架子上轻微摇摆着，召唤我的同时，也在召唤着厄运。

"有什么需要帮助的吗？"大叔的手上换了和昨天不同的戒指，他微微摇晃着身体，有点胜券在握的神情。

"我只是随便看看。"我转身又离开了商店。

我趴在尼罗河岸边的石头栏杆上，就和昨天一样的位置。那些白色的三桅帆船在晨光中干净又漂亮，船夫们似乎总在忙活着什么，仔细观察他们又没什么事可干。这座城市还没用高温拖垮每一个人，而我在此刻神志清醒，知道自己是什么样的人。

"你要香蕉吗？"一个长相俊俏的阿拉伯男子凑了过来，他穿着洁白的长袍，就像是沙漠中的王子，他的胡子十分整齐，有着好看的造型，像是刚刚修剪过的园林，散发着青草的香味。

"不要，谢谢。"我知道他是干什么的，从旅行者口中听过这样的营生。

"为什么呢?"他一脸迷茫地又凑近了一些。

"我喜欢女人。"我说出这句话的时候,自己都开始质疑,我喜欢女人吗?我厌恶她们,就像我厌恶自己。

"我只需要一百埃镑,女人需要四百埃镑,你为什么喜欢女人呢?她们很贵。"他有点义愤填膺,就像告诉我一个真理,一笔账,想把我惊醒,就像所有的男人都没有算过这笔账一样。

"嘿,哥们,你说得很对,女人们很贵。"我转身离开。

我决定作弄她们,我要让她们发疯,我折磨她们,让她们大哭,让她们快活,让她们爱我,让她们跪在我面前,让她们戴满廉价的戒指,却没有一个意味着成为妻子,让她们的子宫颤抖,却不让她们成为母亲。我带她们去最远的地方,我要让她们害怕,让她们兴奋,让她们梦想成真,我知道自己是什么样的人,我从来都不需要什么昂贵的狗屁耳坠。

"可我连一分钱都不愿意花。"我对那位阿拉伯帅哥摆了摆手,示意他不要再跟着我了。

当我回到这间叫作"Bob Marley"的旅馆,大厅里正放着那首 *No Woman No Cry*,她坐在餐桌旁吃着丰盛的早餐,这正是我们选择这间旅馆的原因——免费而丰盛的早餐。我们把黄油涂满硬邦邦的面包,又把奶酪和果酱涂满阿拉伯圆饼,最后再喝上一杯酸奶、一杯红茶和一杯咖啡,吃掉一个香蕉、一个橙子,这些热量足够我们在接下来的高温中撑一整天。负责早餐的小伙正充满热情地和她交谈,她歪着脑袋,眉头紧紧皱在一起,费力地沟通着,小伙的英语实在是很难让人听懂,一句话要来回十几次才能大概明白其中的意思。我坐了下来,我解救了她,我们开始用中文说话,小伙子为我摆好餐具,识趣地离开了。

"你去哪儿了?"她乱糟糟的头发上边栖息着一团团柔光做成的小鸟。

"我去尼罗河边……"

"好了,你不用告诉我了。"她朝我眨了眨眼睛,从对面趴了过来,身上蹭到了黄油和茶水,餐具东倒西歪,一阵叮叮咣咣。她将右手的食指按在我的嘴唇上,示意我保守住这个秘密,这个惊喜。她的脸上沾着面包屑,俏皮而可爱,她害羞地垂下了目光,迅速地从一个又脏又疯的背包客,变成了唇红齿白的少女,散发着纯洁而梦幻的光芒。此时此刻,每个男人都想拥有她,追逐她,压倒她,撕毁她,这只敏感的扭头向你张望的粉色小鹿。

我甚至摸了摸自己的口袋,可是里边什么都没有。我低头大口吞掉食物,好在高温摧毁食欲之前,储存好这免费的能量。

她希望她的二十五岁生日在马赛马拉度过,她从小在《动物世界》中看到那里有一望无际的稀树草原、成群结队的大象,还有流淌在赤道上空的银河。我讨厌这样的目标,讨厌什么从小有一个梦想,要将它实现这样套路的故事;更可笑的是,在认识我之前,她压根就没想过会走到非洲,而现在,这个愿望就在非洲的土地上凭空出现了，忽然变得如此具体而真实，好像真的是她这么多年一直追逐的梦想，一副非实现不可的样子。我计划着怎样在"赤道的银河下"作弄她，有时候想想我都忍不住笑出声了。

为了按时实现她的这个梦想，为了让我的女人梦想成真，我们马不停蹄地向南行进。我们在阿斯旺乘上了那艘犹如摆渡难民的大船来到苏丹，又在接近五十摄氏度的高温中乘坐了一辆又一辆的宇通大巴穿越了苏丹全境。当我们到达埃塞俄比亚的首都亚的斯亚贝巴，终于感受到了高原清冽的空气，我们和黑人挤在路边的饮料铺，一边喝着浓稠的酪梨芒果汁，一边嘲笑着这个国家首都的名字是由"阿迪达斯"和"阿里巴巴"组成的。我们去博物馆看望了人类的母亲 Lucy，这位生活在三百二十万年前，被认为是第一个直立行走的人类，目前所知人类的最早祖先。据说考古人员发现它的时候，正在播放披头士乐队的歌曲 *Lucy in the Sky with Diamonds*，因此，化石的名字被命名为"Lucy"。我们因为博物馆的墙上写着"欢迎回家"而发笑了一个下午。我们住在一家叫作"Wutma"的旅馆，它的一楼是一间很棒的餐厅，有便宜的啤酒和很大一份的三明治。我们因为身上被臭虫咬了一片片的红包而拒绝付房费，还要求换房间，可是换了房间仍然在夜里被臭虫袭击。后来我们已经很难分清楚是旅馆有臭虫还是自己就是那个携带臭虫的人。

我感觉她渐渐丧失了耐心，肮脏受罪的环境已经不再让她好奇兴奋，她不止一次地对我说受够了，她发脾气，没完没了地挠痒，皮屑在阳光中疯狂飞舞，在这样的时刻，我就保持沉默，因为我一直避免吸入那些皮屑。她时常给我讲起我们在斯里兰卡康提曾经闯入的那个埋葬荷兰殖民者的墓地，门口的守墓人为了筹集资金，印刷了一些墓地的资料发给寥寥无几的游客。那些十八世纪客死他乡的殖民者大部分是由于蚊虫叮咬而染上疟疾，还有几位是被大象踩死的，记得当时我们抚摸着一个个斑驳的墓碑，努力辨认上边模糊的字迹，做着简单的减法，发现大部分人甚至没有活到三十岁，还有一些婴儿的小小墓碑。由于他们奇特的死因，气氛变得怪异，凝重却又令人发笑。她讲这个是因为她说自己有一种预感，我们也会客死他乡的，我们会由于每天每夜被蚊虫叮咬，染上疟疾，染上霍乱，染上脑炎……我开玩笑说，比起被蚊子害死，我更愿意被大象踩死，死于象蹄，那样才更符合我一直以来的审美。她从包里翻出那张我们为了进入非洲疫区，在印度新德里的一个小防疫站打的黄热病疫苗证明书，她反复看着，为排除了一种死法而高兴，又遗憾为什么没有多打几种疫苗。有时候我觉得她已经病得不轻，因为这些疾病都会导致你发热发狂，胡言乱语。她在身上喷满了劣质的驱蚊水，我觉得那种刺鼻的味道渗透到了她的肉里，我已经很久没有碰她了，她像一只全身绷紧的小鹿，警惕地靠在骚臭的笼子的角落无处可逃。

她迫不及待地想要到达马赛马拉，她幻想着她的生日，她期盼着某个时刻,她渴望着惊喜,仿佛那里就是旅行的终点,人生的转折,新生活的开端,我讨厌这种感觉。她说英吉拉酸得让她头晕,我们只好去商店买面包吃,路上一个小乞丐抓着她的胳膊不肯放手,大叫着:"Money! Money!"她使劲甩着胳膊,对小乞丐吼叫着:"滚开!"这个乞丐不但不放手,还用另一只手使劲捶打她,骂她,他们两个就快要扭打到一起了,我赶忙拉开那个乞丐,指着他的鼻子恶狠狠地说:"滚开。"然后拉着她迅速离开了。

我说:"喂,不是说过了,遇见乞丐最好的办法就是不予理睬。"

她说:"他弄疼我了!"

我说:"你越理他,他越来劲,受到伤害的不还是你?"

她因此而不理我了,好像我才是那个令人厌恶的乞丐,她加快了速度,我们一前一后大概相距十米,就这么走回了旅馆。她坐在床上不理我,我可不喜欢冷战,我宁愿和她打上一架。在我还没来得及想好怎么捉弄她,用怎样恶毒的话激怒她时,一只跳蚤爬出了她的衣领。当我兴奋地在她的脖子上捉到那只跳蚤,用指甲掐烂拿给她看时,她忽然号啕大哭起来。她掀起衣服,疯狂抓挠着自己布满疙瘩的肚皮。她的小腿,曾经泛着金光的小鹿般的小腿,如今犹如烂梨,一片片大大小小的疙瘩,还有一道道被抓烂的伤疤。她开始抓着头发,那一头混乱的脏辫此刻就像是跳蚤的老巢,她从包里翻出她的瑞士军刀,用上边的小剪子在头上乱剪一气，她说自己恨透了这个国家，再也不会来第二遍。我在旁边默不作声地看着她发疯，直到她耗尽了体力，坐在床上小声啜泣。我用剪刀把她的头发修剪了一下，又一时兴起，把自己一头的脏辫也剪掉了，我们互相抚摸着光光的脑袋，她破涕为笑。我们像两个逃犯一般，又连坐四天大巴，马不停蹄地向边境城市赶去。

如果不总想着身上的跳蚤，也不看到她那张烦躁不安的脸，这一路的风景是十分动人的，在窗外一帧一帧地闪动着，成群的牛羊、骆驼、毛驴，还有高耸的抽象雕塑般的蚁穴，大草原、山脉、湖泊，有着圆形小泥屋的村落。我想我从来没有见过和大自然如此协调的村落，没有金属、塑料和水泥，没有四处飞扬的垃圾，一切都是由植物和泥巴组成的。年轻人支着脑袋，和牛一起趴在小泥屋门前的绿色草地上，我使劲地盯着这样的画面，扭着脑袋直到彻底看不见，我想要牢牢地记住它们，记住那一脸天真放松的模样，这就是我所说的，现代文明是一种倒退的有力证据。我想和她热烈地讨论讨论，她可是这种理论的拥护者，可是她戴着耳机根本不搭理我，她的脑袋靠着车窗，疲惫而无聊，我知道她什么都没有看见，她的眼睛里一片茫然，没有任何画面在闪动。太阳在无边无际的草原和缓缓起伏的山脉上投下或明或暗的壮阔光线，怎么都看不够的蓝天白云，常常让十几个小时的路途显得不那么漫长。

我喜欢边境小镇的颓败气息，这里聚集着毒贩、妓女、偷渡者、骗子、流浪汉……偶尔还有几个异想天开想要陆路穿越非洲大陆的背包客。我们找到了一家叫作"Tourist Hotel"的破败旅馆，隐隐约约还能看到大门口的墙上曾经画了一个五颜六色的背包客，可是他现在看起来一副倒霉的模样，极不情愿地被囚禁在这里直到颜色变淡，渐渐消失。放下行李，她在房间里巡视了一圈，劣质的壁纸印着丑陋的绿花，靠近卫生间的墙面与房顶已经长出了大片黑色的霉斑，散发出一股腐烂的味道。而那个阴暗无窗、返潮的卫生间连门都没有，伸头进去仔细辨认，才发现原来连马桶都没有，只有一根金属的水管可以冲凉，地上和墙面都黑乎乎的一片，我怀疑上边长满了滑腻的青苔。这个房间就像是一个条件不太好的牢房，她又说了那句话："这个地方我不愿意多待一天。"这就是她最近说的最多的话了，这就是她对我下达的指令，她成功地把旅行变成了赶路，就像我们讽刺的现代文明，就像我们每一个人的性命，疯狂前行，毫无意义。

在这样的地方我要提高警惕，什么事情都有可能发生。我用自己的密码锁锁上了房门，赶往口岸的办公室办理离境手续。一路上都是一些黑人手中握着一把钞票，蹲在路边对你大叫着"换钱"，他们的汇率低到简直是在抢钱。真不敢相信这样破烂荒凉的地方竟然有一个整洁的院子，门口坐着一个看门的保安大叔，我们挥舞着护照向保安大叔讲明了来意，他示意我们跟着他往里走。院子里种了一些树，还有一个水泥小房子，走进去竟然看到写字台、电脑、打印机什么的，这里一定就是这个小镇和文明世界的唯一联系了，待在这儿有一种久违了的舒适感。保安大叔坐到了办公桌后边，原来他就是为我们办理离境手续的人。在查看了一些资料之后，他用很大的力气，咔嚓一声，在我们的护照上盖了两枚离境章，他看起来心满意足，就像是已经等待我们很久了。我在登记的本子上看到上一位前来登记的外国人，已经是一个星期之前的事儿了，看了一下国籍，是一个日本旅行者。大叔有点意犹未尽，他示意我们坐下来，问我们："你们喜欢埃塞俄比亚吗？"我们急匆匆地收拾好自己的护照，一边往外走一边大声说："太棒了，我们喜欢得不得了！"大叔朝我们摆摆手，说："欢迎你们再来！"

我们继续往前走，穿过一座小桥就到达了另一个国家，这种感觉十分奇妙，在边境很难说清楚脚下是哪里，这些人是哪个国家的人，他们走过来走过去，仿佛失去了身份，有一种奇特的自由感。桥的两边除了野草就是等待换钱的黑人，向边境警察说明来意之后，我们得以继续前行，看到一排平房，非常整洁，负责办理落地签证的办公室挤满了人，搞清楚之后才发现只是一家人：一个脑门上有着横条文身的男人和他的三个老婆以及九个小孩。男人体型高大，穿着西装，说着英语，一副受过良好教育的模样，可是他脑门上醒目的横条文身又充满了原始野蛮的感觉。他和签证官激烈争执着，大概意思是他要带三个老婆中的两个去肯尼亚，但是要带去肯尼亚的孩子却有一个是留在埃塞俄比亚的这位老婆生的，签证官不允许这个小孩和他的母亲分离。我俩和抱着小孩的妇女挤在一个长条板凳上，脑门大大的黑小孩可爱极了，她的头发像钢丝球一样卷曲着，她一边吃着手指，盯着我看，一边任由苍蝇不停叮着她的嘴唇和眼睛，当苍蝇在眼睛上停留的时候，她竟然连眨都不眨。我的手里拿着我俩的签证和资料，而她跷着二郎腿，焦虑而烦躁，不停抖动着跷起来的那个脚尖。他们的争执越来越混乱，老婆和孩子们轮番地被领到签证官的面前，最后也许连签证官都搞不清楚哪个老婆和哪个孩子，也许连这位高大的父亲都搞不清楚了，他们最后拿到了签证，这下终于轮到我们了。签证官看了看我们的护照，又要求我们出示接种黄热病疫苗的证书，紧接着他十分严肃地询问了我们一些问题，比如为什么不在亚的斯亚贝巴的肯尼亚大使馆中办理签证，非要来到边境办理落地签，为什么要去肯尼亚之类的问题，他似乎被之前的一家人耗尽了力气，还没怎么听我们回答，就收下了签证费开始办理。当签证官拿着我们的护照，转身进了另一间办公室，她深深地吐了一口气，就像是这么长时间以来她从来没有喘过气一样。傍晚即将到来，橘色的阳光倾斜着照进办公室敞开的窗户，照在墙上挂着的那张非洲大陆的地图上，我站起来仔细看着它，寻找着自己此刻的位置。她也凑了过来，她的手抓着了我的手，我们并排站在这幅被橘黄色的阳光点亮的地图前，仿佛自己离开了地面，离开了地球，在宇宙中飘浮，俯瞰它。仿佛这个宇宙就只剩下我们两个人，无边无际，我们一丝不挂，唯一拥有的就是一个男人和一个女人这个事实，仿佛人类的起源就应该是这个样子。

签证官面无表情地递给了我们签证，他青黑的脸庞加重了这种严肃，就连一声祝你们旅途愉快的话都没有。我们仍然感到满足，我们道了谢，并用少有的谦逊口气，在"Thank you"后边加了"Sir"。我们又继续往前走，在市集上被一堆推销车票的人争抢，最后我们跟着一个年纪不大，穿着时髦的年轻人，走到一个小铁窗，买了第二天早上五点从莫亚莱出发，前往肯尼亚首都内罗毕的大巴车票，他们承诺是整个莫亚莱最新的大巴，最快的速度。我们询问卖票的小姐有没有外国游客买票，她查了一下，说就你们两个，我有点失望，已经很久没有遇到一个游客了。

我俩在路边的小商店买了两包已经过期的饼干作为明天的干粮，又返回埃塞俄比亚这边的旅馆。对于已经离境又可以入境这件事，我们也搞不清楚，觉得很好玩。她看着路边等待换钱的人说："瞧这些黑人，可真黑，是真正的黑人。"就仿佛她这些日子从来没睁开过眼睛，从来没有看见过身边的人一样。她继续点评了这个小镇唯一一条破烂不堪的马路和马路对面有着孔雀图案门头的妓院。她又有一点像一个旅行者了，经过这快一个月的玩命地赶路，目的地就在眼前了，在生日即将到来之际。她的心情很好，我们在旅馆的厨房点了一份叫作意面的蔬菜炒面和一份鸡蛋三明治。天黑之后，旅馆忽然变成了赌博的地方，光线昏暗的餐厅坐满了黑人，我们办了最后一件事，找老板把剩下的埃塞俄比亚的钱换成了肯尼亚的钱。我第一次没有讨价还价，也没有在心中计算汇率。我们友好而慷慨，我甚至把口袋里的最后一个雕刻着狮子头像的埃塞俄比亚硬币给了服务员当作小费。

夜里我们被身上的瘙痒折腾得无法入眠，当我打开灯，见到最为骇人的场景，床垫下边不断爬出臭虫，可是我们一点都不在乎，这是和它们即将道别的时刻。我们索性打好包，将凳子搬到院子里，准备在这儿呼吸着新鲜的空气，打发掉几个小时。我们无所事事，仰着脸看着天上的星星，外边的温度有点低，她依偎在我的怀里，她的眼睛闪动着月光下小溪般的光泽，让人很难不想要跳进去，沐浴其中。她给我念着《走出非洲》的开头："我在非洲的农场坐落在恩贡山脉的山脚、海拔六千英尺的高原上，赤道在农场以北一百英里处横穿高原。因此，白天你会觉得自己登临高处，离太阳很近，可是，拂晓和黄昏，天清气爽，幽静宜人；夜里则冷飕飕的……"我低头亲吻了她，我们拥抱在一起回到了屋里，我在布满臭虫的床垫上扒光了她的衣服，她的皮肤黝黑而健康，完美无瑕，我们狠狠地挤在一起，拼尽所有的力气。"地理位置和所处高度使这里的景致盖世绝伦。它既无任何臃肿处，也丝毫不显得奢华。它是地地道道的非洲风光。经过海拔六千英尺的澄滤和升华，它显示出这块大陆的强烈的本质特色。它的色调犹如陶器的色彩干燥灼人……"她坐在椅子上，呆呆地看了一会儿星星，又继续念着。

凌晨四点，我定的闹钟响了起来，在寂静的野外，响亮的铃声显得十分怪异和吓人，我俩早就背上大包，在漆黑的街道上前行，我慌乱地找到手机，关上了闹钟。不知道是因为冷还是害怕，她的手在我的手里微微颤抖。如果仔细辨认，偶尔也会看到旁边有黑人经过，但实在是无法辨别他们的脸庞，如同鬼魅。我们大步向前走着，听说边境这一带很乱，有旅行者在夜里前往大巴站的路上被打劫过。不知道为何，这条路比白天显得更长了，向前看，什么都看不到，连半点灯光都没有，让我们有点怀疑是不是走错了方向。最终我们跨上了那座小桥，这个唯一还可以辨识的标志物，证明我们走对了路。还没高兴一会儿，路两边的黑暗处忽然冲出来几个持枪的边境警察，用手电晃着我俩，我吓了个半死，刺眼的手电将我的脑袋照成了透明的，一片炽烈的白光，空无一物。等我反应过来，赶忙掏出护照和车票，大声说着："过去坐大巴，去内罗毕！"我听见她在旁边急促的呼吸声。警察们看了一会儿护照，又用手电照着我们的脸对照了一会儿，就把护照还给我们，用枪向前指了指，示意我们可以入境了。经过这么一下子，一夜未眠的疲惫感一扫而空，我大口呼吸着清冽的空气，脑子也清醒无比，我拉着她的手继续前行，她也有点兴奋，用一种类似于笑又有点类似于哭的颤抖嗓音反复说着："刚才吓死我了。"

当我们赶到昨天买票的地方，已经有一些人忙碌了起来，两个男人在大巴旁边售卖麻袋，看着每一个前来坐车的当地人都买了麻袋，把自己的行李放在里边，再扔进肮脏的行李厢，我们也就入乡随俗买了两个，分别写上了自己的名字。这辆号称莫亚莱最新的大巴，已经破旧得不像样了，人们往下方的行李厢里摆放着沙发、柜子、植物、粮食、羊和狗、摩托车……好像每一个乘客都在搬家。热情的司机说为我们找到了一个好位置，他将我们装在麻袋里的行李放了一个沙发上。当我们找到自己的位置，刚刚坐下，一大筐鸡正从眼前的玻璃外边被拉上车顶，然后是没完没了的椅子、桌子、麻袋……真不敢想象这辆车竟然可以装这么多的行李，而我已经开始幻想车顶上那座行李堆成的小山。人们在灰色的光线中忙碌着，而太阳就在不远的地方准备悄悄升起。

这辆大巴有一股生锈的金属和泄露的汽油混合的味道，它非常长，不知道是不是我的错觉，感觉它比普通的大巴长一倍，内饰像是被重新换过，但是也已经破烂不堪了，我想着它一定连二手车都不是，说不定比我的年纪还要大。我们坐在靠后的位置，昨天在签证的办公室遇见的那一家人也上了这辆大巴，他们坐在最后一排，感觉少了一大半人，可能最终拿到签证的就是这一个老婆和三个孩子。那位穿着西装的高大男人朝我点了点头，遇见熟人我十分激动，热切地回应他，但是他并没有想要交谈的意思,面无表情地坐到了后边。人们似乎都不太清醒，大巴昏暗的光线中摇晃着梦境般的感觉，黑人们似乎也没发现我俩，这辆大巴上仅有的亚洲游客。大巴终于开动的时候，我俩对视了一下，她面带笑意，欢快地扭动着身子，在这破烂的座椅中想要调整成为最舒服的姿势，就如同坐在什么高科技的宇宙飞船中一般，激动人心地倒数，推起操纵杆，向着胜利冲去。

车辆在黄色的土路上快速前进，在汽车的一侧不断扬起一阵又一阵的"沙尘暴"，很多人开着车窗无视这样的尘土，有时候整个车厢内部都被飞扬的尘土占领了，如同驶入了迷雾。金色的晨光也因为灰尘而具有了各种各样的形态，我喜欢这样梦幻的时刻，让我不知道身处何地，不知道自己是谁，忘了要去哪里，时间被拉长了，成为了充满弧度的空间。当我还沉浸在这黄色的土腥味的幻梦中，大巴忽然停了下来，灰尘放慢了旋转的速度，慢慢下降。三个持枪的警察上了车，他们一个一个查看乘客的证件，轮到我们的时候，一个个子不高却非常敦实的警察看了看我们的护照，对照了一会儿我们的脸，又翻到有肯尼亚签证的那一页看了一会儿，然后用他黑紫色的厚嘴唇对我说："你跟我下来一下。"可能是要做一些登记吧，我这么想着，就跟他下了车，那个穿着西装，脑门上有着三道文身的男人和他的家人也被另一个警察带了下来。

当我离开大巴踏上这片荒野中的土地上，顿时感觉神清气爽，我伸展了一下蜷缩已久的身体，还跑到我们位置的那扇玻璃前对她做了一个鬼脸。然后大巴就忽然在我的面前开走了，扬起尘土将我笼罩,我甚至还没有收回我的鬼脸,甚至没有看到她惊恐的表情。我想象着她跌跌撞撞地穿越整个车厢,对着司机大叫:"停车!停车!有人还没有上来!"可是没有一个人搭理她,她傻兮兮地站在那儿,紧紧地抓着椅背好在剧烈颠簸的大巴中掌握平衡,噪声和灰尘吞没了她的声音,她无助地流下了一串串的眼泪,却没有一个乘客愿意帮助她。

那一家同我一起下来的人被领进了一个类似哨所的房子,而另外两个警察围着我,用手指来回搓动比画着,小声对我说:"钱。"

我问他们:"大巴为什么开走了?"

他们笑着说:"给点钱,就告诉你。"

我说:"可是我朋友还在车上!"

他们以为我没有明白他们的意思,从口袋里掏出钱包,对我比画着说:"钱,钱,给点钱,要不然她就一个人去肯尼亚了。你只好回埃塞俄比亚去。"他们说完自己哈哈大笑起来。

我一脸无辜地说:"没有钱,包放车上了。"

其中那个又矮又壮把我叫下来的警察用手上下摩挲着他的枪,对另一个人使了一个眼色,那个人来到我的面前,如同机场安检人员一样,从上到下摸索了我一番,一边摸一边说:"检查一下有没有危险的东西。"

当他发现一无所获的时候,无奈地撇了撇嘴,歪着脑袋对着另外一个警察耸了耸肩膀。又矮又壮的警察忽然举起了他的枪，对着我的脸，我下意识地举起了双手，就像电影中一样，这样熟悉的场景，可是当它真的发生在我的头上时，那种感觉实在是太陌生了。我的胃无法消化这样诡异的突如其来的惊吓，一阵阵痉挛着。我看了看四周，除了一个哨所，散落在地上的几根木棍和一些生锈的铁丝网，一片荒芜。他做了一个射击的动作，嘴里发出"砰"的一声，然后哈哈大笑着说："大巴去一个叫作 Sololo 的村庄送货，一会儿还会拐回来的。"

我和这两个警察一起站在广袤无垠的荒原上，像三个刚做完游戏的男孩，而我在生着闷气。

还没多久，大巴就卷着黄土，重新出现在我的面前。我上车的时候，那两个警察甚至还朝我摆了摆手，像是在和新认识的朋友告别一般依依不舍。我穿越车厢回到我的位置，没有一个黑人看我，他们有的睡着了，有的在发呆，就好像我不存在一样，我想，他们对于警察的这个把戏早就习以为常了。我有点骄傲，在这样的威胁下，我没有吓尿裤子，没有失态，更重要的是没有损失一分钱。当我坐了下来，她并没有我想象中的那么激动，她扭过头对我说："我看到了一个完整的非洲日出。"司机给警察递了一些东西，警察喜笑颜开，他们互相拍着肩膀，很快司机就回来了，又玩命地向前开去。

我忽然发现最后一排的那一家人还没上车，可是车上没有一个人在乎这一点，我说："真奇怪，最后一排那一家人还没上来，车怎么又开走了？"

她向后看了下说:"最后一排本来就没人,我倒是希望有什么人,最好是我们认识的人,说不定还可以聊聊天呢。"

她越来越不可理喻了,所有的女人都会变得不可理喻。

大巴渐渐驶出了较为平坦的土路,在一种类似搓板的路上疾驰,路边偶尔会看到飘扬着中国国旗的工地,我想着不久之后,这些搓板路就会变成一条条蜿蜒在草原上的漂亮公路。我幻想着这些中国工人的生活,幻想他们用当地的食材制作成的中国食物,每当遇见几辆停在路边的工程车辆和几个工人的时候,我都在努力辨识草帽下边的脸是否和我一样是黄色的皮肤。大巴车像是疯掉的电动按摩椅,企图把座位上的人们震成一摊烂泥。在这样的震颤中,她越来越兴奋,仿佛此刻宇宙飞船正在穿越虫洞,进行时空旅行。她在车厢内飞扬的尘土中大笑着,指着车窗外的树林,对我大声说着什么,可是噪声实在是太大了,我不断凑过去大声问她:"你在说什么?"

如果仔细盯着树林,有时候就会看到衣着艳丽的土著,他们的头上戴着很长的羽毛,手中拿着长棍,神情严肃地看着飞驰而过的大巴。有时候会看见受到惊吓的小鹿,它们倾斜着停留一下,就向树林深处跳去。织巢鸟将大部分树木都装扮成了挂着草铃铛的圣诞树,路边正在放牧的小孩,会抛弃他们的牛群,一边招手,一边呼喊,奋力追逐着大巴车。看着他们在金色的尘土中奔跑的模样,感觉到非洲的节奏就像人们敲打膝间的手鼓,忽然跳动了起来。

她打开矿泉水瓶，准备喝水，可是在剧烈的震颤中，很难瞄准自己的嘴巴。当她好不容易稳住自己的手，准备扬起瓶子喝一口的时候，大巴跳跃了一下，让车厢发出一阵尖叫，我的屁股也被抛了起来，悬空了片刻，又坠落到座椅上，她将水倒在了自己的头上。看着她脸上的灰尘此刻和头顶流下来的水混合在了一起，成为了几条泥巴小溪，我忍不住哈哈大笑起来，她也将水洒在了我的头上，我们在座椅上闹成一团，在噪声和灰尘的掩盖下，我们放肆地大叫大笑着，很久没有这么快活过了。我想亲她的嘴，却亲到了她的鼻子，她紧紧地搂着我，我们以相同的频率在这片广袤无垠的非洲大路上起伏着，我们一同穿越了赤道，一下子从春天变成了秋天。

这辆号称莫亚莱最快的大巴，用了二十四个小时才到达肯尼亚的首都内罗毕，这比售票小姐承诺的十二个小时整整多出了一倍的时间，可是谁还顾得上抱怨呢，关键是，我们到了。走了这么远的路，经历了这么多事情，我们终于到了内罗毕，这座东非最大的都市，这座著名的抢劫之都，这座世界上最危险的城市之一，而马赛马拉就近在咫尺了。我们在前来拉客的出租车司机中，选了一个看起来不那么古怪的，谈好价钱之后，他将我们的行李扔进了后备厢，然后就朝着小河路，背包客的聚集地"New Kenya Lodge"奔去。

太久没有遇见一个游客了，即使和她在一起，即使她总爱和我闹别扭，我们忙于吵架与和好，可是我仍然时常感到孤独。

看着窗外的光线渐渐变亮，幻想着旅馆里坐满了世界各地的背包客，大家吹牛、喝酒、大笑，而我这里也储存了很多故事想要分享，特别是那个被人用枪指着脑袋的，我已经想好如何添油加醋了。

我们选好房间，进行了简单的登记，拿到钥匙之后，就认认真真地洗了一个热水澡，她完全不顾这么多天都没好好睡过觉了，把包里所有的东西都倒了出来，一个一个缝隙地检查，她说她要消灭臭虫跳蚤，和它们永别了。她开始洗衣服，所有的衣服都洗上一遍，她命令我刷鞋，我们甚至把又脏又破的大包都刷了一遍，我们爬上天台，将衣服一件一件地晾起来，将大包翻个面，让臭虫无处可藏。太阳已经完全照亮了这座城市，我从天台向下俯瞰着，马路上车辆拥挤，人行道上有着黑色的人潮，像所有充满活力的大城市一般，它有着低沉的嗡嗡的轰鸣声，很久没有这样的感觉了，还真有点不习惯。她满意地看着天台上晒满了我们的东西，像是一个小型的博物馆，她像上帝一般宣布："一切重新开始！"我忽然发现，天台上除了我俩的东西，竟然没有一件是别的游客的，哪怕是一双袜子都没有。

忙活了一整个早上，我们坐在旅馆的大厅享受免费咖啡，书架上摆放着厚厚一摞日本游客的手写攻略，每一位住在这里的日本游客都会在这个本子上增加新的旅行信息。虽然我们是中国人，可还是一本正经地翻看着，从个别的汉字中联想整句话的意思，我看到了关于"假警察"的警告，她看到了超市中有美味的"骆驼奶糖"的推荐。过了很长时间，也没有一个房间的门打开，走出一个我所期盼的，刚起床的游客。

早上为我们登记的那位工作人员笑眯眯地给我们打了个招呼，拿着一沓资料坐到了我俩旁边，开始为我们介绍马赛马拉的旅行项目。她积极地询问问题，一副恨不得立刻出发的样子，我不停地在旁边给她使眼色，可是她完全忘了我俩讨价还价的策略之一，假装毫无兴趣。果然，这位工作人员为我们用计算器敲出了天价，三天两晚，五百美金一个人。我拉着她的手对这位活泼机灵的工作人员说："抱歉，我们要去吃午饭了，价格太贵了，我们再考虑考虑吧。"

去吃饭的路上，她闷闷不乐，我们在黑色拥挤的人潮中穿行，路边的小商店都有着监狱般的铁栏杆，全副武装的持枪警察在路上巡逻，公交车站排着长长的队伍，人们被警察用探测仪从头到脚进行扫描，就连背包和行李也被拆开检查。空气中洋溢着紧张又恐怖的气氛，仿佛在人们忙碌的步伐中，在马路上穿梭的车辆中，在一片明媚的阳光之下，在稀松平常的都市生活中，总有什么阴暗之处和令人恐惧的密谋，这一切都让我兴奋不已。我忽然想起这座城市的外号"内罗劫"，还想起了曾经听到的一些旅行者可怕的遭遇，顿时又有点担忧，我俩的肤色在街道上太醒目了，我把自己外套上的帽子扣在了头上，又伸手去给她戴上帽子："咱们要低调一点。"

她躲开了我的手，一副不可触碰的冷酷模样，她对我说："滚。"

这就是我最恨她的时候,这就是她最能激怒我的时候,所有的女人都会摆出这副模样。真想上去使劲扭过她的肩膀,把她弄疼,大声地讽刺她,挖苦她,骂她蠢,把她骂哭,扇她的脸,踹她的肚子……擦肩而过的人群面无表情地盯着我俩,为了保持低调,我控制住了自己,我的耳朵很烫,我最终没有理她。路边一些小饭店售卖着印度风味的食物,看到黑人们吃着 Samosa 和 Masala 薯条,有一种说不出的奇特感受。我们进了一家看起来有米饭的餐厅,一个大盘子里有蔬菜、豆子和土豆泥、炖牛肉、一份米饭,还有一张 Chapatti,虽然价格有一点贵,但是吃起来味道很不错,重要的是我们终于吃到米饭了。她的情绪也缓和了一些,甚至还多分给了我一些牛肉,我们狼吞虎咽,似乎很久没有吃过饭了,我们大笑着彼此贪吃的样子。

我说:"对不起。"我为刚才在脑海里揍了她一顿表示道歉。

她眼眶一下子红了,反复对我说着:"对不起,对不起。"

我感觉她是太累了,一脸憔悴。

电视上正在播放前几天发生在内罗毕的连环爆炸案,至少十人遇难,七十多人受伤。国家救灾行动中心官员说,一辆十四座的小型公共汽车爆炸,随后位于内罗毕中心商业区以东的一座市场内部发生爆炸。媒体称有人向事发公共汽车和市场内商店扔掷炸弹。电视画面显示一辆红色客车的车窗全部震碎,市场外边一片狼藉。就在一个月前,索马里青年党在阿尔沙巴布武装分子发动系列袭击和威胁后,肯尼亚政府进行了安全部署,该组织还声称对去年西门商场导致六十多人丧生的袭击负责。索马里青年党扬言要报复肯尼亚政府军,准备再次进行大规模的爆炸袭击,一些欧美国家的大使馆已经向游客发出了安全警告,我一下子就明白了为什么旅馆里没有一个背包客。

她背对电视坐着,什么都没看见,她对我说:"我很着急,担心报不上名了,明天我就要过生日了。"

我说:"傻子,怎么会报不上名呢。这儿根本就没什么游客。他要的价格太离谱了,一会儿回去我来还价,三百美金咱们就去。"

在播报完内罗毕的恐怖事件之后,电视开始播放今天发生的乌鲁木齐菜市场的暴恐案。几名暴徒驾车碾压人群,不断地向人群扔爆炸物,几次爆炸导致三十一人死亡,九十多人受伤。

她说:"如果还不到三百美金呢?"

看着电视画面上那些店面破碎门头上熟悉的文字,再看看对面这张缺乏睡眠而恍惚的脸,我才发现带她跑了这么远的路,我让她离家那么遥远。

回去的路上,我们发现了一个叫作 Tuskys 的大型超市,有两层楼高,在经过了一系列严格的安检之后,我们进入了"物质的海洋",自从离开开罗,已经很久没有见过这么大型的超市了。这一路,我们每到一个城市都会提到这样的词语"物质匮乏""物质丰富",仿佛我们是两位专家,正在对这些城市进行考察，并给予了中肯的评价。而内罗毕显然属于"物质丰富"的城市。她找了老半天也没有找到日本攻略上所推荐的"骆驼奶糖"，她有些失望，就好像她计划了好多年了，不远万里地来到这里，就是为了吃这个骆驼奶糖，而此刻非吃不可一样。我在旁边默默地感慨着，女人啊，又一个梦想破灭了。最后她买了一大包巧克力纸杯蛋糕说明天路上吃。我买了一瓶叫作"Stoney"的姜味碳酸饮料。我们排着队付款，我们都很享受这久违了的都市生活，我们拎着"丰富的物质"准备回旅馆，购物袋上写着"Pay less, Get more！ Everyday！"。

我们刚跨进旅馆大厅的门，那位机灵的工作人员就围了过来，像是已经等待我们多时，他客气地说："你们考虑得怎么样了？"

我对她挤了一下眼睛，示意她不要说话，我来搞定。她忧心忡忡地坐到了旁边的桌子前边，继续享受免费咖啡，我知道她正竖着耳朵偷听我怎么还价。

我一副想要摆脱这位工作人员，准备回房间的模样，一边走，一边漫不经心地说："你这个价格太贵了，我们本来也是路过内罗毕，去不去马赛马拉都无所谓的，反正接下来的坦桑尼亚也有塞伦盖地大草原，我们到时候去那里 Safari 也一样的。"

我用余光看到她瞪大了眼睛看着我，比工作人员还要惊慌，她用勺子在马克杯里咣啷咣啷搅拌着，生怕我忽略了她的存在，忘记了她的目的。

"我去请示一下我们的经理,给你最低的价格。"工作人员向办公室走去,在进门之前,他扭头对我说:"你先喝点咖啡,肯尼亚咖啡,很棒的。"他朝我竖起了大拇指。

我挤到桌子前边,也准备坐下来喝点咖啡,她往旁边挪动了一下屁股,正准备开口说什么,工作人员就小跑着出来了,他和我握了一下手:"你好,你们的情况我了解了,现在正好也不是旺季,我准备给你最低的价格。"

他变成了另外一种沙哑而低沉的嗓音,我正感到惊诧的时候,办公室里又出来一个人,我才发现正和我说话的是另外一个人,就是刚才提到的那位经理,而刚出来的这个人才是之前和我沟通的工作人员。这时候,从门外又进来一个黑人,手里拿着垃圾斗和笤帚,准备扫地,我发现这个黑人才是早上给我们登记的那位。他们三个站在一起的时候,我可以看出来他们之间的区别,可是当他们单独出现的时候,我就瞬间分不清了,感觉他们是同一个人,这种奇特的感觉让我怀疑自己是不是得了脸盲症。

我用一种强势而豪迈的口气问他:"最低的价格是多少?"就像是给他最后的机会。

他离我更近了一些,小心翼翼地在计算器上敲出价格,就像害怕被别人看到一样,就像他给我的是一个秘密价格,有史以来最低的一般。敲完之后,他微笑着看着我,一副和我共同拥有了一个秘密一般的模样。

"三百七十五美金一个人？这就是你们最低的价格？"我问道。

他胸有成竹地说："是的，三天两晚，包吃包住包车。"

我的目光落在了那个购物袋绿色醒目的广告语上："Pay less, Get more！ Everyday！"我摇了摇头说："之前有朋友告诉我是三百美金一个人，况且新闻我也看到了，你知道的，前几天的爆炸案，现在整个内罗毕根本就没什么游客。"

他继续维持着脸上即将消失的笑容说："你稍等一下，我打个电话。"

他回到了办公室，另外两个工作人员也跟在后边进去了，听见他们在里边叽里咕噜用我完全听不懂的语言讨论了一番，然后出来了一位，我又分不清是这是哪一位了，这让我有点沮丧。他小跑着过来，生怕我跑掉了一样，笑嘻嘻地说："因为你们是两个人，可以给你们这个价格，但是千万不要告诉别的游客。"他伸出了一个拳头，对我说："Jambo！"他歪着脑袋，用眼睛示意我，等待着我的回应，我学着他的样子，也伸出一个拳头，和他的拳头碰到一起，说了一句："Jambo！"我们欢快地笑起来，另外一个工作人员拿来了协议。她终于停止了搅动咖啡的动作，痛快地喝了一大口，一只手支着脑袋，面带笑意地看着我签协议，另一只手搭在我的肩膀，用手指来回抚摸着。

我们在洁白的床单上睡了一个结结实实的觉，我感觉自己不是睡着的，而是一头昏倒在床上。闹钟响了起来，我一睁眼就对她说:"我昨晚连一秒钟的梦都没有做。"

她似乎早就醒了,已经穿上了那条彩虹扎染的长裙,外边套了一件宽大的毛衣,配上她那细长的脖子、醒目的锁骨、圆圆的脑袋,还有刚冒出的小草一般的头发,看起来酷极了,就像一个艺术家。她已经很久没有打扮过了,很久没有这么干净过。

她的兴致很高,坐在我旁边说:"我晚上从来都不做梦的,只有白天发呆的时候才会做梦。"

我说:"那就叫作白日梦吧。"

她已经把我今天要穿的衣服准备好了,就像一个贤惠的妻子每天清晨所做的那样。一件白衬衣,一条卡其色的速干长裤,还有刷得干干净净的运动鞋和一顶渔夫帽。我穿上这么一身衣服,又翻来覆去找到了我的墨镜,在她面前摆了一个冷酷的姿势,装腔作势地说:"小姐,我们今天为什么要穿得如此正经?"

她翻出来由于长期塞在包里,已经变形的草帽,戴在头上,也装腔作势地说:"因为今天是一个重要的日子,先生。"

我忽然想起来今天就是她的生日,我不知道为何吓了一大跳,心脏突突跳着,就像这天是一个怪兽一般猛然向我扑来,她一直盼望的日子,我们一直奔赴的日子,一下子就到眼前了。我清了清嗓子,对她说:"祝你生日快乐!"

她仰望着我的脸,我透过墨镜看见她瞳孔里微微闪动着的柔情蜜意,还好她看不到我此刻隐藏在墨镜后边慌乱的眼神,她拥抱着我说:"谢谢你,亲爱的。"

她挽着我的胳膊走出房间的时候，我们发现大厅里坐着一个穿着邋遢的亚洲人，他正坐在那里喝咖啡，一只脚踩在座椅上，一只手来回抠着脚趾。我有点兴奋，这就是我一直盼望的游客啊，他和我们打了招呼，他卷曲的头发搭在眼睛前边，疲惫不堪的模样，我迫不及待地问他问题，也热情地介绍着我俩。经过简单的交流，得知他是日本人，今天早上才到，也是从埃塞俄比亚那边陆路过境的。旅馆的工作人员在他刚到达的时候，告诉他今天早上就有游客去马赛马拉 safari，问他要不要同行，如果今天去的话给他最优惠的价格。

我好奇地问："多少钱。"

他说："三百七十五美金。"

我正准备表示惊讶，忽然想起黑人对我说不要告诉其他的游客时的表情，我咳嗽了两声，对他说："这是一个很好的价格。"

还好他没有问我是多少钱，我们沉默了一阵，眼看着墙上的表已经九点十五分了，而昨天承诺的是九点出发。我问了一下身边的工作人员，好像是打扫卫生的那个黑人："车怎么还没来接我们啊？"

他进办公室反映了一下，接着从办公室出来一个工作人员，脸上堆满了笑容，安慰我们说："马上就来了。"

她有点着急，站起来在大厅转圈，又跑去旁边的镜子前照了照，使劲压着翘起来的帽檐。我则在努力分辨这些黑人，希望自己这次真的可以认出来哪个是经理，哪个是打扫卫生的，哪个是为我们推销马赛马拉旅行项目的那位。

墙上的表已经九点半了,日本人支着脑袋就快要睡着了,我还没吭声,她就怒气冲冲地跑进办公室,质问他们车为什么还没来,还在最后大声地说了一句:"时间就是金钱!"

又过了大概十分钟的样子,那位经理,我这么想着,应该是那位经理,他的头好像比别人的稍微大一点,从办公室走了出来,像宣布一个喜讯一般对我们说:"车来了,就在楼下的路边,你们可以出发了。"

日本人站起来伸了个懒腰,我们出门的时候,旅馆的三位工作人员都站在门口向我们道别,他们笑着说:"祝你们玩得愉快。"其中一个要和我们每一个人碰拳头,最后,他们三个互相看了看,就像听到了天大的笑话,憋了很久,实在忍不住了一样,放声大笑,重复着说:"时间就是金钱!"

我们坐上了一辆顶盖可以掀开的改装过的面包车,车里的座椅都包上了绿色的帆布,前方装着对讲机,看起来有点像要去野外探险的意思。司机和他的助手坐在前排,他们戴着鸭舌帽,扭过身子热情地和我们打招呼,先是自我介绍,又询问了我们每一个人的名字,表达对我们的欢迎,还要和我们碰碰拳头说上一句:"Jambo!"我对这样打招呼的形式已经十分熟练了,虽然才到内罗毕一天,但早已被浓浓的非洲气息所感染,我老练地回应着他们,就像自己已经在这儿闯荡了好几年,就像自己也有着和他们一样的肤色了。

面包车在繁华的内罗毕市区奔跑起来，两边摇晃的棕榈树和现代化建筑，让我感觉好像回到了吉隆坡。面包车停到了一个酒店楼下，一个真正的酒店，有戴着夸张帽子的门童，我们可从来没有住过。一个工作人员拉开了车门，上来了一个有着啤酒肚，金发碧眼的中年人，他喘着粗气好把自己的身体在狭窄的车厢中调整好。他向我们打了招呼，做了自我介绍，又询问了我们的名字，几乎和司机说话的套路一模一样。我感觉今天真是交好运了，不但有了一个昏昏欲睡的日本游客，现在又有了一个美国游客做伴，虽然他显然不是一个背包客，可是还有什么好挑剔的呢。刚上车他就拿出了单反相机，我瞥见他的包里还有一台摄像机。

　　汽车渐渐驶出了内罗毕的市区，在路上和一堆大型车辆拥堵了一会儿，就进入了郊区，马路两旁时不时可以看见坐在路边灰蓝色的大狒狒，有的狒狒怀里还抱着小狒狒。刚开始我们很兴奋，就好像马赛马拉已经到了一样，可是狒狒一只接着一只，没完没了，过了一会儿就没人再为它们发出惊叹了。汽车继续在盘山上行驶，司机的助手为我们介绍着，路左边的峭壁下方就是东非大裂谷。我们往左边车窗伸长脖子试图多看到一点，而美国人已经摇下车窗，将单反相机伸出窗外，准备随时捕捉壮阔的景色。后来我们发现自己激动得太早了，路的左边开始出现一个又一个有着纪念品商店的观景台，司机拐进了其中一个观景台，让我们下车休息十分钟。

我们趴在栏杆上眺望着东非大裂谷,这地理书上才会出现的名词。上午的雾气还没有完全被太阳驱散,眼前的大裂谷呈现出一种朦胧的肃穆感,我在自己的幻想中不断升高,我的视野也在不断放大,我俯瞰着这条地球的伤疤,这人类文明的摇篮,我看见埃塞俄比亚国家博物馆那具 Lucy 的矮小骨架,拥有了血肉,有着万花筒般的双眸,天空变成了橘子酱的颜色,她在大裂谷奔跑,在长得高得不可思议的花丛中飘过,在镶满钻石的天空中飞翔。她问我在想什么呢,我为她唱起 *Lucy in the Sky with Diamonds*。

我帮美国人用他那个沉甸甸的相机拍了一张留影照,随后我们都进了那间纪念品商店,除了那些白色的像棉花糖一样的羊毛帽子让我们觉得可爱极了,其他的小玩意儿我都怀疑是不是中国义乌生产的。我将硕大的毛茸茸的纯白色帽子扣在她的头上,用手机为她拍了一张照片,我笑她,说她像是爱斯基摩人,她也在我的头上扣了一顶有着黑色圆点的帽子,说我们现在是一对爱斯基摩人了。我们在推销员走来之前,迅速地放好了帽子,回到了车上。美国人收获了两个小象的木雕,我们一边传阅着,一边假装真诚地赞美它们。中午,司机带我们去路边的餐厅吃自助餐,有米饭、鸡肉、蔬菜和炒面。司机和他的助手一进餐厅就不见了,我们两个和日本人都装满了盘子,狼吞虎咽,日本人又去盛了一大盘。美国人吃了一点点,表示不太好吃,就去吧台点了一瓶啤酒,坐在高凳子上一个人喝了起来。

接下来的路就越来越不好走了，如果那些黄色土地上的轮胎印也可以称之为路的话。视野越来越宽广，已经看不到什么房子了，路的两旁时而是低矮的树林。我们的面包车一路狂奔，几乎和那天从莫亚莱过来的大巴一个样，有时候扬起的黄色尘土会挡住一侧的车窗。车里的温度有点高，可是没法打开窗户，美国人的鬓角渗出汗水，他系上了安全带，一副紧张又痛苦的神情。在一次大的颠簸时，每一个人都发出"哦"的声音，我觉得他有点厌倦这漫长而受罪的路程了，他似乎对着每一个人，又似乎在自言自语地说："还好从马赛马拉返回的路程订的是小飞机。"日本人在颠簸中睡得很香，他显然早已习惯了。我的手和她的手抓在一起，汗津津的，每次大的颠簸，她都会更紧地抓住我的手。她看着窗外若有所思，她那歪歪斜斜的帽檐在脸上投下不规则的阴影。我在车窗外迅速后退的画面中看到一头刚刚落地的湿漉漉的黑色小羊，它颤巍巍地弯曲着四肢站了起来，孤零零的，周围什么人都没有。可当我指给她看的时候，已经看不见了。她说她在远处看到了长颈鹿的剪影，当她指给我看的时候，我也什么都没有看到。我们仿佛一路看到的都是自己的幻想一般，无法分享。在日落之前，我们到达了马赛人的村庄，而晚上露营的地方就在旁边。

　　这个村庄是由一个个低矮的小泥屋组成的，司机下来之后，和一个高个子马赛人并肩进了村庄就不见了踪影，他的助手走在我们前边，为我们介绍说："这是马赛人的村落，我们司机和他们是朋友，所以带你们参观，这个项目是附送的，免费。"我们站在村子中央的空地上东张西望，不远的地方有牛群，有女人撅着屁股正在中间挤奶，她们和男人一样，没有留头发，只有紧贴在头皮上的卷曲小圈。小孩们散落在地上，就像幼小的动物一样可爱而自由。没一会儿，大高个走了过来。他可真高，足足有一米九多，他的身材颀长，两条腿就像是两根黑色的筷子。他表情严肃，手上拿着一根长棍，腰上还别着一个木槌，一个长矛和一把刀，他的脖子上挂着塑料的小镜子和小梳子，和各种各样的项链。手腕和脚腕也有彩色珠子编织的链子，就连膝盖和手臂都不放过，也被彩色珠子的宽链子装饰着。他披着艳丽的橘红色披风，在他黑色皮肤的衬托下更加醒目。没一会儿，就聚拢过来更多的男人，不知道从哪里冒出来的，就仿佛有着大披风的超人一般，凭空降落在这片空地上，他们有着和这个大高个一样的身材和装扮。紧接着，他们就排成了一排，开始用嘴巴发出一种极富节奏感的声响，他们随着这样的节奏前行，跳跃，像弹簧一样离开地面。美国人兴奋极了，拿着他的相机和摄像机轮流拍摄着，有点忙不过来。还叫我为他拍了几张和黑人站成一排的合影，为了拍清楚黑人的面容，他耀眼的白色脸庞完全过曝了。随后他们又为我们表演了钻木取火，大高个还从旁边的植物上摘下了一片叶子，为我们表演用叶子打磨他的棍子。

我们四个游客分别被领入了三个小泥屋参观，真不敢相信这些身材颀长的马赛人会住在这么低矮的泥巴房子里，一进去，除了看到一堆火，就什么都看不到了，待眼睛稍稍适应这昏暗的光线才发现屋子里还有一个女人和小孩。女人蹲在火堆前面，正忙着什么，就像没有看到我们进来一样。小孩蹲在角落，警惕地看着我们，他的眼白泛着光。马赛男人开始介绍他的房子，他的英语非常流畅，也没有奇怪的口音，声音高亢，充满了自信，让我很难相信刚才他们用那么粗野的方式，蹲在地上，噘起厚厚的嘴唇，吹着那一小撮有着火星的草丝，为我们表演钻木取火。他指着房子的一角说，这是卧室，指着火堆说这是客厅，他说男人们负责放牧和保证部落的安全，女人们修建泥屋，挑水做饭，挤奶带小孩，一个男人可以娶好几个老婆，只要有足够多的牛羊来交换，一个老婆需要十头牛。他们常年喝奶和血，所以皮肤光滑细腻。

我正沉浸在他介绍的画面中，他忽然说："你有什么问题？"

被他这么一问，我支支吾吾，想不出一个问题，我盯着眼前那个拳头大的小窗户，对他说："你们的窗户为什么这么小？"

马赛男人笑了一声，继续用他充满自信的口气说："这样就可以防止蚊子苍蝇进来了。"他又问："这位女士有什么问题？"她哼唧了半天，也没想出一个问题，马赛人接着说："那我们出去吧！"

我们松了一口气，跟在他的身后小心翼翼地走着，终于重见光明。他一出那矮门，就迅速恢复了身高，也恢复了他们一贯严肃的表情，在门口挡着我俩，就像一个巨人挡着两个小矮人。

他从脖子上去掉他的项链，说："买下它吧。"他将项链硬塞进了我的手里。

我看了一下问他："多少钱？"

他说："五十美金。"

我吓了一跳，他接着又去掉了他的手链、脚链，又对我展示他的棍子、木槌，好像他浑身上下都是商品，一副不买点什么就别想走的模样。最后我从口袋里摸出来一张五百的肯尼亚先令，递给他说："对不起，我什么都不需要，这是给你的小费，谢谢你的介绍。"那个男人迅速地收下了钱，就离开了。

我们又恢复了自由，回到广场的中央，等着日本人和美国人。美国人收获一件披风和一个木槌，日本人收获了一根木棍和一个项链，而我们损失了一些小费。

"这就是所谓的免费参观。"她笑着说。

美国人披着那件橘色的披风，挥舞着他的木槌，忧心忡忡地说："他们在那么小的屋子里点火堆，会得癌症的。"

司机和他的助手领着我们去露营地，土路的尽头就是硕大的落日，整个天空都被染红了，而我们在空旷的草原上，就像几个即将被点燃的虚弱剪纸。两个小男孩从果冻般的落日中剥离了出来，越来越大，就像来自于另一个时空，紧接着是他们的牛群走了出来，一串串铃铛的声音沉着而动听，我们在这幅标准的非洲画面中停止了抱怨，也忘记了颠簸一天的疲惫。每一个人都面带微笑，温柔而友善。我们牵着手前行，她的长裙在干燥的风中抖动着，她圆圆的后脑勺和马赛女人的一样漂亮性感。我们在落日中亲吻，晚霞仿佛是从她口中吐出的红色烟雾，而我则是忙碌的蜂鸟，不停啄着她的嘴唇，吮吸着那些红色的烟雾，让它们进入我的身体，此刻我和天空有着一样浓烈的色彩。我们挨得更近了，我的胳膊紧贴着她炙热的小臂。

营地坐落在一个花园里，一个个绿色帆布搭起的帐篷小屋，看起来十分结实。每一个帐篷后边都连接着一个简陋的水泥房子，里边有马桶和淋浴用的简易水管。小屋里只摆放了一张双人床，床上铺着可笑的亮粉色床品，上边还挂着粉色的蚊帐。我把包丢在了床上，准备跟随她去花园中的木屋享用晚餐。

出门的时候她对我说："别忘了，今天是我的生日。"

紧接着她就消失在了门外的夜色中。这已经是她今天第二次提醒我了。可我还是被吓了一跳，看外边天都黑了，今天就快要过完了，也许吃顿饭，再在这粉色的蚊帐中大干上一场，就可以打发掉今天了，打发掉这个该死的生日。我这么安慰着自己，我摸着自己空空如也的口袋，又在包里翻腾了一阵，仿佛那里有什么宝贝，有什么我早已准备好的礼物，我最后急躁地把包里的东西全部倒了出来，仿佛这样就可以变出尼罗河边的那对耳坠，她期待已久的礼物，一件贵重的礼物，可以让她托付终生的礼物。一想到那对耳坠，我就又有点愤怒了，为自己现在可怜兮兮地想要讨好她，满足她，为她实现愿望的样子而感到愤怒。我知道她的用意，我知道她那永远无法满足的接踵而至的一个个可笑的愿望，我知道她想要的远不止这些，她想要霸占我，伤害我，控制我，就像只有妻子可以控制她的丈夫那样控制我。最后我拿上那个写着"Pay less, Get more！Everyday！"的塑料袋，里边装着昨天她买的巧克力纸杯蛋糕，我构思着一个画面，紧紧地抓着这个塑料袋出了门，就像抓着一根毫无作用的救命稻草，又像抓着一个复仇的武器，我跨着又大又快的凶狠步子，来到了花园中间的小木屋。

餐厅有点类似于花园中的凉亭，四周都是木头的围栏，可以直接看见周围的植物和不远处的帐篷，可以听见虫鸣，抬头就可以看到明亮的月亮和闪烁的银河。餐厅的长条桌子上铺着红白相间的小格子桌布，中间点着几根蜡烛，已经摆好了四套餐具。日本人抱着一个手鼓坐在凳子上敲打着，我要过来他的手鼓，发现比看起来沉多了，一只手举着还挺费力。

他把鼓接了过来，用手指在上边敲打了几个简单的节奏，然后说："我在开罗固力宫看苏菲舞着了迷，就向其中一位演奏手鼓的人拜师学习，在开罗待了半年，平时打打工，薪水少得可怜，一个月只有二百美金。"

想起他来马赛马拉，交了三百七十五美金，比我们整整多了七十五美金，我顿时有点同情他。

过了一会儿，美国人也过来了，他洗了澡，换上了干净的格子衬衫，又恢复了活力，他对大家打着招呼："嘿，大家好！"

在这么浪漫的氛围中，大家的兴致都很高，美国人说："我热爱旅行，每年都会有几个月的时间在外边，离开马赛马拉之后，我就要去坦桑尼亚的桑岛度假。"

我们和日本人聊着开罗那间叫作 Sultan 的背包客旅馆，想起我们曾经都在那里住过，就觉得很神奇。我说："最里边的房间，常住着一个奇怪的穿着长袍，头顶扎着小辫的日本人。你知道他吗？"

日本人一边笑一边告诉我们："我知道那个人，他是一个日本报社驻开罗的记者。他挣着日本的薪水，却和我们这些背包客一样，住么差劲的旅馆。"

我们聊起了埃塞俄比亚的国菜英吉拉，美国人说："我在美国去过埃塞俄比亚风味餐厅，吃过英吉拉，非常美味。"

我和日本人对视了一下，我们俩都摇着脑袋，我说："那是我们一路上吃过最难吃的食物了！"日本人笑着点头。

我们聊着音乐，美国人说他参加过日本后摇乐队 Mono 的现场，他非常喜爱那支乐队；我们聊 Mazzy Star，美国人说他有一个朋友认识这位谜一般的女主唱；我们聊 Kraftwerk，聊它的气质和古埃及的那些神庙有多么相似，每一个音符都仿佛一个象形文字一般。我们都为前一段 Lou Reed 的去世而感到遗憾，我们一起合唱了几句 *Perfect Day*。我们在马赛马拉的大草原上，在赤道附近的银河下，就像四个好久不见的朋友一般，这么愉快地聊着天，即使我们来自不同的国家，却有着这么多同样的爱好和共同的话题，我好久没有过这样的体验了。

厨师开始为我们上菜，虽然我还很难在黑人的脸上猜出年纪，但是这位厨师显然已经步入老年，不过他是一个活泼热情的老头，他听到我们正在说埃塞俄比亚的跳蚤时，问我们："嘿，你们不会把跳蚤带到我的营地吧？"我们争先恐后地要和他握手，说要把自己身上的跳蚤传给他，他做出夸张的动作，吓回了厨房。

桌子上摆满了看起来很美味的食物，炒面、炖牛肉、米饭、咖啡，她在桌子下边踢了我一脚，不用她说，我就知道她的意思是：今天是我的生日。这已经是今天第三次提醒我了。

我用叉子敲了敲盘子说："今天是我女朋友的生日。"

厨师又从厨房跳了出来，他拎着一个塑料桶，打断了我说："这位女士生日？这是我自己酿的酒，香肠树的果实酿的，你们明天就会看到香肠树。这酒今天免费，你们尽管喝吧！"

又是免费的东西，我们早晚会付出代价的。我这么想着，为每一个人倒上酒，我们干杯，祝她生日快乐。她像一个小女生一般害羞，她的脸在摇曳的烛光中，有着蜂蜜般甜蜜的色泽。她望向我，我知道她早就不是什么小女生，我知道她想要的更多。

这酒有一股奇特的香甜味道，我们一口接一口地喝着，我们聊着女人，聊着爱情。

美国人说："我之前在印度旅行的时候，认识了一个女孩，可是刚一回国，她就和别人结婚了。"

我们问他为什么这么大年纪了还没有结婚，他笑着说："Travel too much!"

日本人说自己也是单身，原因也是"Travel too much"。我们大笑着说美国人的现在就是他的未来，如果这么旅行下去，就会一直单身下去的。

日本人说："等我完成环游世界的梦想，就尽快回家结婚生小孩，我可不想一直单身下去。"

我们三个男人喝得太多了，"Travel too much"成为了我们的笑料，一提到这个词，就大笑不止。

她第一杯酒还没有喝完，她礼貌地笑着，有点心不在焉，也许我有点醉了，我看她的眼睛，发现她的瞳孔仿佛两个黑色的无底洞，快速旋转着，让我头晕。我摸着她的脑袋说："我是在路边捡到她的，那天的光特别刺眼，她那个时候可不是这副模样，她扎着黑色的马尾，不像现在，头发都没了！"紧接着，我们三个男人又大笑了起来。她躲开我的手，瞪了我一眼。

"我们从亚洲一路来到非洲，到马赛马拉给她过生日。她昨天没有吃到骆驼奶糖，你们吃过吗？"我觉得什么都很好笑，一直想要发笑。

很快话题就落到了我俩头上，日本人说："你们能在路上遇见彼此，一直走这么远的路，走这么艰辛的路线，一定是灵魂伴侣。"

美国人也附和着他说："这样的旅行就是对情侣最好的考验

了，如果可以这么一路走下来，一定是可以结婚的终身伴侣。"他又拍了拍我的肩膀，就像长辈在告诫晚辈一样："小伙子，听我的没错。"

他们两个一唱一和，反反复复地对我说："你要珍惜她，千万别让她给跑了。"

我紧紧地搂着她的肩膀，一副不叫她给跑了的样子。她含情脉脉地看着我，就像在鼓励我做点什么事情。我有点糊涂了，我的眼皮上下打架，他们三个都在跑道边举着小旗为我加油，都在鼓励着我，我在塑胶跑道上奋力奔跑着，我拼尽了最后一丝力气，我听到自己沉重的喘息声，就快到终点了，终点是闪耀着白光的旋涡，就像是通往另一个时空的隧道。我再一扭头，日本人和美国人消失了，只剩下了她一个人，她又黑又漂亮，有一双紧致细长的小腿，它们在阳光下闪着金光，它们奔跑、跳跃……她耳朵上蓝色的耳坠在剧烈地晃动，她在我的胯下，她在呻吟，她在哭叫，她在分娩，我想我们生下了一群湿漉漉的小鹿，它们转身跳进了树林。她看着我，她穿着干净的衣服，扎着黑色的马尾，我掉进她黑色的瞳孔，就像掉进了洗衣机里，轰隆隆不停地旋转，我就要吐了。

在一阵强烈的呕吐之后，我感到异常轻松和祥和，周围的一切都变成了圆形，每一个晃动的物体都带着长长的尾巴，声音遥远而缓慢，我的脚下踩着云朵，我对每一个人微笑，我想我忘记了一件事情。我摇摇摆摆地站了起来，从购物袋里拿出来一个巧克力纸杯蛋糕，从桌子上拔起来一根蜡烛又狠狠地插在小蛋糕上，我说："许个愿吧。"我又忽然想起来我忘了一件更重要的事情，我有点得意，扑腾一下跪在了地上，从口袋里摸出来一个东西，那对尼罗河边的耳坠，我紧紧地握在拳头里，生怕它们蓝色的光芒提前穿透我的指缝，把夜空染蓝。我将握着耳坠的手伸在她的面前，我看到她的眼睛弯弯的，忽远忽近，那表情又像笑又像哭，她的鼻翼抽动着，她用一个手背挡住了自己的嘴巴，我微笑着打开了自己的手掌，我和她一样惊讶于，手中竟然什么都没有。

她对着蜡烛说："你去死吧。"然后一口气吹灭了蜡烛，怒气冲冲地离开了餐桌。

椅子摩擦地面的声音异常刺耳，我捂住了耳朵，我看到她许下的生日愿望，在黑色的肥沃的小蛋糕里生根发芽，簌簌长大，就快要结出恶果。不远处马赛人的村子传来热情的歌声，他们一定围着篝火在举办舞会，他们每个人都披着火焰做成的披风，他们每次弹跳都可以用厚厚的嘴唇亲到星星。日本人也敲起了手鼓，他的手在鼓上快速变幻，跳跃着，他的袖口就和苏菲舞中旋转的裙子一模一样，他的手指头就像是几个舞者在他圆形的鼓面上旋转着，我盯着看了一会儿。美国人走进了花园，他抬头看着银河大声惊叹了一句："Milky way！"

天还没完全亮透，司机和他的助手就在门口呼喊我们，吃了简单的早餐，我们就出发了，司机的助理介绍着："今天我们将进入马赛马拉国家公园进行 safari，我们即将看到的动物会有，大象、斑马、角马、野牛、羚羊、长颈鹿、斑马、鸵鸟、鬣狗、河马……哦，斑马我是不是说了两遍？"没有一个人发出笑声，他接着说："你们可以认真数一数，今天到底看到了多少种动物，如果你们运气足够好的话，我们还会看到金钱豹和狮子。"他看着我们等待着回应，可是这一车游客显然还昏昏沉沉没有做好互动的准备。他继续说："不过你们请放心，以我们两个丰富的经验，一定会带你们找到它们的。"

她一直将头靠着车窗，看着窗外发呆。就像一条刚从冰柜拿出来的冻成冰块的死鱼，让我无从下手，也不敢碰触。我脑袋里边昏昏沉沉，就像装着一桶糨糊，就如同窗外这灰蒙蒙的一切，我拿纸使劲擤着鼻涕，仿佛这样就可以把脑袋里的糨糊都弄出来。司机忽然一个急刹车，他指着窗外说："你们看，羚羊。"我朝外看着，老半天才在车轮旁边的地面上看到一只羚羊，确切地说，是半只羚羊，因为它的后半个身子只剩下肋骨了，白得发青，而它的前半部分还完好无缺，这强烈的对比令人毛骨悚然。大家稍稍兴奋了起来，每个人都重新表现出陌生人般的礼貌，说着客套话，就好像昨晚什么都没有发生一样，就像昨晚我们不曾聊旅行，聊音乐，聊爱情，聊女人，每一个人都重新拥有了秘密的人生和陌生的面孔。司机和他的助理下车将汽车的顶盖支起来，这样我们就可以站着观看窗外的动物。我正想和她议论下这半只羚羊时，发现她仍然看着窗外发呆，我吞下了跑到嘴边想要逗她发笑的俏皮话。

　　太阳在汽车的右侧升了起来，驱散着草原上的雾气，也驱散了车里困倦的气息。眼前渐渐出现一片金色的草原，缓缓起伏着，一直延伸到和天空相交的地方，孤零零的金合欢树是草原向天空伸出的手掌，偶尔有羚羊就像上帝随手撒下的芝麻，一片一片地散落在草原上，一边俯身吃草，一边警惕地观察着周围，每当汽车快要到达它们身边的时候，它们就跑掉了。司机的助手用高亢的嗓音说："欢迎来到马赛马拉国家公园！"就像要拉开一场盛宴的帷幕。斑马从汽车前方的路上成群结队地跳走，每一只都健壮饱满，身上的肌肉随着跳跃而微微颤动，黑白条纹在金色的草原上时髦极了。经过低矮的树林时，就会看到几只长颈鹿，它们悠闲地迈着步子，嘴巴不停咀嚼着树叶，很多时候，它们的脑袋比树还要高出很多。大象往往一大家人在草原上缓缓移动，第一次见到这么多各种大小的象，大的比我们的面包车还要大，悠闲地扇动着耳朵和尾巴，小的像是一头小猪一样可爱，甩着自己的鼻子，在成年大象粗壮的腿旁蹦蹦跳跳地前行。我不由自主地哼起小时候看的《狮子王》中的旋律，美国人早就站着，每看到一个动物就轮番用照相机和摄像机进行记录，日本人站在最前边，双臂支撑着车顶的边缘，就像船长一样，风让他的头发和衬衫抖动起来。而她一直没有站起来，那副冷漠绝望的模样，让我根本没法完全投入到看动物这件事情上。我一会儿看看动物，一会儿看着她，真想一下子把她扔出窗外，把她喂给狮子，让狮子咬着她的脖子，把她撕碎，我这么恶狠狠地幻想着，可是一想起刚才看到的被吃了一半的羚羊的残骸，如今换成了她，她失去了半截身体，露着森森白骨，那幅画面仅仅是在我的眼前闪现了一下，我就后悔这么想了。

司机又停了下来，路的左边有一片没有长草的空地，中央有一头血腥的斑马，像是刚刚死亡，几只鬣狗耷拉着尾巴，正围着它啃食，旁边很多秃鹫站在地上，时不时在空中盘旋，伺机过去吃上几口，有几只鬣狗一直负责在旁边驱散秃鹫。鬣狗真的太丑陋，太猥琐了，用再肮脏卑鄙的词语形容它都不为过。

天上的云朵巨大而立体，在草原上投下影子，我要使劲地盯着这样的画面，把它们牢牢地记在脑子里，在旅行中我经常这么想，可是似乎什么都没有真的被牢牢地记在脑子里。我看了一下日本人和美国人，他们也和我一样贪婪地看着、沐浴着、呼吸着，没有一个人的心不会被此刻眼前的画面所打动，无论他来自于哪里，从事什么样的工作，有多大的年龄，穿什么样的衣服，听什么样的音乐。我怀疑人类最根本的审美观都来自于这里，我又想起了位于亚的斯亚贝巴的国家博物馆墙上的那句话："欢迎回家。"我们来到非洲大陆，都是一群离家十万年的游子，都是分散十万年的兄弟姐妹。我低头看着她，又有点感激她，是她要求来这个地方，我多想和她分享此刻强烈的感受。可是她一动不动，仿佛世间不再有什么可以打动她了，即使是这样令人惊叹的景色，这让我有点恼火，我在没有任何人发现的情况下，狠狠地瞪了她一眼。

草原不仅仅向我们展示优美祥和的一面，路上时常会看到动物的骸骨，这样的残酷在光天化日之下是那么理所应当，而那些野牛洁白的头骨，在阳光下也不再那样骇人，倒像是充满非洲气息的艺术品。

一股强烈的尿意向我袭来，一定是因为早上为了使大脑清醒一点，喝了太多咖啡。我对着司机大喊着："嘿，请停一下车，我要撒尿。"

司机将车停在了一片树林旁边，我打开车门走了下去。外边没有一丝风，明晃晃的太阳照着干燥的草地，我扭过头，看到司机和他的助手望着我，美国人和日本人望着我，就连她也望着我，他们面无表情，就像是密谋好了的同一伙人，正在等待我下车的这个时刻，在等待观看着什么。我感到奇怪，有点害怕他们趁我撒尿的时候，忽然踩着油门离我而去。我找到一个隐蔽的位置，一棵巨大的香肠树的后边，我抬起头赞叹这香肠树的巨大果实，我想要迅速地解决，好尽快回到车上。当我拉上拉链，听到身后有草丛被拨弄的声响，一定是他们也有人下来撒尿吧，我刚一扭头，一个巨大的，水泥石墩般的庞然大物向我踏来。它先是踩扁了我的肚子，又一脚踩在了我的头上，我听见了头骨碎裂的声音，我的眼球突出来了，我的嘴巴、鼻孔和耳朵都在流血，奇怪的是，我竟然可以一边感受着痛苦，一边看到自己临死前惨不忍睹的样子，比刚才看到的羚羊和斑马还要惨烈。它们的死亡冷静而优雅,而我的死亡,就像非洲草原的落日一样热烈,就像烟花绽放时一样绚烂。我看到我的血液和脑浆四处喷溅,我的内脏四处流淌,我已经不太像一个标准的人了,就连我自己都认不出来了。在我的大脑还可以思考的最后时刻,我想到她在黑色小蛋糕前许下的生日愿望,她说:"你去死吧!"我想到了"肝脑涂地"这个词。

汽车继续在草原上奔驰,偶尔可以看到远处有别的汽车像小小的瓢虫一般,在天际线缓慢移动。司机的助手打开了对讲机,发出呲呲啦啦的声响,公园中正在草原各处 safari 的司机们互相联络着,分享着信息,共同寻找狮子和豹子的踪迹。气温越来越高,美国人解开了衬衫脖子上的纽扣,日本人仰起脑袋灌着矿泉水,她仍然靠在车窗上发呆。我想我终于明白了一件事,我一定是闯入了她的白日梦,一定不止一次地闯入她的白日梦,我甚至发疯地怀疑这将近一年的时间都是闯入了那个扎着黑色马尾,站在路边看着我发呆的女孩的白日梦。我决定对此只字不提,我感到愤怒,感觉自己像是一个被玩弄的傻瓜,被猪笼草囚禁的昆虫,自我厌烦的感觉瞬间击垮了我的鼻梁、我的肋骨,我再次想起那个在黑色的小蛋糕中生根发芽的生日愿望,我决定自暴自弃,破罐子破摔,我决定"肝脑涂地",我决定让我的女人梦想成真。这是一个再好不过的机会,在这生生不息的、美丽的大草原上,残酷的事情在光天化日之下总是稀松平常的。

"嘿,请停一下车,我要撒尿。"我对着司机大喊着。

/ 绿洲

我在马特鲁的露天车站等待开往锡瓦绿洲的长途汽车，问了半天发现我已经错过了大巴，只能坐凑齐人就出发的小巴。我必须时不时拖着死沉的大包，到后边貌似停车场的地方看看那辆小巴跑了没有，虽然刚才已经和司机打过招呼，但从他暴躁易怒的脸上很难确定他是否明白我的意思，或者转眼就把我给忘了。

已经过了午饭时间，小摊上包装在五颜六色的塑料袋里的小点心，正在烈日的暴晒下膨胀变质。车站冷冷清清，眼前就是一条宽阔的马路，干燥而荒凉，时不时有汽车呼啸而过，我的眼睛跟随着它们。在我开始觉得扫兴，认为三天三夜也凑不齐人出发的时候，一个穿着牛仔裤的矮个子年轻人过来朝我招手，示意我跟上他。车旁边早就围了一群人，正在大声讨论着什么，大概意思就是有十三个座位，可是现在只凑够了十个人，司机的意思是继续等，而乘客的意思是等不及了，最后讨论的结果是这十个人要付给司机十三个人的钱他就出发。我也不知道自己是怎么明白的，反正就是明白了。已经鸡同鸭讲好几个月了，我喜欢这种感觉，我和他们呜呜哇哇，张牙舞爪就达到了共识，这是我和我的女朋友就算听得懂彼此嘴里的每一个字，却也从未做到的一点。

趁司机还没过来，我迅速将大包丢进狭窄的后备厢，如果劳烦司机来放，就会收取一埃镑的小费，我为自己经验丰富，节约了一埃镑感到扬扬得意。我钻进小巴，高温混着皮革的气味扑面而来，最后一排靠窗的位子竟然坐着一个和我一样的游客，我有点兴奋，可是他既没有表情，也没什么反应，好像我和那些穿着白色长袍，正撅着屁股往位子上挤的阿拉伯大叔没什么区别。他个子很高，脑袋就快要碰到车顶，又瘦又结实，就算晒得有点黑，也不能掩盖一张漂亮的脸，鼻梁像山一样横亘在脸的中央，令人印象深刻。一顶破旧的毛线帽随便扣在头上，让他头大脚轻，扎染的背心看起来穿了很久，两条胳膊紧贴着身子，一些腋毛探出脑袋，小臂在大腿上交叉着，手腕上挂着几个彩色的编织手环，一看就是浑身散发着大麻味儿，满嘴"冥想禅修，爱与和平"的嬉皮士。我决定离他远一点，我还不了解他，就开始讨厌他，而原因我不愿意多说，不过就是激起了我那可怜兮兮的自卑之心，他一声不吭坐在那儿就做到了，他就是那类人。很快汽车里闷热的空气和自惭形秽的感觉填满了我空荡荡的胃，为什么刚才猥琐地盯着人家的腋毛，却不能主动打个招呼呢。无论如何，车开起来了，在我彻底厌倦马特鲁和自己之前，前往下一个目的地，绿洲、红洲、白洲、黑洲，随便什么洲都行。

车还没开一会儿，就进了一个像是加油站的地方，几个年轻人下车转了一圈，回来的时候每个人手里拿着一束树枝，像是要参加什么葬礼。车又开动起来了，没一会儿就驶入了郊外，路两旁是一望无际的沙漠，看一会儿就觉得汽车失去了方向，除了在颤抖，根本就没有移动。偶尔有被风吹成奇怪形状的橘色石山出现，并且不断后退，这时才能确定汽车是在向前行驶。这些人抱着树叶啃了起来，不停地咀嚼，实在是够奇怪的。一只肥硕的苍蝇在玻璃上嗡嗡乱撞，就像一个高频率的钻头，准备钻出个眼儿，好逃离这个幽闭的汽车。我犹豫了老半天，才愿意掏出那个沉甸甸的相机隔着脏兮兮的玻璃窗拍了一连串的照片，可以想象那些单调而模糊的图片，没有一张让人满意。没完没了的黄色，每一张都是一样的，也许还有一个黑点，那只焦躁的苍蝇。我后悔掏出相机了。可是还能干些什么呢？我问旁边吧唧吧唧嚼树叶的年轻人，那树枝到底是什么？他们哄笑了起来，有人说：阿拉伯茶！还有人说着其他什么名字。年轻人分了一些树枝给我，让我尝尝，我学着他们的样子也咬下一些树叶咀嚼了起来，就是普通树叶的味道，没什么好吃的。他们观察着我，我皱起了眉头，他们又哄笑了起来，这种笑一路上太熟悉了，就像围观一个傻老外第一次用筷子吃饭，人们期待他的笨拙，越笨越好。为了让他们失望，我又来了一口，做出享受的表情，竖起大拇指对他们说：好，好，太好了！很快他们就对观察我吃树叶失去了兴趣。而我也没什么事可做，就像料理机一样，让树叶不停在口腔里翻滚，被牙齿切碎，让汁液不断流入食道，我竟然没有那么饿了。

　　汽车在撒哈拉沙漠中奔驰，而车里的人正在吃自己眼前的树叶，没人交谈，就像一群午后趴在树荫下反刍的牛，这让我放松而茫然。我有了足够的时间来观察身边的每一个人，并且回忆最近我所经历的每一个时刻，特别是一些微不足道的时刻，比如说开罗宾馆里的豹纹床单和臭虫，晾衣服的阴暗过道，四个眼的煤气炉，心事重重、烟不离手的法国女人，埃及博物馆里的屎壳郎，猫木乃伊，路边的芒果冰激凌和粉色泡菜……事实上，大部分时间我什么都没想，目光也没有聚焦到任何事物上。我沉重的身体深陷在肮脏的座椅中，而我的灵魂在提速和刹车的时候会被甩出身体，获得短暂的自由，我饶有兴致地审视自己的身体和周围环境的关系，直到它们达到相同的速度，灵魂再次被身体吞噬。窗外有个女人赶着几头毛驴，毛驴身上都驮着两个塑料大水桶，几个孩子跟在后边。远处有一片金黄色的房子，像是个村庄，可是车子开近了看又像是早已空荡荡的废墟。有时候，我觉得自己看见了整片沙漠，小腹泛起一阵阵又痒又空虚的感觉，就和小时候荡秋千到达最高点时一模一样。我偶尔会习惯性地发个牢骚，怎么还没到，但是大部分时间都希望汽车永远不要停下来，永远不要到达下一个目的地。

　　汽车在路边一个水泥建筑的阴影里停了下来，人们弯着腰挨个挤出车门，然后就消失不见了。我是鼓足勇气才跨出那道笔直的阴影的，就像即将踏上另一个星球，让人激动而恐惧。放眼望去除了一条公路，全是沙漠，什么都没有。这样的画面在汽车里已经看了一路了，可是真正身处其中却是另外一码事，烈日在头顶暴晒，沙子在脚下渴望水分，很快就觉得自己发烫，冒烟儿，并且枯萎了。除了尽快爬上台阶，经过一个平淡无奇的水泥平台，钻进商店买瓶汽水好让自己恢复生机，不知道还应该做什么。阿拉伯乘客和司机已经在店里坐成了一圈，一边喝茶一边抽着水烟。而我和那个游客一人买了一瓶可乐，走到平台上。我刚把两条胳膊搭在铁栏杆上，就被烫得缩了回来，害我洒了半瓶可乐。他一手拿着烟，一手拿着可乐走了过来，我说，这很烫，示意他不要碰。他耸了耸肩膀，吸了一口烟，仰起脑袋，耷拉着眼皮，仿佛有什么离奇的梦话就要从他的嘴里冒出来，可是除了吐出一口烟，他什么也没有说。我被他这副样子迷住了，想要模仿他，让女孩们全都为我发疯。平台四周堆满了可口可乐的红色箱子，落满了灰尘，感觉已经积攒了半个世纪。他递过来一盒烟，上边是腐烂的肺部，问我要不要来一根，我竟然说了不，其实我愿意陪他吸上一根，我也不知道为什么就说了不。我经常做这样的事情，口是心非，像个女人。

  我俩直挺挺地杵在那儿，向沙漠深处望去。他用夹着烟的两个手指点了点远处，说那儿有一只羊，我看了过去，真的有一个白点。但是我不明白一只羊在沙漠中央能干什么。过了一会儿白点动了起来，然后向我们这个方向移动，越来越近，在摇晃的热浪中，渐渐变成一个穿着白袍的阿拉伯大叔，就像一只羊完成了直立行走，穿越数千万年，进化成了人类。我说，不是羊，是人。他说，是的，他在沙漠中拉屎。我俩哈哈大笑起来。我说，我来自中国，你呢？他说，哦，嗨，我来自丹麦。半瓶可乐下肚，我心满意足，准备去撒尿，自从来了埃及，我就很少撒尿，就算很热，也没有汗，水分就这样凭空消失了。我向水泥房子的后方走去，走了很远，因为我不想被其他人看到，把我当成什么自寻死路的愚蠢动物。我站在沙漠中央，尿液很快被沙子吞噬，我觉得此刻除了上帝，没人会看到我。在回去的路上，我想起那天商场厕所令人作呕的味道——臊臭混合着清新剂的廉价香味。想起冒着热气的小便带走了身体里最后一丝热量，让我打了个冷战。可是现在，在撒哈拉沙漠里，我已经很难感同身受了。我在柔软的沙子里，一深一浅地走着，想起那天洗手台上明晃晃的巨大镜子，我当时正在向镜子走去，有点害羞，调整了脚步，尽量让自己看起来不屑一切。

小巴又出发了，大家都坐回原来的位置，阿拉伯人又开始咀嚼树叶，窗外又是一模一样的风景，那只苍蝇又在玻璃上乱撞，让我不禁怀疑自己是不是被困在了某个时间段，不停重复，再也出不去了，而刚才那个休息站就是时空对折的点，说不定一会儿下车又回到了马特鲁。我尽量看清楚远处每一个黄色的小房子，脑袋里不停重复着 "I hear that you're building your little house deep in the desert" 这句歌词，还不由自主地哼出声来。我幻想着小房子里的人在沙漠中生活的每一个细节，我构思他们孩子的长相，还有驴和骆驼。我为他们设计取水的地方，尽量不要离家太远，我甚至在他们的窗台上摆放了一个小小的绿色植物。房子渐渐多了起来，终于在左前方看到了一点绿色，刚开始我觉得那会不会是海市蜃楼，直到它越来越大，渐渐成为一片棕榈林,我才感觉获救了,就像牵着骆驼在沙漠中行走的、即将渴死的人看到绿洲一样兴奋和感动。

我和那个丹麦人站在车后边,等着司机打开后备厢,而其他乘客一下子就消失不见了。我想找个人分享一下这份喜悦:"有了沙漠,才会有绿洲。"我觉得自己表达得不够准确,可就脱口而出了。他低头盯着自己的小臂,有点吃惊,他说:"刚才有一只苍蝇。"他搓动着双手,我想这是在模仿苍蝇。"我打死了它。"他拍向自己的小臂,发出啪的一声,"苍蝇没了!"他把小臂伸到我的眼前,那只有一颗黑痣。他指着那颗痣说:"以前没有!"我不知道这是个笑话还是真的,怎么说呢,经过这么一路,人们都有点神志不清。我们背上各自的大包,立刻矮了几厘米。我问司机:"棕榈树旅馆怎么走?"司机气呼呼地、头也不回地上了车,绝尘而去,剩下我俩站在夕阳下金色的尘土里。

我说:"你计划住哪儿?"

他说:"我没有计划。"

我们经过了一个街心小花园,一个穿着白袍瘦瘦的男人光着脚,正在用水管往草地上浇水,这片工整的草坪和周围格格不入,像是沙漠居民的一个幻梦。我走进一个小店,问棕榈树旅馆在哪儿,一个年轻的戴着眼镜的男人走出店门,往左边指了指:"就在那儿,不远的,你要不要来点椰枣?"我说不要了,下次吧。正要走,丹麦小伙子拿起一盒椰枣,问:"多少钱?""三十埃镑。"他付了钱,刚出门就拆开吃,还递给我,我拿了一颗说:

"二十埃镑就能买到。"他背着大包，一边吃椰枣一边跟着我，像一个刚放学饥肠辘辘的小孩，这让我增加了自信。

棕榈树旅馆看起来像是泥巴糊起来的，门口是一条尘土飞扬的土路，时不时有摩托车呼啸而过，所以它的大门以及所有窗户的玻璃都像是撒了一层黄色的糖粉，这倒有一个好处，挡住了阳光，让里边阴凉一些。选择这里的原因很简单，旅行指南上推荐的旅馆数这里便宜，当然条件也很差，三十五埃镑，公用卫生间，没有 Wi-Fi。接待处的墙上贴满了沙漠一日游的信息和照片，上边净是一些晒成粉色的西方人，有的一脸惊讶，有的咧嘴大笑，他们和沙漠风光是如此不协调，更像是一团团软乎乎、快要被烤化的肉色棉花糖。我叫了老半天也没有人出现，丹麦小伙子盯着那些照片认真地研究，并没有像我一样着急。旅馆是环形的，中间是一个露天的小花园，种着一些棕榈树，这应该就是旅馆名字的来历吧，树下还摆放了一张藤编的桌子和几把椅子，很吸引人。我把大包扔在地上，准备去小花园休息休息，可是还没有坐几分钟，我就明白了，这个貌似惬意、充满浓浓沙漠风情的小花园，实际上是一个骗局，一个屠场，我的身上被咬了不下十个红包，我觉得这个旅馆老板和蚊子是一伙的，他们是故意这么干的，先给游客一个下马威。

楼上传来拖鞋拍打地面急促而响亮的声音，穿着白袍的瘦高年轻人像一只巨大的白鹭降落在招待处，我感觉他和之前在草坪上浇水的男人长得一模一样，我怀疑他们是不是同一个人。

他开始用英语详尽地为我们介绍沙漠过夜的旅游项目，还带着一系列夸张的动作，如果不听他说话的声音，就有点像是在做体操，显然他已经表演过成千上万次了："沙漠 safari，吉普车，对，接上你们，上上下下，刺激，有趣，对，是的，沙漠中间的湖，有鱼，我们可以游泳，你知道的，非常凉快，以前是海洋，捡贝壳，你知道的，以前是大海，谢谢，对，篝火野餐，火，火，鸡，吃鸡，还有米饭，蔬菜，我为你们做饭，是的，好吃，露营，看星星，很多很多，银河，对，睡觉，日出……"在他的描述中我不得不旅行了一圈，感觉更加疲惫了。丹麦小伙打断了他，也用手比画着说，房间，房间。这位阿拉伯年轻男人扭过身去，拿出一把钥匙，一个房间？他指指我俩，一起？我和丹麦小伙一起说，不不，两个房间，两个房间，我强调说，分开的。傍晚的光线透过沾满尘土的玻璃窗更加柔和，让黑暗的房间看起来比实际上好很多。

直到深夜我才明白什么叫作真正的屠场，驱蚊水什么的在这儿简直就是娘娘腔的香水，毫无作用。不开窗户实在太热，即使我冒着生命危险，把房顶那个晃来晃去，随时会掉下来削掉我脑袋的电扇开到最大档。打开窗户就会有成群结队的蚊子从纱窗无数的破洞中飞进来，在耳边哼哼着，畅饮我这充满异域风情的血液。埃及人一到晚上全都冒出来了，从开罗到亚历山大，从马特鲁到锡瓦，无论城市大小，全都一样，仿佛他们都不睡觉。我躺在床上竖起耳朵听着窗外不时传来的说笑声，清楚得就像对着我的脸说话，我幻想说话的人的长相，穿着，可是我的想象力被限制了，总是浮现出旅馆老板或者说是在草坪上浇水的那个阿拉伯男人的样子。楼下不停传来摩托车刺耳的呼啸声，竟然还有人在用电锯干活。我打开灯，不知道是哪个智障把白色的节能灯泡安在电扇上方，快速旋转的扇叶不停挡住光线，一明一暗，剧烈闪动，就像是在迪厅，我的每一个动作都呈现出机器人的节奏，一卡一卡的，没一会儿就觉得精神恍惚，头痛欲裂。在闪烁的光线中，墙上密密麻麻的蚊子尸体和血迹忽隐忽现，让我怀疑自己是不是被关在什么中世纪的牢房，或者是什么精神病连环杀手的游戏室。我觉得自己一分钟也忍受不了了，从床上跳起来，推开门，准备去走廊上透透气。

丹麦小伙竟然也在走廊，靠在墙上抽烟，我有点高兴，凑过去说："嗨，睡不着吗？"

他抬起拿着烟的右手，烟灰撒落了下来，给我打了个招呼："嗨，是啊，太热。"

他没有戴帽子，半长的头发，在头顶靠后随便挽了一个髻，剩下的金棕色的头发散落在四周。这副模样一定是去过亚洲寻找什么精神寄托，我在印度和东南亚见过太多这样的人，我在想，如果他是一个女孩一定漂亮极了。我说："蚊子太多了！"

他伸出胳膊，指着上边的一串红疙瘩说："是的，太多。"他朝上吐了一口烟之后，做出一个认真的表情，盯着我说："我们会死在这儿的。"

我笑着说:"是的,登革热、疟……那个单词怎么说来着?"

他补充:"疟疾、脑炎、黄热病……"

"比起沙漠,我更愿意死在海里,你去过大哈巴了吧,蓝洞旁边的山坡上全是墓碑。"

"不要让恐惧阻碍你通往梦想的道路。"他用夸张的语气一字一顿地念着。

"我也看到那个墓碑了,还拍了张照片。"我掏出手机开始往前翻照片给他看。看得出来,他和我一样兴奋,我们一下子有了共同语言,打发这个晚上看来毫无问题。

"现在不是来锡瓦的好季节。你也要一根吗?"

"哦,好的。"这次我没有拒绝,立马答应了,他为我点上烟,我说:"谢谢。现在是淡季,你有没有发现,整个旅馆就我们两个游客?"

"夏天来沙漠,两个疯子。"他翻了下白眼,表现出一副白痴的样子。

"你明天会去参加沙漠一日游吗?还是露营的那种?"我问他,听说这个旅游项目是每一个来锡瓦绿洲的游客必参加的。

"火,火,对,是的,谢谢,鸡,对,鸡,吃鸡,还有蔬菜……露营,看星星,很多很多,对,你知道的,银河……"他做出夸张的动作开始模仿旅馆的老板,"不去,在开罗我连金字塔都没去。"

"我也不想去,我只想四处转转。"我说。

"四处转转，好主意，没有比四处转转更好的了。你累了吗？我想坐在那儿。"他指着对面的楼梯，我们俩坐了过去。

一坐下来，话题就像受到惊吓的小飞虫，忽然散去，躲藏在四周的黑暗中，不知道聊些什么，他将两条胳膊搭在膝盖上，发起愣来。显然我不是发愣的好手，我不太能忍受两个人什么话也不说的尴尬气氛，而他已经不知道神游到什么地方去了，难道就要一直这么沉默下去吗？我决定这次主动寻找话题："丹麦是个好地方。"

他过了老半天才回过神，问我："你去过吗？"

"没有，不过从小就知道丹麦，安徒生童话、卖火柴的小女孩、海的女儿、布里克森、冯提尔……还有，丹麦曲奇。"我把整个人生中和丹麦有关的体验全部搜刮了出来，生怕漏了什么没说，而那些人名我也是按照中文瞎说的，不知道他能不能听明白。

"等一下。"他掏出手机，打开地图，用手指在屏幕上扒拉了老半天，终于来到了丹麦，他放在我面前说："这是哥本哈根。"他抬起头，看看我的反应，我点点头，接着他就开始滔滔不绝地沿着海岸线讲起他的一次长线旅行，他的手指在错综复杂的小岛中扒拉来扒拉去，很快我就失去了兴趣，在这些陌生的地名中迷失了，不过这也比无话可说要好得多。"我骑着自行车，一辆很好的自行车，丹麦几乎每一个人都骑自行车，我骑自行车长途旅行，我骑得很快，我带的东西不多，一个包，对了还有一只狗，我在路上捡的，有时候狗会跳到车上，它自己可以保持平衡，有时候它会拉着我跑。哦，对不起，我要去拿包烟。"他说完就站了起来，转身向房间走去，我看见他左边的小腿文了一整棵死气沉沉的椰子树，我简直不敢相信竟然会有人文这样可笑的图案，心中涌起一阵阵对他的同情。他的房间和我的一样，闪烁着白光，仿佛是通往另一个时空的入口，他走了进去，消失了，我十分怀疑出来的时候还是不是同一个人。

他抓着一包皱巴巴的烟坐了下来，我俩再次陷入沉默，他抽上了一根，又看着前方长久地发愣。我感觉没救了，我俩的交流太脆弱不堪了，随便什么动作都有可能终止话题，我宁愿回去被蚊子吃了，也不想和他坐在一起这么无话可说。忽然他转过脸对我说："妈的，哦，对不起，我不是什么该死的丹麦人，我是加拿大人，这样的话，那么，你还是中国人吗？"我的预感还真准，他回了一趟房间就变了国籍，即使这样我还是非常吃惊，他好像在怂恿我和他一起玩什么胡说八道的游戏。

"我当然还是中国人。"我有点生气，这里就是我们这段微不足道的关系的转折点，这件事多少对我的人生产生了影响。虽然每件事都会对我的人生产生影响，而且也不是第一次听到谎话，但是这件事总会让我经常想起来，特别是和陌生人聊天的时候。不过这件事情也有积极的一面，我很快也体会到了胡说八道的乐趣，特别是对萍水相逢的陌生人，这样话题就不会受限，可以发挥想象力，可以没完没了地聊天，而不是尴尬而费力地寻找话题。

"不过那辆自行车是真的,我真的有一辆自行车,很不错的车。狗也是真的,我小时候真的捡到过一条狗,黑色的,可是后来被车撞死了,很久以前的事情了。而且,加拿大也挺冷的,和丹麦差不多。"他又掏出手机,在地图上扒拉着,让我看加拿大和丹麦的纬度,来证明他说的没错。

但是我并不在乎,我说:"我今年三十岁,属虎。你多大年纪了?"反正不一定是真的,就算不礼貌的问题也无所谓吧,我这么想着。

"你看起来不像三十岁,不过你们东亚人,十几岁到三十几岁都长得一样,看不出来年纪。我是1988年的,你帮我看看,我属什么?"他饶有兴趣地问我,没有一点被冒犯的感觉。

"1988,你的属相是龙!"我在心里默默地背着生肖表。

"龙!太棒了,我喜欢这个!1982年是什么?"他两眼放光地继续问我。

"嗯,是狗。"

"太准了,我的姐姐就是一只狗,一直对我叫!"

他又问了我一堆年份,我挨个告诉了他是什么生肖,除了十二生肖,我还即兴加上了猫、鸭、鱼和龙虾。他每次都很惊奇,认为这些动物和他所说的那些人特别相似。他爱上了这个游戏,他的亲朋好友很快都变成了一群性格暴戾、胆小怕事或者好吃懒做的动物。

"说到动物,我的女朋友特别喜欢养动物,她觉得这是善良、有爱心的表现，在她的眼里，世界上只有两种人，喜欢动物的和不喜欢动物的，而这两种人就是她所认为的好人和坏人。她在我的屋子里养了两只狗，三只猫，两只仓鼠，生了一窝小仓鼠，后来死了一只，还养了一只小白兔，红眼睛的。两只鸡，买的时候只是黄色的可爱的小鸡娃，谁知道真的能养成很大的一只鸡。她每天要花费很多时间照顾这些动物，准备食物，很多很多的食物，比我们两个人吃的都多。还要打扫卫生，特别是这两只鸡，每天都在地上拉屎。有时候不小心就会踩一脚。整个房间都是臭烘烘的，就像是夏天的动物园，而我们两个人的身上也是这样的味道，又骚又臭。我的屋子并不大，在中国的大城市，你知道的，寸土寸金，卧室除了一张双人床，再也摆不下其他的东西了，一个带厨房的小客厅，还有一个只能一人站着洗澡的厕所。为了证明我不是坏人，我极力地配合着我的女朋友。我拥抱狗，抚摸猫，趴在仓鼠面前学着老鼠吱吱叫，不过我真的讨厌那两只鸡，趁女朋友不在家的时候，我踹飞过它们几次，还好它们并不会告状。"我越说越快，脑子的速度已经跟不上嘴的速度，这些句子就像抹了油。

"不好意思，我有点口渴了，我要进屋拿点水喝。"我站起来，正准备进屋。

他也站了起来，伸展了一下身体，说："我累了，我要睡觉了。明天一起四处转转？"他用两个手指头做出走路的样子，"那么，明天见，晚安。"他转身就钻进了屋里，却并没有关门。

"晚安。"我还没有尽兴,故事还没讲完,就被这个丹麦,不对,加拿大,也不一定就是真的,随便什么地方的小伙给终止了。我站在闪烁的门口,鼓了半天勇气才钻进那个魔窟。

第二天直到中午我才醒了过来,确切地说是被热醒的,我趴在胳膊上,胳膊和脸黏在一起,每一口呼出的热气,都又返回到我的脸上,形成一个黏糊糊的空间,令人窒息。还好我在把自己憋死之前醒了过来。我去敲加拿大小伙的门,没人应答,说好一起四处转转的。我安慰着自己,这样才更加符合他,而他如果真的乖乖坐在房间等我一起去"四处转转"才奇怪呢。

小镇的主要街道不知道什么时候变成了一个五颜六色的集市,小贩们搭起简陋的棚子,或者支起彩色的大阳伞,路两边摆满了一筐筐大橙子、番茄、红萝卜、洋葱之类的瓜果蔬菜,还有的人在卖大捆大捆牲口吃的绿草。有一个阿拉伯小伙热情地向我招手,我想起来了,就是那天坐在我旁边给我树叶吃的那位,他今天看起来神采奕奕,正挥舞着大刀,砍向一只拔过毛的鸡。成群又黑又肥的苍蝇在地上腐烂的瓜果和菜叶上聚集又散开,我第一次见到这么多穿着白袍的阿拉伯男人和毛驴,他们有的在挑拣蔬菜和小贩讨价还价,有的在路中间和熟人拥抱亲脸,打招呼聊天,有的拉着驴车在拥挤的路上努力往前挤。我在白袍和毛驴中穿梭,并没有人注意到我,我小心翼翼地走着,生怕自己破坏了这幅完美的画面,脑袋里一直有一个声音:"欢迎来到阿凡提的世界。"

穿过集市，人越来越少，街道又恢复了干燥而单调的金黄色，路边停了一些摩托车和三轮，而主角仍然是驴车。有的拴在灯柱上，有的拴在棕榈树上，有的刷成蓝色，有的刷成绿色，还有的干脆什么颜色都没有刷，露出年代已久的干燥木板。它们都有着汽车一样粗壮的轮胎，极不协调，就像四驱越野车一样夸张，车厢腾空架在四个巨大的轮子上。有一辆驴车上坐着一个男孩，两只手抱在脑袋后边，目不转睛地盯着我看，全然不顾他的驴一直在玩命地大叫。不知道从哪儿冒出来一个大叔，笑嘻嘻地驾着一辆驴车来到我的面前，他的车刷成蓝白相间，狭小的车厢上竟然用四根木棍支起一个顶棚，侧面写着"Hello, hello, taxi, taxcar, welcmtosiwa"字体稚嫩得像是三岁小孩所写，而且还有错别字。看着他那瘦小的白色毛驴，我使劲摆手，说不，不。

看了那么多瓜果蔬菜，我感到饥肠辘辘，觉得自己能吞下一整只鸡。可能真主听到了我的祈求，还没走一会儿，就看到一个烤鸡店。而那个加拿大小伙正坐在路边的桌子旁大口啃着烤鸡。想起昨天第一次见到他的样子，已经和现在判若两人了，有些人一旦开始交谈就没那么有魅力了，我这么想着。他举起一只油腻的手向我打招呼，腮帮子鼓鼓的。我也愉快地回应着他，并没有提起他昨天说好的一起四处转转这件事，这会让我像一个怨妇。我决定奢侈一次，点了一整只烤鸡。没一会儿那个脸上油光发亮、胖乎乎的烤鸡先生就为我端上来了一只被砍成四大块的鸡,焦脆金黄,强烈的烧烤香味让我食指大动,狼吞虎咽起来,他又为我拿来一张阿拉伯大饼和一盘黄瓜、番茄、洋葱切碎之后制作的清爽的沙拉。劣质的金属餐具看起来黏糊糊的,我怀疑根本没有认真洗过,但这并没有减弱我旺盛的食欲。

加拿大小伙从嘴里吐出最后一根骨头之后,就盯着我看,他用夸张的语气说:"天啊,我终于有一点点明白我的女朋友为什么和我分手了。"

我一边吃鸡,一边吃饼,一边吃沙拉,两只手有点忙不过来,在嘴里腾了一点空间,就够说一个单词:"为什么?"

"不过只有一点点,并不是完全理解。"他用两个手指头比画出一点点,自己看了一下,又把两个手指头的距离继续缩小。

"嗯。"我低下头继续吃鸡。

"本来一切都好好的,非常顺利,她身材小小的,我搂着她就像搂着一只小猫咪,完美的一对!灵魂伴侣,你懂的。"他又停下来等待我的回应。

"然后。"我嘴里塞满了东西,好不容易说出一个词,而且听起来非常陌生,是一种完全不像我发出来的奇怪声音,有点像撕烂了一块抹布。

"有一天我们出去玩,玩了一整天,我们一路大笑,唱歌,说疯话,有时候笑得弯着腰捂着肚子,除了喝了几瓶啤酒,根本没有吃任何东西。晚上我们找到一家当时非常流行的巨型汉堡店,点了一个最大号的牛肉汉堡,当然还有薯条可乐什么的。

东西一端上来，我觉得足够四个壮汉吃，兴奋极了，就像一个小孩得到了一个巨型糖果。她之前还说快要饿死了，可是现在却说没有胃口，她用吸管一小口一小口地啜饮那杯可乐。我无所谓，我一个人使劲地吃，就像你现在这样，她一口也不吃，斜着眼睛看我，就像在看什么怪物。她越是这样，我吃得越使劲，动作越夸张。她把吸管在纸杯的塑料盖上拉来拉去，发出刺耳的声音。我觉得自己就要撑死了，她一句话不说，你猜我在她的脸上看到了什么。"他把脸往前凑了凑，等待我的回应。

我觉得自己已经吃不下第四块鸡了，于是擦了擦手，靠在椅背上说："什么？"

"看到了厌恶，恶心，就像我是一只肮脏而贪婪的猪，或者是什么茹毛饮血的野兽。我也不知道出于什么样的原因，可能是为了报复她，也可能是因为自暴自弃，我竟然把整个巨型汉堡吃完了，刚出门就在路边的树下吐了一地，她就那么站在一旁，连句安慰的话都没说。我发誓这辈子都不愿意再吃汉堡了。就从那顿饭开始，她对我冷漠极了，和以前判若两人，后来就直接消失了。"他做了一个魔术师的手势，嘴里发出嘭的一声。"你能相信吗？"他又补充了一句，"我可以接受很多离开我的理由，但这件莫名其妙的小事绝对不能算一个。"他像个受害者，一脸无辜和困惑。

"其实我也做过这样的事。"我打了一个烤鸡味儿的饱嗝，"对不起，吃多了。我想你的女朋友也不明白自己为什么这样，就像我一样。"我眼前又浮现出那天商场厕所洗手池上的镜子，我当时睁大眼睛盯着自己，这样眼窝就看起来更加深邃，我的皮肤干燥而苍白，仿佛晃一下头，它们就会如碎片一般纷纷落下。我低下头，不愿意多看自己一眼，水龙头流出冰冷的水，让我又打了个冷战，所以我决定只是随便冲了冲十个指尖，最后反复撩了一些水洒在水龙头上才把它关闭，仿佛我的手已经消过毒了，不能再碰这肮脏的水龙头，尽管当时我已经半个月没有洗过澡了，可是我一直坚持这么干。

"有一天我和我女朋友去逛商场，该死的商场，春节刚过，就关掉了空调。春节你知道吗，中国新年，大概每年二月份。"

他立刻回应我："是的，我知道，中国新年，舞龙。"他用手装作龙的样子飞来飞去。

"商场里很冷，让我总想上厕所小便，我从厕所出来的时候。"

"打扰一下，这个鸡，你不吃了吗？"他指着我盘子里最后一块鸡，正在吸引着四面八方的苍蝇。

"我吃饱了。"

"你不介意的话。"他歪着脑袋看着我。

"你拿去吃吧。"我把盘子推到他的面前，豪迈得像是一个大老板。

我的女朋友当时正坐在商场过道中央供人休息的长椅上等我，她的后脑勺搭在椅背上，两条腿伸得很长，仿佛要把路人全部绊倒，所以人们都绕着走，人流在她这儿改变了密度和方向。我离她有十米远,或者一百米,在我还没来得及把握这些距离感的时候,就忽然长成了大人。人流一会儿把她完全覆盖了,一会儿又露出她的半张脸,一条胳膊、一个肩膀,或者一只脚,它们看起来都非常陌生,就像我之前在镜子里看到自己一样,也许是我几乎没有从这么远的距离观察过她。

"我的女朋友总是离我很近,恨不得黏在我的身上,只有上厕所的时候才能把她剥掉。每天早晨一睁眼,她的脸就贴了过来,鼻尖顶着我的鼻尖,她的脸由于离得太近而扭曲变形,两只眼睛交错成奇怪的形状,就和毕加索的画一模一样。"

"是的是的,我认为毕加索也一定有过一个离他太近的女人。"加拿大小伙一边吃鸡,一边哈哈大笑,使劲点头。

她当时坐在那儿,百无聊赖,毫无生气,好像在盯着什么看,但顺着她的目光找过去,什么也没有。我怀疑她是不是寄生虫,一黏在我身上就立刻恢复生机了,而当时的她几乎要枯萎了。

"那天我的女朋友坐在椅子上等我,我上完厕所躲在拐角的地方,向她那边张望,大概有十米或者一百米,我也搞不清楚。我忽然觉得她很陌生,好像没有从这么远的地方观察过她,我犹豫要不要走过去,就好像我还有另一种选择一样。我看起来一定行踪可疑,可是我什么东西也没有偷。"

我记起当时一个步履蹒跚的小男孩被大人拎着一条胳膊往前走,一直扭着头看我。那不是什么天真无邪的可爱目光,而是粗鲁地审判"那不是什么好人"的目光,没有一点余地,简直冷酷无情。我觉得自己被盯上了，一动不能动，直到他走出商场大门，才松了一口气。我的女朋友振作了一下精神，像从什么白日梦中猛然惊醒。她把屁股往上坐了坐，开始在眼前摆弄之前买的小玩意儿：一个小小的圣诞树摆件和两个发箍，其中一个发箍上边用两个弹簧固定着两个圣诞老人，另一个是两个鹿角。她之所以非要买下这些没用的东西，就是因为当时圣诞节已经过去两个月了，十元店正在将圣诞用品打一折处理，也就是说这三样东西只需要三块钱。可是即使这样，我也觉得只有傻子才会买，当她把那两个剧烈摇晃的圣诞老人戴在我的头上去结账的时候，我可以肯定我俩就是两个十足的傻子。结完账，她心满意足地搂着我说，下一个圣诞节很快就会到的，我们可以把这个小圣诞树放在餐桌上。一想起在接下来的十个月我都会看到这个廉价的小破烂，就觉得沮丧，她说这些话的时候离我太近了，两只摇晃的鹿角不停拍打我的鼻子，让我打了一个喷嚏，我一直对她的幻想严重过敏。她把这些小玩意儿仔细把玩了一遍，又重新装进塑料袋，两条胳膊抱在胸前，仰着脑袋看天花板。我还是不愿意往她那边移动一步，这种感觉有点熟悉，就像小时候不愿走进肌肉注射室的门，还好我已经长大成人了，没人再用胳膊夹起我，直接按在那个木质的带着阶梯的行刑台，无论我尖叫、大哭还是苦苦哀求，都会被扒掉裤子，让护士在我屁股上扎上一针。我看起来越来越行踪可疑了，连我自己都这么觉得，每个路过我的人都有点疑虑，我觉得我的疑虑不比他们少。我的女朋友,如果我还可以这么称呼她的话,从这个距离来看,她已经越来越像一个陌生人了,她的下巴是这个样子的吗?怎么和我记忆里的不一样?她油腻的刘海紧紧贴在额头上,十分钟前她有刘海吗?她打了一个哈欠,脸上的倦容让她老了十岁。

"我就那样一直偷偷从远处观察着她,不愿意走过去,她开始是在发愣,后来摆弄了一会儿之前买的一些圣诞节的小玩意儿。"

"我打断一下,中国新年是二月,为什么中国新年之后,她要买圣诞节的东西?"加拿大小伙的鸡已经吃完了,桌子上只剩下几个空盘子和一堆鸡骨头。

"因为那些玩意儿在打折,只有傻子才会买。我就那么一直躲在墙角,盯着她看,像一个变态。直到她将手指插进鼻孔,刚开始的时候她是小心翼翼的,还四处打量,直到她确定根本没有人注意她,才开始肆无忌惮地挖起了鼻屎,她将它们抹在椅子上,或者弹得很远。你知道吗,我发现我完全不认识这个人,这个朝夕相处、亲密无间的女朋友,是一个完完全全的陌生人。倒并不是完全因为她挖鼻屎,我有时候也会挖鼻屎的,我并不介意女孩挖鼻屎,我也无法解释,我想就和你的女朋友看你吃汉堡就再也不想和你在一起了一样。我了解这些小事,人们总是因为这些小事而厌恶一个人。"

"后来呢?"

"我就直接走了，我不知道她怎么想，可能觉得我掉进厕所的下水道了，我觉得她也会和别人讲起这个令人费解的故事，就像你刚才那样，男朋友上了个厕所就消失不见了，我也完全无法解释自己的行为。"

"我们也会因为这些小事爱上一个人，不是吗？咱们四处转转，怎么样？"好像说了这番话，我也变成了一个无辜的受害者，他站起来拍了拍我的肩膀安慰我。直到走到烈日下方，才驱散了我有关商场厕所的冰冷回忆，它们很快如水蒸气一般消失在干燥的空气和满眼的金色中。

我们沿着一条主要的道路向前走，路两边都是棕榈林，或者是椰枣林或者是橄榄林，我根本分不清它们。这些树林靠近路边的树叶都蒙着厚厚的尘土，呈现出一种灰绿色，让这些树看起来很旧，就像摆在爷爷家衣柜顶上落满灰尘的塑料植物。偶尔有人驾着驴车面无表情地从身边匆匆驶过，加拿大小伙吹着口哨，大摇大摆地走着，一副轻佻的样子。一个金黄头发，大概四十多岁的西方女人开着一辆破旧的吉普车呼啸而过，看起来像是在这儿常住的人，我俩立刻被她扬起的沙土包围了，匆忙钻进旁边的树林里，我说："刚才开车那个女人说不定拥有什么橄榄树种植园。"我总是对在异域常住的人充满了好奇。

加拿大小伙"呸呸呸"地往地上吐口水，说："我恨那个女人！让我吃了一嘴土！"

树林里凉快很多，地上有斑驳的光影，在树林中间，有一个水泥砌成的水池，水十分清澈，沁人心脾的蓝绿色看不到底，上边飘着几片碎叶，偶尔冒上来几个泡泡。我俩趴在那儿，盯着水面看，不知道他在想什么，反正我是在照镜子，直到他忽然开始洗脸，让本来在平静水面上我清晰的脸，就像电视失去信号一样扭曲跳动起来。

我们回到主路上继续往前走，加拿大小伙神秘地问我："你有没有发现几乎没有遇见什么女人？"

我说："是啊，旅馆啊饭店啊集市啊，到处都是男人，不过穆斯林的女人本来也是不抛头露面的。"

他说："刚才你有没有注意有一段路，两个穿着黑袍的女人，从头到脚都是黑色的，连眼睛都没有露出来，完全就是两个黑影，跟在我们后边？"

我一路上根本没有注意到有什么身着黑袍的女人，其实连人都没有见到几个，我笑着说："那是咱俩的影子吧。你是不是中暑了，神志不清了？"

加拿大小伙扬了一下脑袋，翻了一下白眼，一副很无奈的表情："你要是两个月前这么说我，我也许会相信你，认为自己疯了，但是经过那件事，我可以确定，我脑子清醒得很，刚才一定有两个穿着黑袍的女人在咱们后边，不信走着瞧！一会儿再看到这样的女人我指给你看。"

我问他："经过哪件事？"

"说来话长。"还没等我怂恿他，他就自顾自地讲起来了，"我的房子对面，有一个小树林，前边是一小片草地。就在两个月前，有一天我出门，看见草地上坐着一个女孩，应该十七八岁。当时天气还没完全暖和起来，你知道的，加拿大……可是她穿着白色的吊带裙坐在草地上，黄色的长头发毛茸茸的，披在肩膀上。她对我笑着，这一切就像是慢镜头，我也有点扬扬得意，忍不住发笑。可是我跟她打招呼她却并没有什么反应，我发现她并不是因为我出现而对我笑，而是一直在对着我这个方向微笑，因为我离开的时候她还朝着我刚才所在的那个位置微笑，像一尊雕塑。不过她可是真的，因为我观察她的前胸随着呼吸轻轻起伏着。她漂亮极了，和其他的女孩完全不一样，怎么说呢，像是天上来的。我觉得对她有点一见钟情了，但是这一切有点古怪，更何况那天出门之前吸了很多大麻，轻飘飘的，你知道的，所以我就匆匆离开了。"他喝了一口矿泉水，继续说，"后面几天出门就没有看到那个女孩了，我甚至已经怀疑之前看到的是幻觉了，不过为了能再看到她，我倒愿意多吸点。又过了几天，早上一打开门，天啊，她又坐在那里，相同的位置，相同的穿着。这次她没有朝我微笑，而是抬头看着天。你猜她旁边放了个什么，一个很大的挂在墙上的圆形钟表，秒针还在滴答滴答走着。一切都是如此逼真，却又荒诞，我确定这不是我的幻觉的同时又感到害怕，因为我怀疑自己是不是疯掉了，精神病之类的。后来的日子，我有点诚惶诚恐，每天早上打开门，又害怕看到那个女孩，又有点期待看到她，因为就像刚才说的那样，她太美了，我对她一见钟情,如果不是事情这么古怪,我一定会疯狂地追求她。而事实是,有时候连着几天都看不到她,有时候她又会忽然出现,同样的地方,同样的打扮,有时候坐在草地上对我笑,有时候看着天或者其他什么地方。还有一次她站着,靠着一棵树,那次我才发现,她一直光着脚。从头到尾,我都没有上前打过招呼,因为我担心有人看到我在对一团空气说话,是的,鉴于看到的画面又真实又奇怪,我已经不太相信自己了。我一直想找个人来确定一下这件事,可是当时我一个人住,我们家在偏僻的巷尾,是最后一栋房子。她神出鬼没的也不是天天能遇上,如果别人真的来看了,她并不在,什么也没看到;如果她在,我看到了,别人没看到,那我就真的彻底完蛋了,应该会被抓走关进精神病院吧。那段日子真是一种折磨!"他摇了摇头,又仰头喝起矿泉水来,他那瓶很快就被喝完了。

"后来呢?"

"后来我实在是受不了了,就敲开了离我最近的那户的门,她是一个可爱的老奶奶。我十分谨慎地问她,这一段时间有没有看到过一个女孩,十六七岁,就在我家对面的这个草地上,其他的我没有说太多。很快我的希望就破灭了,她说从来没有看到过一个十六七岁的女孩。她五岁的小孙女可能在我家对面出现过,骑着一个红色的儿童自行车,其他的她就不知道了。我觉得自己一定是疯掉了,有时候我打开门都不敢睁开眼睛,心脏突突跳着,就像小时候观看魔术表演,不知道魔术师揭开那块红布的时候,里边是不是一个活灵活现的人头。说起来荒唐,以前时常喝酒吸大麻,努力把自己搞得神志不清,时空错乱,真的有一天不用任何东西就可以看到这么美的幻象,反而快要崩溃了。我连烟都不敢抽了,更别提什么大麻,我抱着最后一丝信念——神经病不会怀疑自己是神经病的,我开始健康生活,锻炼身体,多吃蔬菜,可是那个女孩还不肯放过我,有一次我甚至听见她咯咯笑着在草地上转圈。我想那段日子是我人生中最难熬、最绝望、最孤独的日子。因为后来,从心底我已经认定自己疯掉了,我在想也许我看到的其他东西也有很多是幻想,只是我自己不知道罢了。"

"你现在恢复正常了吗?刚才那两个黑影也是你所看到的幻象之一吧?"我一想到自己竟然和一个神经病一起在这么偏僻的地方,有点担忧,那天他说胳膊上多出来一颗黑痣的时候我就应该警惕的!

"天啊,你不要着急,故事还没有讲完!"被我这么一说他有点抓狂,"我说了这是一个长故事!"他故意在"长"这个单词上拖长声音,强调故事根本没有结束,让我耐心点:"你知道的,就像我前边所说,我很想向什么人求助,又担心被关进精神病院,所以我只能保守这个秘密。直到有一天……"

"怎么了?"

"给我五埃镑。"他伸出手,面带狡黠。

我给了他一瓶矿泉水,反正我包里还有,我担心他接下来会渴死。

"这么棒的故事只值一瓶水,这不公平。"

"兄弟,这是沙漠,一瓶水是无价的,可以救你的命。"

"你开玩笑吗?这明明是绿洲,到处都是泉眼。"

"随你怎么说,快点继续你的故事!"

"那天我记得很清楚,是个阴天,刮着大风,感觉就要下雨了,我听见外边有吵闹声。打开门一看,那个女孩,那个一直折磨我的小情人,那个我幻想出来的小甜心,被几个人拉扯着,旁边停着一辆车,离我的房子大概有十几个房子距离的一个邻居大叔也站在那里帮忙,安抚她。我走了过去,问大叔这是怎么回事。他说这是他的远房亲戚,在老家出了点事,精神出现了问题,这几个月被寄养在他们家,想着离开老家也许就会恢复正常,没想到越来越严重,所以他们联系了精神病院。雨啪嗒啪嗒下了起来,我知道自己获救了,我真的想抱着她大哭一场,我甚至想要从那些人手中救下她,我充满了自信,甚至觉得可以治愈她。好了,故事讲完了。谢天谢地。我的小情人牺牲了自己。"

当我们已经爬上神谕所的时候才发现根本没什么售票处,甚至没看到什么景点大门,向下边张望,也许山脚下,如果这个由古村落遗迹组成的土坡可以算作山的话,那个蓝色的小房子就是售票处。这就是不对的季节来一个不对的地方的唯一好处,不但景点一个人没有,就连售票处都没有人。我们站在神谕所的最高处，向远处张望，干燥的热风吹在脸上，眼前的景色应该和两千多年前亚历山大大帝看到的差不太多，大片绿色的棕榈树林、蓝色的湖泊、金色的锡瓦小镇，还有对面鼓起的亡者之山，真不敢相信不远处就是寸草不生的大沙海。我拿出相机拍了几张照片，又让加拿大小伙帮我拍了几张。他掏出一根烟点上，继续向远处眺望，他的瞳孔在强烈的日光下呈现出一种明亮的灰色，好像又有点发蓝，很难描述那种颜色，看一会儿就觉得奇怪，就像盯着陌生动物的眼睛。

我说："你的眼睛是什么颜色的？"

他说："有时候看是蓝色的，有时候是绿色的，有时候是灰色的，你仔细看，里边还有一点点棕色。"他说话有点慢，有着奇怪的节奏和断句，不管说什么，都像在唱歌，最后一个词总是上扬，有点像喝醉的人，不得不承认，还挺迷人动听的。我凑上前去看他所说的一点点棕色，他忽然往后一躲说："你干吗盯着我看，不会是爱上我了吧？接下来是要和我亲吻吗？"

我笑着说："开什么玩笑，你不是我喜欢的类型。"

他退到一片阴影里，找了个地方坐下来休息，招呼我也过去，他问："你喜欢什么类型？"

我想了一下，在脑袋里搜索了我那可怜而有限的经验，甚至加上初中隔壁班从未说过一句话的女孩，还有很多在马路上擦肩而过，令人心动的女孩，最后又想起了几个电影明星。所有这些女孩或者女人们，时而重叠，时而分散，面目模糊，难以归纳，很难一下子总结出我的口味，所以我决定说出自己的愿望："胖一点，蠢一点，漂亮一点。"我又强调了一句："女的！"

"为什么？"他一脸不解。

"你不觉得蠢一点、胖一点的漂亮女人特别性感吗？"

他睁大眼睛看着我，就像是"性感"这个词不应该从一个社会主义国家的男青年嘴里吐出来一样，他的瞳孔在阴影中颜色变深了，是一种灰蓝色，有点像刚看到的湖泊。"那我确实不是你喜欢的类型，因为我又瘦又聪明。"

"那你喜欢什么类型的？"

"哦，有意思，有的人说他所有的女朋友都长一个样，有人说他所有的女朋友都和他妈妈长一个样。我有时候也会回顾我的女朋友们，试图对她们进行某种简单粗暴的分类，你明白的，就像你说的，胖啊，瘦啊，漂亮啊，丑啊，笨啊，聪明啊……你猜怎么着，我发现了什么？她们都爱吃胡萝卜，不是一般的爱吃，是非常非常爱吃，恨不得天天都要吃，生着吃，烤着吃，做成蛋糕吃。你敢相信吗？我喜欢的类型是爱吃胡萝卜的女孩。但这是一个隐性的特征，并不是一眼就可以看到的，所以我现在遇见女孩就会问她你爱吃胡萝卜吗？上次还有一个女孩被我问了之后，莫名其妙扇了我一巴掌。"他一副认真又困惑的模样，但是我根本不相信他说的这些。

我笑着说："我觉得还是兔子最适合你。"

"天啊，真不敢相信，我们在神谕所里都讨论了些什么。"

他站了起来，小腿上那棵椰子树就杵在我眼前，像是在绿洲里迷了路，可怜而孤独。我也站了起来拍了拍裤子上的沙子，准备离开这个神圣的地方。

我们向着湖的方向走，路过了几个兴奋又害羞的穆斯林少女，旁边是一个方块形状的小房子，我往里边瞧，几个女孩也正伸着脑袋往外边瞧，她们并没有成熟到穿着黑袍，还是一串青涩的果子，叽叽喳喳更像是一群彩色的麻雀。穿过一片杂草，我看到远处有一个男孩拿着一个镰刀模样的工具站着不动，由于逆光，让他显得更加高大阴郁。路一点都不好走，我怀疑我俩走的根本就不是什么路，全是泥巴和杂草，好不容易到了湖边，一片死寂，一些死掉的树干变成灰色，倒在透明的湖水里，岸边的淤泥析出一层白色的盐，水里一条鱼都没有，甚至连波浪都没有。我俩颀长的黑色影子直直插进湖水，我觉得刚才那个男孩说不定跟着我们，因为远处的杂草似乎有什么动静。

"我感觉这儿一点都不安全。"我竖起耳朵，提高警惕。

加拿大小伙说："天啊，你是个胆小鬼。"

"旅行的意义是什么？是活着回家。"我自问自答，这是我最近刚总结出来的，迫不及待地想要说给别人听，我有点扬扬得意，好像掌握了什么宇宙真理。

"旅行没有意义，相信我。"他一副同情我的模样，好像快死掉的老头正在把人生经验传授给年轻人，让人完全无法反驳。

我懒得和他辩论，准备举个危险的例子："几年前我去婆罗洲，住在一个两百年历史的教堂里，平静、安全，在一个小山坡上，四周都是精心养护的草地。教堂是一栋两层的柚木建筑，非常古老，满足了游客关于东南亚风情和殖民时代的幻想。一楼的接待处，其实是一个办公室，墙上挂满了老照片，每一张上边都至少有几十个人，大概是一些教会活动的合影。所以这间办公室看起来十分拥挤，看一圈照片就觉得屋子里简直挤满了人。二楼是一个非常空旷的大厅，和一排一样大小的房间，很像学生宿舍，可能在过去是提供给教会工作人员住宿的，但是现在改成了旅馆，接待世界各地的游客，主要是我们这种背包客。你懂的，条件不怎么样，价格便宜得惊人，大概只需要三四美金，一般人也不会愿意住在这样奇怪的地方。房间很小，十分简朴，里边靠墙摆着一张狭窄的木质单人床，一个恐怖而笨拙的衣柜占了房间一半的地方，除此以外，就剩下几个破旧的窗户了。但是楼上的整个大厅，都是磨得发光的柚木地板，高高的房顶，四处透风，十分凉爽。厕所在大厅中央，将二楼隔成两半，如果上厕所，你必须同时关上两边的门，这也是我第一次见到这样的厕所。那天只有我一个游客入住，所以整个巨大的、空荡荡的楼上都是我自己的，这让我有点窃喜。中午我去了国家公园，由于水位太低，在酷暑中等了很久，潮水才渐渐涨了起来，坐船的时候，船夫一直强调不要把手放在水里，因为有很多咬人的水母。我认识了一个波兰男孩，他将驱蚊水喷遍了我的全身，我们一起徒步穿过阴暗潮湿的雨林，漫长而逼仄，最后到达一片海滩，那种感觉太棒了，视线一下子开阔了起来。等到我回到旅馆，已经是傍晚了，累得一句话都说不出来。接待处那个肤色较黑的中年马来人拿了几个红毛丹给我吃，我回到房间，用psp放了个电影，一个非常诡异的电影，就算我已经不记得内容了，但直到现在我都清清楚楚记得电影的名字《道林·格雷的画像》，简直是个不详的预兆，我在恐怖的气氛中异常疲惫地睡着了。等我醒过来，就像知道发生了什么一样，是直接从床上跳起来的。房间的门大开着，我的背包不见了，手机、psp、各种充电器，甚至连藏在枕头下边的钱包、护照、耳机，都没有幸免，所有的一切都被认真仔细地寻找过，统统不见了，我急忙往外跑，直到楼梯口，才看到了一堆没用的东西，几只臭袜子、两条内裤、一团卫生纸……几乎没有给我留下一件能穿出去的衣服！我就是这么一无所有了，当时头顶的白色荧光灯嗡嗡叫着，也许是我在耳鸣，灯管上边爬满了虫子。我跑到了一楼，天还没有完全亮起来，墨水一样的深蓝色，和傍晚有点像，让人觉得视力很差，无能为力。我叫了接待处的那个马来人，当时还有一个马来女人，我记不清楚了，慌乱地讲了一堆，他们有点冷静得超乎寻常，我叫他打电话报警，他说这电话打不出去。我记得我朝那个马来女人反复说着护照护照，我让她找找草丛中有没有被扔掉的护照。"

  我停下来，这个故事我已经讲过很多次，每次复述都觉得很累，都会闪现出新的细节，让我仿佛又回到了婆罗洲，潮湿、炎热、多雨，到处都有一股发霉的味道，热带的天气真的让人疲惫不堪，和埃及是完全不一样的。

"是因为红毛丹吗？"他着急说出来，好像要抢在我公布答案之前。

"你怎么知道，不过我也不确定，也有人说是他们给我吹了什么迷烟，让我完全失去知觉。"

"教堂里的那个人和盗贼是一伙的吧，说不定就是教堂里的人干的。"

"后来我被一个当地华人收留了，他带我去警察局报案，他们说这个教堂两年前也发生过一样的事情。后来就不了了之了，我失去了护照，只能尽快办理一堆复杂的手续，好打道回府。这就是我第一次出国旅行的故事。"

"一个悲惨的故事。"他晃了晃脑袋。

"你想听我第二次旅行的故事吗？"

我们找了个枯树的枝干坐了下来："又是一个恐怖的故事吗？"

"差不多吧。"

"好吧，你可真够倒霉的，给你一根烟的时间。"

"你抽慢一点，这个故事有点长，我尽量简单讲一下。印度，你一定去过吧，我看你的样子就去过。"

"是的，印度，我的最爱。"

"我当时想要从大吉岭去菩提伽耶，你知道菩提伽耶这个地方吗？"

"当然，佛教的诞生地，佛陀在菩提树下顿悟的地方，我还在那里参加过禅修。"他闭上眼睛，装出一副冥想的模样。

"我早就看出来了。我继续说啊，当时要在西里古里坐长途车，我问路的时候，被人领到一个十分可疑的汽车票代售点，购买了一张从西里古里到菩提伽耶的车票。在车站等车的时候，其实也不是车站，就是一个小房间，摆了一个长条椅子。两个戴着口罩的年轻人坐在了我的旁边，一个男的、一个女的，二十多岁的样子，个子很矮，穿着十分落伍，像是从八十年代穿越过来的，面孔不太像典型的印度人，黄皮肤，皮肤非常粗糙，有点像中国的藏族人。那个男孩问我要不要吃葡萄。"

"哈哈哈，这次你不会吃了吧。"他歪着脑袋，用手指指着我大笑。

"鉴于以前的经验，我果断拒绝了。那个男孩就开始和我聊天，他的英语非常好，还没几分钟我就掌握了他的基本信息，不丹人，活佛的儿子，那个女孩是他的未婚妻，他目前在意大利当外科医生，这次是来印度旅行。听起来是不是有点不可思议，可当时和他聊天的时候我并没有一丝怀疑，他确实有令人信服的能力。他问了我一些情况，当得知我的票价比他的贵的时候，他愤怒了，直接找到房子里一个貌似老板模样的男人吵了起来，说了一大堆不能这样对待游客，不能欺骗他们，这样的国家真令人失望之类的话。其实我并不是很介意，首先没有贵很多，其次作为一个游客，就算精打细算，偶尔被坑一下也是很正常的，特别是在印度，你知道的，满街的骗子和乞丐，我这并不是在贬低印度，其实文明古国都差不多，中国，包括埃及，都差不多，所以我特别能理解。不过他为了一个陌生人，这么努力地去争取公平，实在是令人敬佩。傍晚天快黑的时候，车来了，非常破旧，车厢内全是棕黄色的锈斑，散发着一股尘土和铁锈混合的腥味，像是直接从垃圾堆里开出来的。上了车之后，他买了一大包橘子，在车上挨个发给乘客，乘客也没几个人，除了我们三个，还有几个和尚，他们也是赶去菩提伽耶参加大宝法王的法会的。中途只要是停车，他都会下车买一些吃的、喝的上来发给大家，小杯奶茶啊，清新口气的香草糖啊，我感觉他的身上散发着光环，我从来没有见过这么善良友好的人。他的未婚妻一直痛苦地歪在座椅里，严重晕车，我把在大吉岭买的毛毯借给她盖在身上，一个和尚也把他的一串香蕉拿出来和大家分享，我又掏出了几包饼干分给大家，破旧的车厢内洋溢着祥和愉快的气氛，简直是一份人类美德的样本。说好的十二小时的路程，我们整整坐了二十四个小时才到，途中去了好几个市场送货，从大巴车的顶上卸下一筐一筐的鸡，鸡毛从窗户飞进来，弄得我满身都是。当初上车的时候我就没发现车顶上竟然还有这么多鸡。到了菩提伽耶，我发现简直是个村庄，散发着恶臭的垃圾堆，一群群黑色的小猪拱着垃圾，凌乱的小房子，肮脏的小孩坐在泥地，怀孕的母羊站在蓝色的墙角，好像在等待什么迷路的灵魂。稻田里全是灰色的烂泥，田埂上奔跑着红色袍子的和尚，路边还有野狗、大牛小牛、一群群的鸡，当然还有它们的新鲜粪便，简直不敢相信佛祖就是在这样的地方顿悟的。我问他们住哪里，他们说跟着我走就行，想和我住在一起，我找到一家之前中国游客推荐的旅馆，房间还算干净整洁，房顶天台有一个厨房，可供住客使用，竟然还有一个看起来十分靠谱的净水器，这也是老板最为自豪的地方，他每天傍晚都会站在净水器附近，接受大家的赞美。登记的时候，不丹人没有拿出护照，他说不丹人在印度是不需要护照的。后来的几天，我简直过着饭来张口的日子，不丹人每天做好三餐等着和我一起吃，他们很喜欢买豌豆，每次都会把豌豆皮的内侧也剥下来做菜吃。她的未婚妻脸上全是疙瘩，但这并不阻碍她嗜辣如命，每天将绿色的小辣椒沾上盐，直接在炉火上烤着吃，自己辣得直吸气。他还请我去附近的一家不丹人开的餐厅喝着奶茶，吃一种沾满辣椒的牛肉干，很难咬动。为了回报他们的慷慨，我也时不时买菜做一些中餐给他们吃。除了吃饭，我们经常聊天，不丹人说他陪同活佛去过北京，说可以免费带我坐小飞机前往拉达克，还用手机让我观看了一些非常漂亮的照片。他的未婚妻说自己是不丹国家足球队的队员，还是一个作家，说她的未婚夫在不丹是一个非常有名的歌手，虽然有点离奇，但是他们就是有那种真诚的感觉让你信服，让你觉得大千世界无奇不有，不是吗？他还给我讲述了为什么自己是活佛的儿子这件事，有一年他出了车祸，几乎快死了，可是家人不要他了，所以活佛收养了他，他就成了他的儿子，他说他的活佛爸爸已经八十多岁了，平时在意大利生活，现在也来到了印度，过几天就会来这里。他的爸爸希望他可以成家，所以他找到了这个不丹女孩，他们是在 Facebook 上认识的。"

加拿大男孩一直用鄙视的表情看着我，又是晃头又是叹气。

"你可能觉得我傻，但如果换作你天天和他们在一起，真的不会产生怀疑，我说过的，他们慷慨、善良、真诚，就是有那种令人信服的能力。更何况我对于不丹还有佛教方面简直是一无所知。我们一起去参观菩提伽耶著名的佛塔和菩提树，他们告诉我，这个佛塔对于佛教徒们来说，就是世界的中心。寺院里到处都是世界各地前来朝圣的人，有的对着佛塔打坐冥想，有的在念经，有的在地上放着垫子不停磕着长头，场面非常壮观，有一种近乎狂热的宗教气氛，令人震撼。不丹人将头贴在佛塔上，掌心合十，嘴里念念有词，我也学着他们的样子，仿佛除了这么做，就有点手足无措了，会暴露自己是一个愚蠢无知、毫无信仰的人。还没几天，我们就变成了亲密无间的朋友，总是有说不完的话，不丹人还送我一个塑料佛牌，说是他找到菩提伽耶的另一个活佛给加持过的，可以保佑我平安。有一天傍晚，他站在天台上，为我展示了不丹人的民族服饰，我也不理解他为什么出来旅行要带着这么一套华服。他们两个人每天都戴着口罩，无论去哪儿，我问为什么要戴口罩，他们说这儿太脏了。

中间还发生了很多事情，我就不啰唆了。大宝法王开法会的那一天，整个菩提伽耶热闹非凡，我们坐着人力三轮车去了会场，安检十分严格，工作人员在不丹人的包里检查出来一把很长的匕首，还有一个黄色的假发套，不允许入场，他只好把东西送了回去。我问他为什么随身带着那么大的一把刀，他说用来防身。我问他们离开菩提伽耶准备去哪儿，他们说你去哪儿我们就去哪儿。那天晚上，我产生了疑心，越想越觉得害怕，从不用证件登记，总是戴着口罩，包里的匕首，假发套，会说印地语，没有旅行路线，一直让我吃东西。于是我想办法甩掉了他们，只身一人奔向了克久拉霍。"

"哦，我的天啊，克久拉霍是一个好地方。"加拿大小伙的烟早就抽完了，他一听到克久拉霍这四个字，就一脸陶醉，仿佛徜徉在性爱雕塑的海洋中。

"故事还没有结束。之后的日子，我每天都在思想斗争中度过，一会儿觉得自己太过敏感，冤枉了好人，毕竟他们对我那么好，一会儿又觉得自己做得对，因为很多细节回忆起来都令人怀疑。可是最令我百思不得其解的是，如果他们是坏人，那是非常有耐心，准备放长线钓大鱼的，可是到底图我什么呢？我们这种人，一看就知道是个穷光蛋。直到我到了瓦拉纳西，在 Facebook 上收到了不丹人的消息，说他们也到了瓦拉纳西，希望和我见面。怎么说呢，过了这么多天，我对他们的怀疑有点烟消云散了，或者说我还是非常愿意相信他们是善良的好人，也许再见一面就可以确定。于是和他们约在了恒河边的一个祭坛，这里每天晚上都会举行隆重的祭祀仪式。身着华服的祭司们英俊帅气，在火光和烟雾，吟唱和奏乐中，我们又相聚了，一见面特别开心，就像好久没见的老朋友。观看完祭祀，他们邀请我去他们的旅馆做客，说旅馆的天台是个厨房，可以做饭给我吃，说离这儿不远，于是我就和他们走了。在路上不丹人用小卖铺的公用电话打了几个电话，他的未婚妻在我耳边偷偷告诉我一个秘密，说自己实际上是一个有夫之妇，还有一个孩子，丈夫因为吸毒在监狱，她是她的未婚夫家人派来的，给了她一笔钱，希望把他骗回不丹，她担心她的未婚夫知道这些会自杀，因为他太善良了。在热闹的街头，我简直无法消化这个秘密，我们走了很久，直到我觉得自己根本就找不到回去的路了。我开始担忧，问还没有到吗？他们说马上就到了。后来越走越偏僻，行人也越来越少，他们拐进了一个黑色的深巷，除了巷口有一盏昏黄的路灯，里边什么都看不清楚。我不敢再往前走了，不丹人在巷子里伸出一只手，对我说不要怕。就是这个情景，仿佛一个黑色的舞台上，只有一束光打在不丹人的粗糙的脸和那只伸出的手上。空气中飘浮着危险的气味，我彻底惊慌了，我说我不去了，转身就向远处热闹的街头跑去。那一定是我这辈子做的最正确的一个决定，因为过了很久，我在 Facebook 上收到一个陌生人的信息，他说他是一位律师，这个不丹人绑架了这个女孩，就是他所谓的未婚妻，并且对她进行了强奸，现在已经在监狱里，会被判处重刑，想咨询我一些问题。这是一个古怪的故事，到现在我也没有想明白这个故事，特别是他们到底为什么要一直跟我在一起，想要图我什么，但是每次回忆起这件事，都觉得自己像一只天真的小猪，被养得肥肥胖胖的，即将被宰。这就是我第二次出国旅行的故事，又一个糟糕的故事。"

加拿大小伙有点焦躁不安，不停抖动着他的双腿，他的那棵椰子树剧烈摇晃着，好像就要被晃下来一个大椰子："那这次来埃及，是你第三次出国旅行吗？"

"是的。"

他忽然站了起来，走到我的面前："知道你第三次旅行的故事是什么样的吗？"

还没等我有所反应，一个大拳头就朝着我的脸挥舞过来，我甚至闻到了一股烟味，并且感觉到了一阵风。"我会一拳把你打晕，抢走你的相机、你的包，还有你的矿泉水，护照我会扔在地上，毕竟对我也没什么用。"他的拳头从我的鼻梁蹭了过去，说完他就哈哈大笑起来，"不过这次我决定放过你，毕竟你已经那么倒霉了，祝你第三次旅行愉快，按你的话怎么说来着，对，祝你活着回家。"

我直挺挺地坐在那儿，心脏扑通扑通跳着，我敢发誓，有那么一瞬间，他是认真的。

在前往克娄巴特拉浴室的路上，一辆驴车拉着四个身着黑袍的妇女匆匆赶路，就像之前加拿大小伙说的那样，她们从头到脚全是黑色的，连眼睛都没有露出来，像是烈日下四个被偷走的黑影，又像驴车上隆起的四座黑色小山。虽然看不到她们的眼睛，但我能感觉到她们正透过黑纱，盯着我俩看，这种感觉非常古怪，让我全身都不自在。我俩什么话都没有说，几乎是屏气凝神，直到驴车跑远了，加拿大小伙才兴奋地说："看，我说的没错吧！这都是真的。"说实话我还不太想搭理他，但又不想让自己显得一副开不起玩笑的样子。但事实上，我根本不确定他到底是不是在开玩笑，不过我的包和相机不是都还在吗？身体也完好无缺，顶多也就是之前损失了一瓶矿泉水，我已经厌倦了揣测别人，我并不擅长这个。我决定就当那个"玩笑"是个微不足道的玩笑，毕竟我们聊了这么多，大部分时间还是非常愉快的。

我说："一起玩了这么久还不知道你的名字呢。"

他说："你叫什么？"

"我叫小兵。"

"为什么你们中国人的名字都是乒乒乓乓兵兵砰砰，就像打碎了瓶子，我根本念不出来。"

"小兵的意思是 soldier。"

"这是哪门子人名？不过我的名字也没有好到哪里去，还不如现在这样，两个没有名字的人。"

克娄巴特拉浴室出现在路的前方，让人有点失望，不过是一个圆形的水池,有点像之前在棕榈林里看到的水池的放大版。一旁是用枯黄枝叶做成栅栏围起来的棕榈林,一旁是几个冷清的小店和昏昏欲睡的店主,店里悬挂着一些五颜六色的旅游纪念品,手工编织的挂毯、披肩、地毯,还有一些小草筐,有的商店还在门前摆放几张躺椅,售卖饮料和小吃,就好像这不是什么沙漠地带,而是海边的沙滩。一个湿漉漉的小胖子正在跳水,他的大肚子和两个咪咪都颤动着,水里还有几个小孩,正对着岸上犹豫不决的小胖子大喊大叫。水池很深,呈现出动人的蓝绿色,像是镶在路中央的一块祖母绿宝石,而这条黄色的路是一条金项链,绿色的棕榈林就是一条与之搭配的夏日连衣裙。池水上边漂浮着一些水草,从水底不停往上冒着泡泡,证明这是一汪来自沙漠深处的泉水,据说埃及艳后曾经在这里洗过澡,而这泉水有美容护肤的功效。在我的印象中埃及艳后是一个很爱干净的人,在很多地方都洗过澡,这些地方都成为了著名的旅游景点。这个没有名字的加拿大小伙衣服都没脱,扑通一下就跳进了水池,等他再冒出来,头发全湿了,紧紧地贴在头顶和脸的两侧,让他的脑袋看起来缩小了一圈,湿答答的眉毛弯曲着,我都有点认不出来他了。"嘿嘿,下来,下来。"他朝我招手,我可没有一点兴致在半路上让自己全身湿透,一想起一条湿乎乎的内裤会紧紧地黏在我的屁股上,我就朝他摆手,更何况我可不想让我的包和相机独自待在岸上。他游了一会儿,觉得没什么意思,就像一个大人闯入了儿童泳池,那几个小孩时而聚在一团偷瞄着加拿大小伙窃窃私语，时而疯狂表演翻跟头、跳水、潜水和互相殴打。

我对着不停滴水的加拿大小伙说："感觉怎么样？"

"我觉得自己变漂亮了。"

他湿漉漉的样子让我忽然想起来一件事。在缅甸的一个地方，我竟然想不起名字了，在这之前去我了毛淡棉，就是奥威尔曾经当警察的地方。大巴车凌晨三点到达，我在地图的指引下，在恐惧和黑暗中翻过一座山才到达旅馆。白天我无所事事，在河边闲逛，喂了海鸥，买了半个酸甜的柚子，在路边看着倾斜的街道和笔直的人群。后来又坐在茶馆里，玻璃茶杯一边发光一边冒烟，少年在阳光下甩开步子，我还在一片树荫下为一只小羊摘下头顶的草籽。后来碰见另一个无所事事的老人，一个缅甸华侨，八十多岁，没有老婆，穿着隆基和拖鞋，带我逛了一座需要坐电梯上去的寺庙。对了，那个地方叫帕安，毛淡棉的下一站，我找到了一个房间刷成绿色的简陋旅馆，窗户外边就是笼罩在白色水雾中的稻田和几头完全静止的牛，还有几座凭空突起的小山，这幅画面让我恍然以为回到了桂林。缅甸由于刚刚开放，旅馆很少，大多又不允许接待外国人，所以性价比非常低。我和胖乎乎的大眼睛老板娘讨价还价，她说看我是中国人，和缅甸一样贫穷，所以决定给我优惠价格。作为第三世界公民，时常在第三世界得到兄弟姐妹般的理解和优待，让我有点感动。她又指了一下另一个房间的门，偷偷告诉我，里边住着个美国人,我给他很高的价格,因为他们有钱,他们的钱很大。于是我们一起诡异地笑了笑,迅速成为了同谋。很快我就见到了这个"有钱"的美国人,他不到五十岁,来自华盛顿,是一个三轮车夫,旅行旺季租下三轮车,在几个旅游景点之间拉客,并且会为乘客讲一些历史小故事,他攒上一些钱就出来旅行,当时正在缅甸骑自行车环游。他指着外边骑车拉客的人说,他们是我的兄弟。刚开始我们用英文交流,基本上属于我问一句他回答一句。他平和而谦逊,穿着一个黑色的长袖紧身T恤,看上去比实际年龄年轻很多,可能是由于常年骑行,身体看起来非常结实。后来他干脆说起了中文,语调温和缓慢,简直是地道的中国南方人。他在中国工作过两年,在八十年代还从云南步行走到了西藏,他的声音很小,语调极其平缓,可是说出来的内容总是令我大吃一惊。我几乎不让他停止,像一个疯狂而好奇的记者,抛出一个又一个的问题砸向他,我恨不得立刻了解他,知道他生活中每一个细节的同时,又像一个相见恨晚的朋友,拼命讲着自己,甚至讲到了自由啊,追求啊,理想啊,爱啊,孤独啊这些我也没有弄明白的令人难堪的书面词汇。而他正用舒服的姿势窝在旅馆大厅那张肮脏而夸张的维多利亚风格的沙发中,面带笑意地看着我,时不时点头赞许,让一切流畅而自然。偶尔经过的老板娘,对我投来了谨慎而担忧的目光,生怕我暴露了我们之间的秘密。这么多年他几乎骑自行车环游了全世界,会很多种语言,他说在非洲骑行的时候,很多小孩都对着他大叫"中国人",好像在这些非洲小孩的眼里,世界上除了黑人就是中国人,这些小孩还喜欢朝他丢石头。他又讲了在育空河漂流的故事,和一个男性朋友朝夕相处了一个月,他还是更喜欢一个人旅行。我们聊到了老挝,我们都喜欢这个地方。

"我在缅甸遇见一个骑车旅行的美国人,不到五十岁。他说很多年前他在老挝的时候,正推着自行车穿过一条很浅的河,旁边一头大象也要过河,当大象踏入水中,眼看着河水就漫过了胸口,全身都湿透了。"我觉得这个故事很有趣。

"哦,那是我爸爸。你遇见了我爸爸。"

"开什么玩笑,他儿子一头黑色卷发,据他所说,性格羞涩而内向,不喜欢出门。是他二十出头在墨西哥旅行,和一个当地女人生的,虽然他们没有结婚,但现在还时常联系,他给我看了照片,和你一点也不像。"

帕安我几乎忘掉了,就连这个名字都很难想起来,可是这个美国男人在老挝推着自行车过河,旁边走过一头大象,河水顿时上升,漫过他的胸脯,让他全身湿透的画面反复在我脑海中出现,几乎成为了我对于帕安的全部记忆,就像我亲眼所见一般真实。这就是旅行的奇妙之处,你到达的并不一定真的是地图上的那个地方。说实话,在离开帕安之后的很长一段时间,我都有点心不在焉,简直被他迷住了,我很确定,这就是我想成为的男人,倒不是说他的这些经历,而是他身上异常平静、令人舒服的感觉。我要离开的时候,他送我去车站,请我喝了一听苹果味的绿色芬达，告别的时候，目光温柔。

"我倒希望他是我爸爸。"我说。

"和你就更不像了。"加拿大小伙大笑着，忽然又停了下来，"你不会希望有这样的爸爸的，不信你问问他儿子。"

我想起照片中他儿子严肃而忧郁的表情，那张手机拍的照片并不怎么清楚，他儿子好像正在躲开镜头。

"你有没有想过自己将来会不会有小孩这样的事情？"

"是的，我会有很多很多小孩，各种肤色的，二十多个小孩。"他伸出十个手指头，可他嘴里说的可不止这个数。

我曾经有过一个小孩，我本来是准备这么说的，可是话到嘴边就变成了："我不喜欢小孩，我觉得自己不会成为一个好的父亲。"我鼻腔里又充满了医院消毒水的味道，这种味道让我的屁股又痛又痒，我害怕医院，可还是陪我的女朋友去了。在这之前我们大吵了一架，责备很快升级成互相辱骂，我几乎要忍不住朝她的肚子踹上几脚。可是最后，我还是去了，好像世道就是这样的，躲都躲不掉，就好像这么干了我就成为了一个负责任的男人，可以弥补一切。我拉着面色惨白的她想走得快一点，赶紧离开这儿，可是她根本走不动，像一个死人，就像手术取走的并不是什么胎儿，而是她的灵魂。我后悔陪她来了，我早就应该一走了之的，这世界上比这更离谱的事情多了去了。旁边坐着的人都在看着我们，这一定是我人生中最为尴尬的时刻，我的耳朵发烫，胡子粗硬，变得老了二十岁。谁知道坐着的人里，又有多少是来打掉自己的孩子的，那些左顾右盼的女人、来回踱步的男人，那些焦虑的男孩和女孩。这儿可不是什么好地方，就是胎儿屠宰场，我这么想着，感觉到处都飘浮着闭着眼睛的红色胎儿，就像气球那样顶着房顶，我甚至抬头看了看。小时候就在公园的马戏团帐篷里看到过，那些泡在罐子里，肚子上有着一条细线的胎儿，光线穿过玻璃罐子，在桌子上勾画出一个小小的弯曲的光斑，它们粉色的边缘柔和模糊，就像有着一层细细的绒毛，除了不会动弹，和刚孵化出来的小鸟、小鸡，刚生出来的小猫、小狗没什么两样。那年夏天，我和刚认识的女朋友在附近的开心农场租下一块大概二三十平方米的土地，她是一个充满幻想的女孩，渴望着田园般的生活，我们撒下了黄瓜、番茄、玉米、花生……各种各样的种子，我们幻想着这份感情，就像这些蔬菜一样发芽结果，可是直到秋天，我们的菜地仍然一片荒芜，杂草丛生，由于疏于管理，成为了整个农场里最失败的一块。那年秋天，我们也不并是一无所获，我女朋友的肚子里枝叶繁茂，长出来一个小孩。

"总会有一些倒霉鬼成为我们的孩子的。"加拿大小伙总结得很对。

太阳在晒干他身上最后一滴水的时候失去了力量，加拿大小伙又成为了一个崭新的人。眼前的沙利堡废墟就像孩子们趴在沙滩上花费一下午建造的城堡，又只用一秒钟将它们摧毁之后的模样，还残存着孩子们暴戾而疯狂的气息。废墟脚下有几个纪念品商店，卖的东西和之前在克娄巴特拉浴室旁边小店里见到的如出一辙。顺着叮咚声，只见两只毛驴抽动着耳朵和尾巴驱赶苍蝇，这里是古老的橄榄油作坊，还使用驴子拉动榨油机。顺着台阶往上爬，手忍不住抚摸这表面涂抹着泥浆和黏土的盐砖，它们早已坑坑洼洼，粗糙干燥又热乎乎的质感就像在抚摸太阳底下的大象。脚下的台阶凹陷，被磨得裸露着白色的树干，就像死去的大象的白骨。很快这些小径开始分叉，变成一个垂直的迷宫，如果乖乖地顺着黑色的指示箭头前进，很快就会达到沙利堡废墟的顶部。

"一次又一次地登顶，一次一次又一次。"加拿大小伙一边往上爬，一边念叨，他腿上的椰子树像个沉重的累赘。

一天的疲惫似乎让我俩的心情变得很差，失去了耐心和交谈。我们找到了一个好地方坐下来，整座锡瓦绿洲再次收入眼底，和之前在神谕所看到的差不太多，只不过锡瓦小镇更近了，那些方块形状的小房子变大了。力气又从热乎乎的地面，到屁股，到软绵绵的双腿，再到双臂和肩膀，一点一点上升了起来。从这个角度看，整个沙利废墟就像嗜糖如命的五岁小孩的一嘴豁牙。这座十三世纪的建筑原来有四五层楼高，里边住着几百个人，几个世纪以来，没人进来，也没人出去。但1926年连续三天的大雨将这里彻底毁了，要知道这儿——沙漠中央的绿洲，几乎是没什么降雨的，于是最近几十年，人们就像被破坏了蚁穴的蚂蚁，陆陆续续地搬到了周围那些散落在锡瓦小镇的房子里居住，那里有电还有自来水，方便了很多。但是据我观察，这些新房子大多仍然是用涂抹着泥浆和黏土的盐砖垒起来的，就和这沙利废墟的材质没什么区别，毕竟大雨千年难遇，也许人们已经忘掉了这件事。

"我以前的体力很好，每天早上都跑个几十公里，后来抽烟、喝酒毁了我的身体，看我现在几乎皮包骨头了。有一次我喝醉了，一条狗一直跟着我，我走一路吐了一路，这只饥饿的流浪狗就将我吐出来冒着热气的东西都吃了下去。我不记得那天晚上吃了些什么，可能是一张牛肉比萨，总之走到门口的时候，那只狗摇摇晃晃昏倒了，天啊，它竟然醉了，比我还醉！"加拿大小伙说得有点激动，口水都溅到了我的小臂。

"我参加过几次马拉松。我喝一箱啤酒都不会醉。"我决定这次也不示弱。

"我有一辆好车，越野车，像在这样的地方如履平地，我很想念它。"他指了指远处的沙漠。

"我也有一辆好车，硬顶敞篷，不过我很少敞篷，中国的空气太脏。"我想起之前在车展发传单的时候，看到的一辆红色的奔驰跑车。

"我有一栋度假用的别墅，就在海边的悬崖上，落地的透明大玻璃窗，我时常一丝不挂地站在那儿看落日，就和今天的落日一样漂亮，只不过是在大海上。"他对我微笑着，像是指挥家扬起下巴，用小棒指着我，等待我的下一段独奏。

"我有一套公寓,在一栋一百多层的大楼的顶楼,也是透明的落地大玻璃窗,可以俯瞰整座城市。我有很多女朋友,一天换一个,我将她们按在玻璃上亲吻,好像随时都会坠落,远处的汽车就像蚂蚁一样。"

他很满意,对我赞许地点了点头。

"我在想那些胖女孩,又蠢又漂亮的胖女孩,就是你喜欢的那种。"他说。

"怎么又说起了这个?"我还在构思怎么继续吹牛呢,我甚至连自己的着装和职业都已经编造好了。

"我也有过一个这样的女孩。她很胖,脖子上有两圈褶子,一条细小的项链总是隐藏在其中一条褶子里,只露出来一个小小的心形吊坠。她身上热乎乎的,鼻子和嘴巴呼出的气也是又湿又热,还有一股甜味,就像葡萄硬糖的味道,让你总忍不住俯身去亲她的小嘴,就像是蜜蜂在采蜜。你可以经常在她的额头、鼻翼、鬓角看到闪闪发光的汗液。她很蠢,几乎什么都不知道,眼睛又大又空洞,她每天会浪费很多时间在反反复复系鞋带、找东西、自言自语这样的小事上,因为她什么都做不好。她烧水的时候,嘴巴就会一直念着,我在烧水我在烧水,我在烧水,可是每次念着念着就忘记了自己在烧水,直到厨房发出令人惊慌的声响。她喜欢抹指甲油,大红色的那种,配着她白白肥肥的小手可真好看,可是那些指甲油很快就被她啃掉了。我很惊讶她连指甲油都吃,有一次我问她,指甲油吃起来什么味道,她说和闻起来那个味道差不多。她很爱打扮自己,红色的带着白色点点的连衣裙,粉色的蝴蝶结什么的,总之特别像那种白色的精心打扮过的贵宾狗。她每次洗完手都会抹上厚厚的护手霜,所以她做的食物永远有一股护手霜的味道,我讨厌那个味道,她做的东西我根本不想吃。她每次做错事情的时候,或者搞不清楚日期啦,人名啦,地名啦,我都会很想把她抱到床上,盯着她愚蠢的、一无所有的大眼睛,狠狠地干她。我喜欢那些摇晃的肥肉,我觉得自己像屠夫一样野蛮。所以说,我能理解你说喜欢又胖又笨的女孩,我能理解。这么说起来,我也喜欢,不过我也喜欢瘦女孩,这么说的话,我好像什么女孩都喜欢。"加拿大小伙更像是在自言自语。两个可怜的单身汉,又累又渴,在橙色的夕阳中,沉浸在女孩柔软芬芳的世界里,耗尽最后一丝体力。

我在想着那个我没有讲完的故事,就是我的女朋友特别喜欢养动物,她在我的屋子里养了两只狗、三只猫、两只仓鼠,还养了一只小白兔、两只鸡的故事。我们分开之后,更加准确地说应该是我离开她之后,我决定让这些动物成为孤儿。我开着汽车,带着两只鸡到处乱转,想寻找一个抛弃它们的好地方。这两只鸡是我的第一个处理对象,因为它们早就不是什么乖乖地待在纸箱中、令人怜爱的小鸡娃。两个肥硕的三角形坐落在细长的腿上四处乱转,毫无顾忌地到处拉屎简直让人难以忍受。我没有吃掉它们,说实话我有点害怕它们,怎么说呢,它们身上有一种疯狂的、不可理喻的气息,有时候和我的女朋友有点像。这两只鸡在车上也不老实,一会儿蹦到我的靠背上,乱啄一番,高楼大厦在它们小小的眼珠里闪过,每次刹车,它们都会歪在一边,咕咕叫着抱怨我,又重新站稳。开了大半天我才绕出市区,终于找到了一个令人满意的地方,放眼望去没有一个人,一条新修的公路还散发着沥青味,周围是几个新建的楼盘。我费了半天劲才把两只鸡哄下车,它们扑扇着翅膀,鸡毛乱飞。我立刻坐回车中,关上车门,就像阻止鸡回来一样。我坐在车里看着它们,它们在崭新的公路中央呆呆地站着,有点莫名其妙。过了一会儿一只鸡开始在地上啄小石子,另一只鸡仍然站着,一脸狐疑,一只脚收缩着,始终不愿意着地。后来我又相继带着两只狗、两只猫、两只仓鼠,还有那个可怜的小兔子来过这儿。两只狗在我离开的时候还追我追了很远,直到追不上了,才伸着舌头站在路边看着我的车离去。两只猫根本不愿意下车,尖利的爪子勾着我的座椅,就像平时一样对我充满了敌意,还把我的胳膊抓了几道,渗出细细的血珠,我费了老半天的劲才把它们扔在地上。它们惊慌地将身体贴近地面,摇摆着脑袋四处乱看,立刻钻进汽车下边。我必须慢慢启动汽车,防止把它们压死,我在后视镜看到暴露在阳光下的它们一溜烟地钻进路边的绿化带不见了。那只小白兔,红眼睛的小白兔就更惨了,我把它放在马路中间,安抚了它一会儿,刚一转身,一辆汽车呼啸而过,而我们的小兔子就成了一摊血肉模糊的兔皮。那两只仓鼠,我打开了笼子的小门,它们溜达了出来,获得了自由,进入这个凶险的世界,好奇而欢快,我祝福它们长命百岁,子孙满堂。可惜我已经没有力气讲出来了。不远处清真寺的宣礼塔传来召唤人们礼拜的声音,脚下的沙利废墟更像是融化的巧克力有着圆润的线条。很快通红的太阳就坠入远处的树林,成为一颗甜蜜的椰枣。

很久之后,我已经回到了家里,坐在冰凉的空调屋子里重新翻看那天的照片,一只白色的小猫卧在我的怀里睡觉,身体轻轻起伏着就像快要沸腾的牛奶。我站在神谕所的最高处,每一张留影都没有脑袋,焦点也并不在我的身上,远处金色的亡者之山清晰可见,由于逆光,我就像一个模糊的没有脑袋的黑色幽灵。我当时问过他:"要不要帮你也拍张留影?"他连忙摆手,就像遭到了冒犯:"不不,我不爱拍照,如果有一天我想彻底消失,平时就尽量不要留下任何证据。"我盯着房门后边一张丑陋的椰子树的海报,不知道是哪一任房客贴上去的。

/ 哈扎尔之匙

"梦是魔鬼的花园,在这个世界上,所有的梦早已被梦过了。现在,它们只是在和现实交换,然而世上的一切也早已都被使用过了……处在这样一个世界,一个已发展到这种阶段的世界,你已别无选择。"

——《哈扎尔辞典》

一

我今年二十五岁,牛仔裤又臭又硬,生活出现了问题,无论如何也矫正不到正确的轨道上来。我时常晃动自己,就像晃动一个坏掉的电子设备,说不定哪一下就能恢复正常了。这已经成为了我的招牌动作,有点像被电击,又有点像是冬天小便后的激情一抖。

我跳下一辆大巴,车上就我一个游客,热带的气味扑面而来,光线是橙色的。抱着一只大公鸡的男孩从我身边匆匆走过,红色的鸡冠来回抖动,无论身体怎么摇晃,大公鸡的脖子和脑袋都始终保持着平衡,像是一部精密的机器。我没有看清男孩的面孔,怎么说呢,我的视线好像很难聚焦在他的脸上。拐了一个弯就进入了一个村庄,路边绿色的草地上铺着一张布,上边晒着红色的辣椒。两个又黑又瘦的妇女背着小箩筐从对面走过来,当她们与我擦肩而过的时候,我扭头看到小箩筐里有黄色的柚子和新鲜的蔬菜。我叫她们停下来,想买一个酸甜的柚子解解渴,可是并没有人理睬我。村庄的主路不过就一百米长,路的左边是一个游客中心,并没有开门,门口竖着一块牌子,上边用蓝色的颜料写着粗大的字体"欢迎来到泰德罗",下方是一排红色的小字"一个叫人难以离开的地方",在字的四周画着一些树木和瀑布。路的右边有一个叫"Mama"的餐厅和一个叫作"Tim Guesthouse"的旅馆,越往前走,水声越大,扰乱着我的心跳,像在催促我加快脚步。路的尽头是一座桥,视线一下子开阔起来,桥的左边是河流的上游,不远处就有一个瀑布。几个光着屁股的男孩在湍急的河水中摸鱼,桥的右边河流变得宽阔而平缓,一些女孩只穿着短裤,趴在河边的草地上玩,还有几个在比赛跳水,不停地尖叫和大笑。我看不清他们的面孔,就像之前看到抱着大公鸡的男孩那样,我的视线仿佛很难聚焦在这些人的脸上,他们看起来都有点面目模糊,或者说都长着同样一张脸,黑黑的,一张典型的东南亚人的脸庞。

我顾不得那么多了,迅速地跨上这个左右摇摆的桥,一个女孩趴在用粗绳子编织成的围栏上,身体努力向外伸,两只胳膊支起来,像是蚂蚱有力的大腿。我向她走去,她因为我的脚步而上下晃动,我加大了步伐和力气,想让桥摇晃得更加剧烈,我也不知道自己是想把她摇下来,就像吓走一只蜻蜓那样,还是仅仅希望她注意到我。她抓得更紧了,仿佛成为了绳子的一部分,也成为了这个游戏的一部分。她咯咯笑着,我晃动得越起劲,她笑得越厉害。现在我除了上下摇晃,还加上了左右摇晃,我也发出了愚蠢的笑声,还有点上气不接下气,我不喜欢自己的笑声，因为它们听起来很胖，可事实上，我只是一个干瘪的瘦子。我离她越来越近了，我在桥上使劲跳了几下，终于把她给晃了下来。她换了个姿势，两只手紧紧地抓着围栏，也跳了起来，一副想要把我晃进河里的架势，可是现在除了使劲地盯着她看，我哪儿也不会去。我就知道我会在桥上遇见她，在瀑布巨大的坠落声中认出她，眼前这个蹦蹦跳跳的人就是我的女人，我可以这么肯定，就像肯定自己有十根手指那样肯定，这不是一见钟情那么简单。水雾浮在她的发丝上、脸部的轮廓上，让她看起来散发着柔和的光芒。就像我们一直都认识那样，她对我笑，有点害羞，鼻子皱皱的，露出右边那两颗挤在一起的小虎牙，我觉得自己也是她期待的那样，留着半长的头发，眼镜片擦得非常干净，指甲缝里没有半点泥土。我主动向她打招呼，询问了她的名字，无论她现在叫什么，我都不介意，因为我知道她是谁，就算她现在看起来个子高了几厘米，身材也更加丰满，皮肤黑了一些，还剪了短头发，是我最喜欢的那种样式，露出小小的粉色的耳朵，看起来清爽而可爱。

我问她："你刚才趴在围栏上在看什么？"

她说："我在看我自己呀。"

我们并排趴在围栏上，就像她刚才的那样，我们支起的胳膊像是两只并排站立的蚂蚱的后腿，虽然太阳将我的后脑勺晒得发烫，却并没有在河里看到什么影子。

我又问她："你在这儿做什么呢，是来玩吗？"

她说:"是啊,不过我现在有了一份工作,所以,我不打算离开这儿了。"她扭着脑袋看着我,目光炽烈而直接,好像很容易就灼伤了我的瞳孔,进入了我的大脑来回搅动,这让我无法将注意力放在聊天上。她的嘴巴,脖子后边的细细的绒毛,紧紧抓着粗绳子的纤长手指……无论我将目光落在她身上的什么地方,都令我思绪混乱,心跳加速。

"工作?一份什么样的工作?"

她指着瀑布的方向说:"那儿有一个叫Tadlo Lodge的旅馆,一个类似度假村的地方,全是小木屋,房子散落在山上的森林中,在屋子里就可以看到瀑布。每天晚上可以听着瀑布的水声入睡,这声音让我平静,我觉得我已经习惯了,如果睡觉的时候真的一点声音都没有,可能我就要失眠了。"她说完耸了一下肩膀,做出一个无奈而俏皮的表情,让她看起来像一个什么都无所谓,什么都看得开的人。我也希望自己可以成为一个看得开的人,因为人们总是这么教育我:"嘿,你要想开一点……你只要看开了,什么都会变好的……"我不由自主地模仿了一遍她的动作和脸上的表情,不知道自己此刻是不是和她一样,像一个"什么都看得开的人"。

她说:"讨厌,干吗学我!"女孩们总爱说讨厌,讨厌,我喜欢她这样说,噘着嘴,皱着眉头,我觉得我们的关系更近了一步的同时,又觉得我们发展得太慢了,我恨不得立刻朝她噘起的嘴巴吻过去。

而我只是扭过头,朝她刚才指的方向看去,那儿除了茂密的森林、瀑布和瀑布周围的巨型乱石,并没有看到什么小木屋,我说:"一会儿可以带我去吗?我也想住在那儿。"

她从围栏上跳下来,拍了拍两只手,我竟然可以看到她拍下的金色灰尘,我好像具有了洞察一切细节的能力,它们在我的视线里放大,发光,放慢,呈现出弧形,具有了某种我还无法理解的深刻含义。她用晃动的裙摆示意我跟上她,她说:"这个度假村饲养了两头大象,大象平时在树林里散步休息,度假村提供游客骑大象的旅游项目,你可以坐在大象背上,穿越森林、瀑布、河流。每一只大象都有一个训象师,实际上更像是大象的保姆,负责给大象喂食,每天傍晚要为大象在瀑布下方洗澡。如果有游客想要骑大象,还要负责游客的安全,指引路线,除此之外,并不需要训练大象学会什么花哨的动作。而我作为一个志愿者,仅仅是空闲的时候去帮他们忙,我很喜欢这份工作,这两头大象现在已经成为了我的好朋友,会对我撒娇,会用鼻子将我揽入怀里。"

我们走了一段红色的土路,两边都是巨大的热带植物,她拐进了一个类似木栅栏的简易小门,像是度假村的后门。瀑布声越来越大,我们穿过一些飞舞的白色床单和几个穿着棕色制服、忙碌的工作人员,眼前是一个宽阔的木头平台,几乎就建在瀑布脚下。木头平台上有一些餐桌,我赞叹这是一个用餐的绝佳地点,她拉开最靠近瀑布的一个板凳,让我坐下来,说要请我喝杯这儿的特产——波罗芬高原的老挝咖啡，咖啡杯上印着金色的"Dao"。水雾几乎笼罩着我们，瀑布震耳欲聋，加上浓郁的咖啡，还有对面笑盈盈的女孩，简直让我的心脏疯狂跳动，我根本听不见她在说些什么，我只想在这水雾中、在瀑布巨大声响的掩盖下，发狂地亲吻她，我想我确实已经这么干了，我抱着她潮湿的身体，嘴巴甘甜而清凉，板凳倒在地上，四周一片宁静。这让我不由自主地全身抖动了一下，我知道这次终于让一切都回到了正确的轨道。

我们发展得很快，就像我期待的那样。我们将旅馆的棕榈床垫睡出大坑，里边装满了情话和抚摸身体的瑟瑟声。我们经历了很多快乐的时光，我很难分辨它们的时间顺序，有时候觉得它们是同时进行的，比如我此刻正和她一起在瀑布下边游泳的同时，又和她坐在 Mama 餐厅分吃一个巨大的夹着卷心菜的法棍三明治。我因此变得忙碌和异常幸福，仿佛她做出的每一个反应都是我所期待的，而我也像她所期待的那样有时候疯狂而炙热，有时候温和而平静，所有的事情，我们都是一拍即合，没有什么再能令我们困扰了。

午后在河边的大树下，我们和两个光着屁股的小孩一起抱着垂下来的藤蔓荡秋千，脚在水里划过，或者在荡到最高点的时候跳进河里。傍晚，大象会踩头道路，我们和它一起散步。由于烧荒整个村子都在白色的烟雾中忽隐忽现，全村的人都像约好了一样赶到河的上游，大人们在石头上摔打衣服，小孩跳进水里摸鱼游泳。我们来到瀑布下方的乱石堆，用刷子为大象洗澡，大象会用鼻子吸满河水，喷在自己的后背，也顺便喷在我们身上，很难讲是我们在为大象洗澡还是大象在为我们洗澡。

一对年轻的夫妻在树林里开了一间简陋的旅馆，他们之前是来这儿玩的游客，已经爱上这里，不准备离开了。实际上很难相信这是一个旅馆，仅仅是一个木头搭起来的篷子，四周连遮挡都没有，里边挂着几个吊床，开业期间免费住宿。我们两个路过的时候，伸头朝里边看了看，空荡荡的吊床轻轻晃动着，我并没有打算进去结交新的朋友，实际上我一个朋友也不想交，我甚至不愿意再认识任何一个人了，我们只需要拥有彼此就足够了。

我正准备大摇大摆地离开，她拦着我说："我们不进去看看吗？"

我问："为什么？"

她的神色忧郁，周围的一切都忽然加上了青色的滤镜一般，植物失去水分，微风停止："你不想和他们一样留下来吗？你准备离开这儿了，对不对？"

我一把将她揽进怀里，就像大象用鼻子揽着她那样，即使气温很高，我也不介意我们滚烫的皮肤贴在一起："傻瓜，我不会离开，永远也不会。那句话怎么说的？欢迎来到泰德罗，一个让人难以离开的地方。"

一头黑色的母猪，后边跟着一群小猪，除了一只有着黑白花纹,其他的小猪都是黑色的。它们从我们身旁匆匆跑过,我说:"我们也会生下很多小孩,就像这些小猪一样。"

我知道我们有无穷无尽的时光可以挥霍,就像一个真正的富豪。我们会永远拥有年轻而漂亮的身体,如果我们愿意的话,也可以变老,让眼球浑浊,头发花白,让身上散发出一股拉开陈旧抽屉的味道。

二

我今年五十五岁,眼球浑浊,头发花白,身上散发出一股拉开陈旧抽屉的味道。我很难形容这种味道,类似过期的药品、发霉的木头、老化的塑料、生锈的金属,还有变质的牛奶混合在一起的味道。这种味道怎么都洗不掉,它们来自于我的毛孔、我的口腔、我的耳朵眼儿、我的鼻孔,总之是来自我的身体内部。有时候我觉得自己的内脏已经全部烂掉了,特别是我的大脑,它早已失去了大脑应该有的形状,有时候我晃晃脑袋,就可以听见沉闷的水声,也许它早就成为了一摊软烂发臭的豆腐脑。我的鼻孔经常可以闻到那种味道,更准确地说是散发出那种味道,我可以肯定,它们来自于我的内部——这个丑陋的脑袋壳里。如果你让仇恨、懊恼、嫉妒侵蚀大半辈子,想必会和我一样,身体里边全部烂掉了,发臭了。

像往常一样,我站在卧室的窗户前,等待八点二十五分的火车从远处的高架桥上飞驰而过,现在只有这个时间点是和三十年前一模一样的。玻璃上用黑色的记号笔写着的"看火车的时间表"已经被更改了很多次,火车的班次越来越多,而路过的时间越来越短,三十年前还可以和娜娜许个愿或者进行一次关于远方的幻想,甚至说上几句话,可是如今,眼睛眨一下火车就消失不见了。

我穿上写着"哈扎尔之匙打开潘多拉魔盒"的马甲,带着一打宣传册走出家门,我的家里摆满了这种宣传册,一摞一摞地从地面堆到天花板,房间充满印刷品的油墨味道,看起来像是一个临时的仓库。"南瓜"时常在这些纸堆的侧面磨爪子,每次看到,我都会呵斥它,将它赶走,可还是有很多宣传册被它抓坏了,虽然不影响阅读,但是看起来有点破烂不堪。之前"大个儿"还会每天和我一起出去发宣传册,最近她的腿出现了问题,痛得走不了路,所以就剩下我一个人了。想起二十年前,我们这群人都还算得上年轻力壮,每天出去宣传都有三四十个人的队伍,占领了市区最热闹的地方,那时候我们坚信通过宣传,会有越来越多的人加入我们,可能用不了多久,全世界的人就会一起来抵制哈扎尔之匙。可是现在我们这支队伍就剩下我和"大个儿"两个人了,而哈扎尔之匙却像人类进化出来的一个新器官一样,挂在每个人的脖子上。

我决定先去医院看看"大个儿",她的膝关节软骨磨损得厉害,时常嚷嚷着腿疼,根本走不了几步路。前两天做了个手术来缓解疼痛,医生说如果病情继续发展,还是建议进行人工膝关节置换手术。我和"大个儿"开玩笑说，到时候她就能拥有一个合金膝盖了，遇见危险，还可以用这个膝盖来袭击别人，每次过安检的时候即使脱光了，检测仪仍然会滴滴乱叫的。"大个儿"不但体形高大，声音也很大，年轻的时候是篮球运动员，作为替补队员，有时候连上场的机会都没有。后来迷上了"哈扎尔之匙"和安定类药物，让她每天昏昏沉沉，几乎无法再参加任何比赛，很快就被篮球队开除了。而据她自己所说，她早就在各式各样有关篮球的梦里，完成了一次又一次精准的投篮，获得了全场一次又一次的欢呼，成为了举世瞩目的球星。她大概用了五年时间才完全戒掉对安定类药物的依赖，以及"哈扎尔之匙"为她带来的篮球梦，之间抑郁了很久，自杀未遂两次，用她自己的话是，她是哈扎尔时代的幸存者。

我们这群人几乎每个人都有一个这样的故事，我们把这些故事整理在宣传册上，尽量做到言简意赅，寥寥几句，控诉哈扎尔之匙带来的严重后果。为了强调事情的真实性，每个小故事旁边，还放了一张我们自己的照片。大部分人放的照片精神涣散，一脸憔悴，来表现哈扎尔之匙所带来的伤害。而只有我和"大个儿"放的照片意气风发，"大个儿"穿着白色的篮球服，上边写着蓝色的数字"18"，她正在几个人的阻拦下，抱着篮球跳了起来，双臂高举过头顶，准备投篮，她的胳膊和腿上有着漂亮的肌肉线条，一条马尾在半空中腾起。我的样子可以用放荡不羁来形容，下巴微微抬起，眼神迷离，头发半长，而我搂着的女孩健康可爱，脖子上挂着哈扎尔之匙，歪在我怀里，正笑得合不拢嘴，远处是小象岛音乐节的舞台。我觉得人们看到这种美好的照片，再联系旁边令人心碎的小故事，会产生更强烈的触动吧。

"大个儿"的脑袋歪在一边，窗户大开着，窗帘被风吹地来回抖动，我走过去将窗户关上。她蜷缩在床上看起来好像没有那么大的块头了，头发焦黄，一脸软绵绵的褶子。她睡着的样子和我之前所认识的"大个儿"不太一样，不再那么强硬，平静而温和，表情有点得意，眼球在眼皮底下快速旋转。我掀起她被子的一角，不出所料，她脖子上挂着哈扎尔之匙。我拉开床头柜的抽屉，里边一堆乱七八糟的杂物和药瓶，我一眼就看到了安眠药。哈扎尔之匙在她脖子上荡漾着蓝色的幽光，像是魔鬼的暗语，我一把将它拽掉，扔在地上踩了个粉碎，她惊醒过来，抓着被子靠在床头，像是一个被丈夫捉奸在床的荡妇。我气得耳朵发烫，脸皮发胀，恶狠狠地盯着她，半天说不出一句话。我们就这样对视了很长一段时间，我扭脸就走了。刚走出门外，发现给她买的一大袋小熊橡皮软糖还在我的手上，我又转身回去，气呼呼地将这包糖摔在她床上，这是"大个儿"最喜欢的零食，虽然和她的外表不怎么搭配。

我在屋子里打了个转，简直不知所措，必须说点什么："你这是……多长时间了！"

"大个儿"小心翼翼地说："一个月前，我就开始……"

还没等她说完，我就走上前去，想要狠狠地揍她一顿。我拉着她被子的一角，她紧紧地抓着另一角，我们就这么僵持着，像是在拔河。她抬眼看着我，眼眶里全是泪水："医生建议我这么做的，我现在已经可以很好地控制自己了，我就是想睡个好觉。我腿疼，你知道吗，疼得睡不着觉，这么多年，我自己一个人，没有人关心我……我就是想让自己过得舒服一点，容易一点，难道不行吗？我每天就是跟着你去发宣传册，走那么远的路，还有人在乎这些吗？你真的以为现在还会有人看这些纸吗？你知道人们怎么议论我们，我们这种人，脆弱、极端、落后、偏执，把一切不如意，把自己失败的人生都赖到哈扎尔之匙上。就算这个世界上没有出现哈扎尔之匙，我们的生活仍然是这样不堪的，仍然会出现问题，因为我们就是这种人，你必须承认这一点。"

"你为什么要跟着我一起去发宣传册？"我根本不愿意听她说的这些，特别是第一次见到"大个儿"流眼泪，让我完全无法把注意力放在她所说的话上，最让人无法接受的是，我竟然和一个使用哈扎尔之匙的人一起发宣传册来反对哈扎尔之匙。

"因为我想陪着你，除了跟着你去发宣传册，我也不知道自己还能做些什么！""大个儿"的眼泪和鼻涕在下巴上汇总成透明的线，她的脸通红，看起来又老又疲惫。她说完这段话抓起被子，把自己整个人罩了起来，像一座微微颤抖的白色雪山。

我抓起那包小熊软糖就离开了，我不想送她礼物，不想和她有任何联系，不想再见到她，我想我失去了唯一的朋友。

三

我准备乘坐地铁 3 号线,先在车厢里发一下宣传册,然后再去海边转转。地铁售票机上贴着通知,"从 11 月 1 日起,取消地铁售票系统,无须使用现金购买乘车牌,只须佩戴哈扎尔之匙进出即可,新的乘车系统会自动扣费。月卡和年卡的余额也将自动转入哈扎尔之匙的地铁交通账户中,请注意查收,如有疑问,请拨打地铁服务热线 3431111,或者登录我们的网站了解详情。"我踹了售票机一脚,这意味着从 11 月 1 日起,如果我不佩戴哈扎尔之匙,就无法再乘坐地铁了。

地铁的车厢里十分安静,每个人都沉浸在哈扎尔之匙的世界里,有的人在听音乐,有的人在轻声打着电话,有的人在阅读电子书,还有人脑袋歪在一边,随着地铁摇摆,眼球在眼皮下边快速旋转,面带笑容,不知道正做着什么美梦呢。

这些年,哈扎尔之匙已经完全代替了手机、音乐播放器、相机、电子书、运动手表……各类随身携带的电子产品,很快又代替了各类银行卡、会员卡、地铁卡、现金、门钥匙,几乎所有的身份认证它都可以完成——可以这么说,你的包变空了,只需要脖子上挂着哈扎尔之匙就行。而且,这一切都是免费的、便捷的,你不用像三十年前那样花大价钱购买最新款的苹果手机或者花园手机,你唯一需要付出的就是让它进入你的梦境,将你的梦成为它免费的媒体,它知道你的全部信息,了解你的喜好,可以说比你更了解你自己。它会根据你的需求和关注来

"播放广告",但这种广告已经和以前我们所认为的广告有了天壤之别。你会参与其中,你在睡梦里会认为这一切都是真实的,你会品尝最新口味的可口可乐,你会穿着最新款的耐克球鞋跑步,你会开上你梦寐以求的汽车,你会和你最喜欢的歌星面对面交谈,你也可以在一个你最期待去的地方遇见一个完美的旅伴……你在梦里体验了什么叫作美梦成真,而当你醒来,这一切就停止了。在现实世界里,你必须花钱才能购买你在梦中品尝的可乐和那双漂亮的球鞋,你必须花钱才能去梦里到过的那个地方旅行。当然你也可以在睡前指定让哈扎尔之匙在梦里"播放"什么广告,你可以将自己喜欢的广告播放成千上万次。

十年前,人们还对哈扎尔之匙保持警惕,认为它侵犯了人类的最后一块净土——梦境,并且对它的安全性表示怀疑,那时候还有很多人像我一样试图阻止这一切。而现在,人们早已习惯了,没有人能离得开哈扎尔之匙,没有哈扎尔之匙几乎寸步难行。在我看来,他们都是脖子上戴着锁链的奴隶,他们完全被哈扎尔之匙控制了,他们被牵着鼻子走,他们根本不愿意醒来。你可以将哈扎尔之匙的语音定制为任何人的声音,为它起一个昵称,甚至有人和哈扎尔之匙举办了一场盛大的婚礼。

我希望能唤醒他们,哪怕一个人也行。我开始向地铁车厢中的乘客发宣传册,有些人礼貌地拒绝,有些人接过就扔在一边了,只有少数人会真的翻看一下,我想他们大概也是为了打发时间,当作奇闻异事来阅读的。但是我不介意,只要他们看了,哪怕只看了其中一个小故事，我也觉得心满意足，毕竟让他们知道了哈扎尔之匙不是像他们想象得那样完美和安全，也许会引起一点思考，一点警觉，说不定还能救下一条人命呢。当他们看到我的遭遇时，也不会认出来我，我和那张照片上的样子已经完全不同了，我变成了一个名副其实的老头，低头就可以看到自己手上大大小小的老年斑，就像苍蝇留在白色墙壁上的粪便。

一个年轻人手抓着车厢里的柱子，整个身体的力量都倚靠在柱子上，好像被榨油机压榨掉了全部脂肪，骨瘦如柴，腮帮子凹陷，帽子反扣在脑袋上，不停抽动着鼻翼，一脸轻佻。他伸出一只手招呼我："嘿，老头，给我一份！"我向他走去，车厢正在拐弯，我跟跄了一下，左边膝盖一软，失去平衡，差点趴在地上。旁边的女士搀扶了我一下，我连忙说谢谢，她淡淡地点了一下头，就将脸转向车窗。我递给这位年轻人一份宣传册，他哗啦哗啦地翻动起来，皱了皱眉头，对我说："老头，你知道吗？你这个行为太不环保了，这都是森林变的，现在谁还使用这些纸来做宣传呢？你这样做实在是太浪费了！"他的声音很大，一边说一边往四周看着，好像是说给全车人听的，一副迫切需要得到其他人的关注和认同，想要号召全车厢的人来反对我的样子。他把宣传册又塞回我的手上，右边的嘴角向上翘着，好像被什么隐形的线拉扯，他说："我想了一个好办法，你不是反对哈扎尔之匙吗？我看你穿的这个马甲上写得不错，'哈扎尔之匙打开潘多拉魔盒'，我觉得你应该花一大笔钱在哈扎尔之匙公司投放一支广告，来反对哈扎尔之匙的，广告的主题就叫作哈扎尔之匙打开潘多拉魔盒。让人们在梦里亲身体验你这些悲惨的小故事，然后醒来就开始害怕哈扎尔之匙了，我觉得你可以试试，一定比发这个管用。"周围的人开始窃窃私语，有的人捂着嘴巴笑了起来，而我像一个被大人数落的小孩一样站在车厢中央。"你看，大家都觉得我这个主意不错，老头，我们都等着你的广告。另外，真的不要再印这些东西了。没有用的，浪费资源，浪费你的时间，浪费大家的时间。这都什么年代了，你要学会与时俱进。你们这种老年人，不要把什么事儿都赖在新事物上。"他越说越激动，像是在演讲，在表演，他说到最后一句的时候，在我的肩膀上重重地拍了几下，我将怀里厚厚的一打宣传册砸在了他的脸上，他的话让我想起了蒙在被子里的"大个儿"，让我想起了"大个儿"说的那些话。我们两个扭打在一起，年轻人离开了柱子就像是被抽掉骨头的鸡，全身软趴趴的没有一点力气，很快我就骑在了他的身上，朝他的脸挥舞着拳头，让他尝尝老年人的厉害。人们拉扯着我俩，我的手在空中胡乱挥舞，而他喷着唾沫星子对我乱叫，他的帽子掉在一边，被踩扁了。

"该死的瘾君子。"我坐在沙滩上，一边咒骂着，一边用力撕咬着小熊软糖，将小熊的脑袋咬下来，在嘴巴里来回咀嚼。不知道是因为刚才使了太大的力气，还是因为太过激动，我的双手还在微微颤动着，我只好将它们压在屁股下面来制止颤抖。

我以前经常和娜娜来到这个沙滩，特别是秋天，沙滩上根本没什么人，彩色的遮阳伞，游泳圈和防晒霜的香味儿全都消失了，沙滩和大海呈现出它本来的面目，就像现在一样。我稀稀拉拉的几缕头发被海风吹起来，像是头顶燃起的微弱火苗。娜娜会坐在我现在这个位置大笑，她总是在大笑，或者大哭，她不是非常开心，就是非常悲伤，好像很难有平静的时刻，我们的生活也会随之被分为好的时候和坏的时候，完全没有中间地带。我会在沙滩上打马车轱辘，就像一只猴子那样，我会用胳膊走路，我的长袖外套会堆在我的下巴上，露出我的肚皮，冰凉的秋风会吹在我那一根根绷紧的肋骨上。我会把娜娜抱在怀里取暖，她的身体总是热乎乎的，特别是她的胸口，柔软温暖，还带着湿润的香气，我时常将头埋在里边，深深呼吸。娜娜总在这样的时刻尖叫、大笑、躲闪，说我弄痒她了，我是绝不会放开她的，我会将她抱得更紧，我会将头埋得更深，我会听到她狂乱的心跳，直到自己几乎窒息为止。我们会在海浪的噪声中大笑，在沙滩上打滚，全然不顾沙子跑进了鞋子，跑进了衣服，沾满了头发和皮肤，我们会品尝彼此被海风吹咸了的嘴唇，品尝沾着沙砾的甘甜的舌头。我们的快乐太过剧烈，就像那些疾驰在危险边缘的赛车，以至于我一直认为我们在挥霍着什么有限的东西，我们会提前用光，我们会为此付出代价的。

四

回到家里,我站在卧室的窗户前,等待六点三十分的火车飞驰而过。在玻璃上写火车的时间是娜娜的主意。那时候我们刚刚结了婚,为了买这个小房子,我们花光了所有积蓄,再加上四处借钱才勉强付上首付。我们刚搬进新家的时候,又穷又得意。其他的户型都可以看见大海,只有我们这个特价的户型看不见大海,却可以看见南边高架桥上的火车,娜娜觉得自己占了大便宜。每次有火车经过的时候,她都会停下手上正在做的事情,飞奔到卧室的窗前,大声问我现在几点了,然后在玻璃上写下时间。很快我们就摸清了所有火车的时间,并且了解了每一趟火车是从哪里来,要开向哪儿去。每当这样的时刻来临,娜娜都拉着我的手,或我从后边拥着她,我们屏气凝神,让火车带走我们的灵魂,只留下身体在窗前微微摇晃。

南瓜卧在沙发上看着我,一会儿又把脑袋扭到一边,看着空白的墙壁,就好像那儿有什么我看不见的东西。我一屁股陷在沙发上,将南瓜抱在怀里,我们俩一起这么一动不动地盯着什么地方看。南瓜发出低沉的呼噜声,这表示它很幸福。在娜娜离开之后,我时常这么坐在沙发上一动不动,那时候还没有南瓜,我不看电视,也不玩任何电子设备,就这么呆坐着。有时候我觉得自己被黏在沙发上了,等我意识到了这一点,仔细感受着,竟然一天又过去了。那段时间,所有丢失的小玩意儿都可以在沙发的缝隙找到。后来我收养了南瓜,这只性情古怪,有着黄白条纹的小野猫。在它完全适应了这个家,可以竖起尾巴,大摇大摆地四处走动之后,我发现它一天中的大部分时间几乎都是卧着一动不动地盯着什么地方看,面无表情。我们很快找到了共同点,它成为了我模仿的对象,我时常觉得"宇宙中最高层次的智慧并不一定比最小的动物的智慧更伟大"。娜娜绝不会允许这样的时刻出现,她永远饱含激情,她不允许我们的婚后生活走向平静,哪怕吵架打架也行。

她第一次提到卖掉房子是在我们的结婚一周年纪念日,我们将这一天定为裸体日,我们会像偷食禁果之前的亚当和夏娃一样一丝不挂,在屋子里四处走动,实际上大部分时间我们都是搂在一起,没完没了地亲吻、做爱。我们原定的计划是我在厨房忙活,做一顿丰盛的晚餐,然后我们在烛光下进行裸体晚餐。可是当我在厨房准备晚餐的时候,娜娜不停地从后边搂抱我,说我裸体穿着围裙的样子性感极了。当我们在餐桌上欢爱之后,两个人都筋疲力竭,决定将大餐改成方便面,于是,我们在烛光下,全身赤裸地吃着泡面。娜娜的目光是橙色的,每次和我的目光交会时,她都会皱起鼻子傻笑着。我们就这么一边吃一边"哧哧"傻笑,直到她喝完最后一口汤,放下碗拉着我的手说:"我们把房子卖掉吧,然后出去流浪。"由于娜娜用的是"流浪"这个夸张的词,我以为她是在说傻话,她一直喜欢说傻话,那些话就像电视剧里的台词一样不真实。

我笑着说:"好啊。"

娜娜睁大眼睛，兴奋地说："那我们现在就开始在网上刊登信息吧，明天还可以去中介登记一下。"

我这才发现娜娜不是在开玩笑，我说："房子卖了我们住哪里啊？"

娜娜在凳子上左右挪了挪屁股，将身子往前凑了凑，一副胸有成竹的样子："我们去流浪啊，到处旅行。"

"可是我的工作刚刚稳定下来。"从得到这份工作的第一天起，我就充满了干劲，我想通过自己的努力，为娜娜带来更好的生活。虽然目前我只不过是海边乡村体育俱乐部的修理工，平时负责维修一些设备，比如说高尔夫球场的电动车，但是，谁知道呢，也许没几年我就进入管理层了呢。

"我们可以辞职啊，反正我也不喜欢我的工作，医院里消毒水的味道让我头晕想吐。"娜娜有点兴奋，好像一会儿我们就要穿上衣服出发了。

我用鼻子发出哼的一声，我还什么都没有说，就激怒了娜娜。她站起来，凳子和地面发出刺耳的摩擦声，她气呼呼地说："从结婚第一天起，我就厌倦了这种生活，从走进这个房子的第一天起，我就厌倦了这个房子！我不想一辈子都困在这儿！"她的乳房因为激动而颤抖着。

我说："你也厌倦我了，是吗？"

娜娜斩钉截铁地说："是的！"

我觉得我们两个一丝不挂地吵架愚蠢极了，我觉得羞耻，我不想看到她的裸体，此刻就像一块甜腻的涂满奶油的蛋糕，让人嗓子发紧，恶心想吐。我也不想自己的裸体被她看到，我迅速地找来衣服扔给她，自己也匆忙地穿上了。就像往常一样，我们快活的时候总会伴随着痛苦，痛苦又总会伴随着快活，娜娜会把一切变得充满戏剧性。

深夜，她将脑门贴在我的后背，抽泣着说她说的都是假话，她没有厌倦我，在蓝色的光线中，我为她擦去眼泪，我们原谅了彼此，紧紧拥抱着，体会着和好之后饱含深情的短暂时刻。在这样的时候，我都会相信我们的感情在一次一次的争吵之后会变得更加坚不可摧。我们像潜入深海的鱼，身体又湿又滑，在深蓝色的波光中说着梦话，耳边都是泡泡升起的声音。

接下来的几年里，"世界这么大，我想去看看""世界再大，也大不过我的脚步""再不疯狂，就老了""人生不只有眼前的苟且，还有诗和远方"之类的口号铺天盖地。所有的媒体都在争相报道辞职去旅行、搭车去旅行、卖掉房子去旅行、卖掉房子开客栈、卖掉房子买房车、离开大城市去乡村、骑着摩托环游世界、骑自行车穿越撒哈拉沙漠、坐轮椅环游中国、用板车拉着病重的母亲旅行、用三轮车拉着残疾的妻子旅行、一分钱不花玩遍中国、两万元玩遍东南亚、五万元玩遍欧洲、十万元环游世界之类的故事，这些皮肤黝黑，衣衫褴褛的亡命之徒忽然成为了人人追捧的大明星，写书，代言广告，开分享会。好像每一个人都羡慕起了这样的生活，迫不及待地想要加入其中，好和自己平庸无聊的人生一刀两断。娜娜早就认定了这就是她想要的生活，这就是我们的未来，而我们现在的生活是临时的，将就的，她很难投入其中。那天晚上她对我撒了谎，她说自己说的都是假话，实际上，她并没有说一句假话，她早就厌倦了我们的婚姻生活，厌倦了那个狭小的房子，厌倦了我——至少是没有立刻卖掉房子，和她一起去环游世界的我。这个念头像一颗种子在娜娜的心里生根发芽，媒体报道的每一个故事都是它的养分，早晚有一天这颗种子会长成参天大树，会撑破娜娜小小的身体，撑破我们小小的家，毁灭一切的。

五

我感觉胸口压着一块大石头，无法呼吸，挣扎着从梦里惊醒过来，南瓜正卧在我的胸口打着呼噜。我立刻爬起来，站在窗前，发现自己已经错过了八点二十五分的火车，这不是什么好兆头，自从有了这一班火车我就从来没有错过一次。

我匆忙穿上我的行头，带着一打宣传册，赶去地铁二号线入口旁的麦当劳，我在那儿约了人。从玻璃窗就能看到"汽水"先生，他坐得笔直，自言自语，我想他正在和别人打着电话。自从哈扎尔之匙的新技术彻底淘汰了耳机，满大街都是这样自言自语的人，现在已经很难分辨谁是疯子，谁只是在讲电话而已。"汽水"先生看起来总是一丝不苟，黑色的西装笔挺，头发梳理得整齐，没有一根乱发，像是白色的塑料固定在头上。至于他为什么叫"汽水"先生，我也没有仔细问过，我想是因为他本来的名字里就有"汽水"这两个字的发音。"汽水"先生的语速很快，声音有点卡通，这和他成熟稳重的外表十分不符，像是用什么变声器发出的可笑声音，加上他生硬的外表，我时常觉得自己是在和一个机器人打交道。

他一上来就做出一个遗憾的表情："花园下个月就将被哈扎尔收购了。"

在哈扎尔之匙出现之前，花园手机刚刚超过了苹果，成为世界第一的手机品牌，可是花园公司还没高兴多久，世界就进入了哈扎尔之匙的时代。即使花园手机开发了很多新功能，降低了百分之五十的价格，甚至开发出类似哈扎尔之匙的产品"花园之匙"——他们在造型上下足了功夫，与各个奢侈品牌、珠宝品牌合作，开发出几款集高科技和装饰性为一体的产品，只是没有将梦作为媒体这一功能——但也只是昙花一现。很快花园手机改变了策略，不再拼命模仿哈扎尔之匙，而是企图推翻它。花园手机在全球资助了很多像我这样的人，"汽水"先生就是花园公司负责和我这样的人接洽的工作人员中的一个。他们甚至还资助了一些假的反对者，在最初的几年，花园公司雇用了大量电影明星、歌星、球星……各行各业有影响力的人来为花园手机代言，反对哈扎尔之匙，其中最有名的是被聘为"纯净之梦"的大使——歌星 Matthew，他成名有很大一部分原因就是花园公司的大力赞助和推广。直到他被狗仔队拍到在飞机上佩戴哈扎尔之匙睡觉，眼球在眼皮底下快速转动的视频，才让这一切成为了一个笑话、一个丑闻。没过几年，这些明星就通通投靠了哈扎尔公司，他们为哈扎尔之匙代言，他们的各种街拍、自拍都会将哈扎尔之匙挂在脖子上，他们在夜里会来到成千上万的粉丝的梦中。而佩戴哈扎尔之匙也渐渐成为了最新的时尚，花园公司这才开始重视民间的力量，这些真真切切的受害者，这些对哈扎尔之匙恨之入骨的人，他们才是花园公司最后的救命稻草。花园公司曾经资助我写了一本书，来详细描述我和娜娜的悲剧，书的名字叫作《免费的东西迟早会让你付出代价》。我参加了大大小小的签售会，读者见面会，有人和我拥抱，有人安慰我，有人鼓励我，有人为我带来礼物，甚至有人追求我，没过多久，就有一家花园公司旗下的电影公司购买了这本书的影视版权。花园公司还雇用了很多专家在电视节目中剖析哈扎尔之匙所带来的严重危害，而我们这样的人，经常和这些专家坐在一起，在一些访谈类的栏目中痛哭流涕，大家心事重重，讨论着哈扎尔之匙这样的人工智能是否足以毁灭人类，仿佛只要佩戴哈扎尔之匙，明天就是世界末日。可是很快就没有什么人再收看电视节目了，而坐在电视前边的不是老年痴呆，就是即将成为老年痴呆的人。各大品牌也很快抛弃了电视媒体，他们花上大价钱在哈扎尔之匙投放广告。花园公司甚至开办了一些免费的"安眠药以及哈扎尔之匙戒除中心"，我曾经在里边当过志愿者，刚开始还有一些忧心忡忡的家长，将自己整日昏昏欲睡的孩子送到戒除中心，可是没多久，这些中心就形同虚设，杂草丛生了。而安眠药也不再是什么令人难以启齿的药品，它们变换着名字，配方，升级了一代又一代，强调安全无副作用，人们认为适当地服用安眠药，保证充足的睡眠时间，做上一个美梦，这已经是一种值得提倡的健康的生活方式。

在一次又一次描述我和娜娜的故事之后，我发现我已经记不清楚这个事情本来的面目了，每次我都为它增添了新的细节。最早的时候，我还会用"我也记不清楚了""好像是这样"之类的话开头，来描述我不确定的细节。后来我就懒得这么说话了，因为我已经无法分辨，哪些是真实的，哪些只是我编造出来的，我用这样的方式，让娜娜每天都在我的身边，挂在我的嘴上，活灵活现。这些年来，人们经常这么劝我，"你要看开一点，想开一点，什么都会变好的，希望你可以尽快走出来"，可是我根本没有机会走出来，因为我是一个贩卖痛苦的人，这已经成为了我的职业，而"汽水"先生只是痛苦买手罢了。

"你的意思是，花园公司将停止对我们的资助了是吗？"我一直担心这个时刻的到来，这几年虽然被资助的人越来越少了，但钱也越来越少了，我过着苦行僧般的生活，一天只吃两顿饭，可仍然感到经济紧张。不过听到这个消息我一点都不震惊，就好像我早就预料到了，就好像我的担心成为了某种诅咒，日日夜夜都在诅咒这样的结局出现。

"实际上，花园公司半年前就停止对你们的资助了，这几个月都是我自己掏的腰包,因为我每次见到你,根本就开不了口。""汽水"先生说完这句话,一副如释重负的样子,挺得笔直的身体,也一下子陷在了座椅里,这让他看起来无能为力,瞬间衰老了十几岁,这是我第一次觉得"汽水"先生不那么像机器人。作为一个"痛苦买手",那些被搜集的死亡、抑郁、哭泣、怨气、仇恨,都会爬上他的身体、他的脸庞,成为他的一部分,成为他脸上的褶皱,成为他下垂的眼袋,成为他脱落的头发,而我作为一个出售痛苦的人,也不能避免这一切。我们就像两个被时代遗弃的人,被苦难腌渍了一辈子的人,看起来比刚出生婴儿还要脆弱,比垂死的老人还要衰老。记得第一次见到"汽水"先生的时候,他穿着耀眼的白色西装,佩戴着镶嵌着钻石的"花园之匙",黑色的头发油光发亮,一副可以扭转乾坤,势在必得的模样。

"无论如何,谢谢你了。"我发自内心地笑了笑,对"汽水"先生点了点头,好像他才是那个需要被安慰的人。

"你也要做点打算,换个活法,这是十万块钱,应该够你们应付几天,我也只能帮你到这里了。""汽水"先生从钱包里掏出十张崭新的万元钞票放到桌子上,推到我面前。现在已经没什么人再使用现金了,这些钞票总是硬邦邦的,一点折痕都没有,就像是供人们收藏的纪念品。还没等我感谢,"汽水"先生就起身离开了,看他消失在人群中,我知道自己再也不会见到他了。

推开麦当劳的大门,外边冰凉的秋风让我缩起了脖子,地上的落叶和垃圾在墙角旋转着上升。地铁二号线入口的乞丐在地上摆好了他孩子的照片，一个漂亮的少女，头发卷卷的，笑起来两个小酒窝，眼睛睁得大大的，一脸好奇。照片旁边放着几只小野花和烧了半截的蜡烛，还有粉笔字写的"哈扎尔之匙打开地狱大门"，他的行李，一条深灰色的破烂棉被、一个破包、几个塑料袋和一些瓶瓶罐罐被堆在墙角，像是没被清理的垃圾。他向行走的人群张牙舞爪，肮脏的脸庞表情狰狞，大声咒骂着佩戴哈扎尔之匙的人，每一个词都说得咬牙切齿。人们离他远远的，即使街道拥挤，他的面前仍然形成了一小片空地。我每次路过都会给他扔下一些钱，今天也不例外，我将一万元的钞票压在了他孩子的相框下边，就匆匆离开了。我不知道"汽水"先生所说的做点打算、换个活法是什么意思，而眼前的这个发疯的乞丐的生活，好像成为了我目前唯一能够想到的另一种"活法"。

六

我坐地铁二号线转乘轻轨经过跨海大桥，赶去小象岛。自从娜娜离开，我就再也没有上去过，最近地铁站里到处都是"小象岛音乐节"的广告，看了看日期，就是今天，我决定上岛去看看。午后乌云散去，阳光强烈，大桥的影子将海水分成两种颜色，飞驰的列车在海面上投下一串弯弯曲曲纸片一样单薄的影子，就像小孩在墙上画的画。

小象岛是我和娜娜曾经最爱去的地方，摩天轮、过山车、棉花糖、套圈游戏、气球、灯塔，我们很穷，几乎什么都玩不起，也不舍得买这些"没用的东西"，可是娜娜仍然像只蝴蝶一样，快活地在一个个游乐项目和摊位上停留，看着别人玩。直到我们走累了，又渴又饿，就会买上一瓶橙子味的饮料和一个"船长大叔"热狗来到后海悬崖上的草坪，两个人一起从热狗的两头开咬，最后就是一个散发着热狗和面包气味儿的吻。我们会牵着手躺在草地上，听着下方的海浪拍打着岩石，就像拍打着脚底，我们扇动着鼻翼，使劲嗅着青草和大海混合的清新气息，闭上眼睛，感受被太阳晒穿的半透明的粉色眼皮。我将娜娜的小手在我的手中反复揉搓，十根手指就像缠绕着生长的蔓藤，我们在进行着某种秘密的无须语言的交流。

虽然刚才"汽水"先生才告诉我这一切，让我换个活法，我却希望自己可以像完全没有听到这个消息一样，这是我抵抗它的唯一办法。列车还没到站，就可以看到小象岛上旋转的摩天轮，这是今年新建成的，比之前的摩天轮大了好几倍，据说是世界上最大的海岛摩天轮，它已经成为了小象岛的一个标志性建筑物。人们热衷于建造最高最大的建筑物，而"世界上最大的海岛摩天轮"这样的称号根本持续不了几天，很快就会有更大更豪华的摩天轮被建造出来。"乘坐一圈需要两个小时，一共有五十八个观光舱，每个观光舱可以乘坐一百名游客，其中有十五个观光舱已被洲际酒店集团打造成为摩天轮假日酒店。

观光舱的游客可以通过传送通道到达摩天轮的中心点,那里有一个餐厅和售卖纪念品的商店。坐在这个摩天轮上可以俯瞰整座小象岛,还有远处的城市,每当夜幕降临的时候,这个巨型摩天轮上不停变幻的灯光,会让它成为城市夜空中一朵永不消失的烟花。"列车里的显示器正播放着小象岛摩天轮的宣传影片。跨海大桥那头的城市,已经像是人们刚刚逃脱的灰暗现实一般,一幢比一幢更高的摩天大楼直插云霄,像是一个个孤独的巨人在朝着这边张望。

小象岛上洋溢着节日般的梦幻气氛,隐隐约约的音乐声,过山车呼啸而过的隆隆声,还有人们尖叫的声音混杂在一起。人们排着队用哈扎尔之匙付款买票,我掏出了一张一万块钱的纸币,售票人员抬头看看我,叹了口气,然后站起来和好几个工作人员交涉,才找到了一张一百元的纸币和一张纸质的门票递给我。后边排队的人发出抱怨的声音,而我随着前边欢快的人群来到了后海的草坪,上边摆放着一张张彩色的野餐毯,还有一些小帐篷,孩子们在草地上奔跑,吹着泡泡,舞台就设置在悬崖上方,而背景就是一望无际的大海。

记得参加第一届小象岛音乐节的时候,我们身上一堆债务,还剩下的那点可怜的生活费只够买上一张门票。我和娜娜就是在这儿得到哈扎尔之匙的,哈扎尔公司赞助了第一届小象岛音乐节,每一个来参加的人都可以凭门票在入场前免费领取一个"哈扎尔之匙"。对于免费的东西,我们是从来不会拒绝的,特别是看起来这么漂亮的高科技产品，我们像中了大奖一样，我迅速地将哈扎尔之匙挂在了娜娜的脖子上，还让人用手机为我们拍下了这张合影，就是宣传册上的这一张。我忍不住打开了一本宣传册，我想立刻看到娜娜，可是我老眼昏花，这照片印得太小了，我只能看到娜娜的轮廓，我用手指在上边来回摩挲了一下。

那时候，我腿脚灵便，了解小象岛的地形，完全可以从悬崖下方的礁石海滩绕进来。我在那些巨石中穿梭，潮水退得很远，礁石的下半部分还是潮湿的，上边布满了密密麻麻的黑色小螺蛳，我的脚踩在上边，它们就会纷纷掉落，像约好了一样作弄我，好让我的脚底一滑，摔个跟头。有些礁石的上方全是灰白色的牡蛎，它们已经成为了岩石的一部分，层层叠叠地生长在一起，像是一些白骨的碎片，我的手被划破了好几个口子。海蟑螂四处逃窜，平缓一点的礁石上长满了贻贝，黑压压的一片，像是从地狱蔓延出来的，它们紧紧闭着青黑色的壳，守住了秘密。每一个小水坑都是一个微观的海底世界，当我趴下去仔细观察时，一朵朵绿色的海葵收起触手，螃蟹迅速地倒退到身后的石头缝里，小鱼抖动着尾巴，窜来窜去，我感觉自己来到了外星，眼前全是荒凉而陌生的画面，而我却是一个不受欢迎的地球人。我跌跌撞撞地加快脚步，想要离开这儿，迅速回到娜娜的身边，远处有几个和我一样逃票的人，这让我感到欣慰，我朝他们吹了口哨。等我好不容易从舞台旁边翻了上来，偷偷地四处张望，发现并没有人注意我，我拍了拍手和裤子，若无其事地向草坪走去，我走得大摇大摆，好掩盖逃票的心虚和狼狈，我在人群中搜索着娜娜。娜娜正盘腿坐在草地上和另外两个年轻人聊天，目光热切，一脸的羡慕。

我走过去拍了拍娜娜的肩膀，娜娜拉着我的手让我坐过来，向我介绍着："这是小树，这是苹果，他们两个不是本地人，是专门来参加小岛音乐节的，他们已经旅行了一年了，参加过各地的音乐节。"

我说："嗨，苹果树。"他们并没有发笑，表情有点尴尬，我发现自己开了一个失败的玩笑。

娜娜继续问他们："你们去过那么多地方，最喜欢的是哪儿？"娜娜拍了拍我的腿，好像是在提示我集中注意力，认真听讲。

那个叫作小树的男孩将一头脏辫在头顶扎在了一起，即使离他还有一点距离，我仍然可以闻见一股油腻的臭味，他向上翻了翻眼睛，好像是在快速搜索自己去过的那些地方，好从中挑选一个来回答娜娜："目前来说，苹果最喜欢老挝的泰德罗，而我比较喜欢印度的果阿。嗯，还有本地治里，那儿有一个乌托邦式的自治村，叫作黎明之城，我和苹果希望以后可以定居在那里。"

叫作苹果的女孩简直就是小一号的小树，他们从远处看几乎一模一样，都是长头发，大褂子，脖子和胳膊上都挂着很多东西，很难分清男女。她赶忙接过了话题："到底是定居在老挝的泰德罗，还是印度的黎明之城，这我们还没有决定，不过，我觉得你们可以去玩玩，确实都是不错的地方。"

娜娜听得如痴如醉，而我手上被牡蛎壳划破的口子渗出细细的血滴，我用嘴巴吮吸着，来减少一点疼痛。我的嘴巴发腥，根本不想听他们讲这些，我知道娜娜怎么想的，我只希望音乐快点响起，好阻止他们继续说下去。

穿着小象岛音乐节外套的工作人员在舞台上走来走去，正在调整设备，草地上的人越聚越多，旁边有一对年轻人，男孩坐在后边，女孩坐在前边依偎在他的怀里，扭过头和男孩忘情地接吻。那天乐队开始演出的时候，娜娜也是这么坐在我怀里的，她软软的头发不停蹭到我的脸，散发出水果的香甜，每当她扭过头看我，都是一脸的兴奋和无知。当看到娜娜喜欢的乐队 Lady and Bird 登台时，我们站了起来，我站在娜娜的身后，搂着她的腰，我们随着那首经典老歌 *Suicide is Painless* 轻轻摇摆，对于已经逼近的危险毫无察觉。我在一旁等待那个漫长的吻结束，我必须时不时扭过头去，免得让自己看起来像是一个头发花白的偷窥狂，我费了老大的劲才从地上站了起来，走到他们面前，"咳咳"了两声，好让他们觉察到我的存在。我递给他们一份宣传册，女孩接了过去，对我笑了笑，露出两颗小虎牙，和娜娜的一个样，我说："里边有我的故事，你可以看一下。"我甚至俯身帮她翻到了那一页："你看，这是我和娜娜，我们参加过第一届小象岛音乐节。"女孩嘴里嘟囔了一句："真棒。"男孩也把脑袋凑了过来，看了看照片，又看了看我说："你长得和年轻的时候一点都不像。"女孩继续往下看着，皱起了眉头，我尽量屏住呼吸，怕打扰她读这个故事，她倒抽了一口气说："天啊。"我赶忙接着说："如果我知道会发生这样的事情，是无论如何也不会让她戴上哈扎尔之匙的。你和娜娜长得有点像。"女孩疑惑地看着我，就像看着什么精神出现了问题的人，那眼神就和那些经过地铁出口的人们，看到那个疯子时的眼神一模一样，她的手指抚摸着胸前的哈扎尔之匙，然后双手揽着男孩的脖子，脸贴过去说："我永远都不会离开你的。"他们陷入新一轮的热吻中，我转身离开，向更多的情侣走去，他们每一对看起来都像是当年的我和娜娜，我试图阻止他们，一遍又一遍，甚至说了一些疯狂的话，"哈扎尔之匙打开地狱之门""哈扎尔之匙打开潘多拉魔盒""哈扎尔之匙是魔鬼""你们戴着哈扎尔之匙，早晚会付出代价的""哈扎尔之匙迟早会害死你们的"……人们躲开我，或者驱赶我，扬起拳头想要揍我，就好像我是一个疯子，一个邪教徒，而我继续向一对对情侣走去，自言自语，向他们发放着宣传册，诅咒他们，我有点不择手段，好像这样做就可以阻止当年的我和娜娜一样。

那天演出接近尾声的时候，叫作苹果的女孩趴在娜娜耳旁说了些什么。压轴乐队是 Sigur Ros，人们在往复循环的旋律中，在大海星辰的陪伴下如痴如醉，音乐层层递进，整个现场都紧绷着，即将达到最后的高潮。娜娜在我的耳边大声说："他们问可不可以住在咱们家。"我反复问了好几遍才听清娜娜说的是什么。苹果打断我和娜娜听这最后一首歌，特别是我俩非常喜欢的一首歌，让我十分生气，我果断地拒绝："不可以。"娜娜问："为什么？"我说："咱们家太小了，没地方住。"娜娜说："他们可以住在地上，我想听他们讲故事！"我说："那也不可以。"我们费劲地大声交流，尽量把话说得简短，每句话都是趴在对方耳朵上反复说上好几遍才能听见。娜娜又问："为什么？"音乐层层叠叠地进入了高潮，就像一辆失控的火车向草地上的人群驶来，舞台的灯光全部亮起，不断闪烁着，现场如同白昼，地面失去引力，人们如同被充了氢气一般离开地面，所有的动作都被放慢了好几倍。我失去了耐心，声嘶力竭地回答她："他们太脏了，身上都是虱子和跳蚤。"音乐声戛然而止，我的这句话刺耳而尴尬地悬浮在半空中，无处着陆。周围的人对我俩投来鄙视的目光，整个场地都处于高潮之后的短暂宁静，我感到一阵阵空虚和疲惫，娜娜说："我恨你！"人们回过神来，开始欢呼和尖叫，娜娜在人群中往外挤，我紧紧地跟在后边，生怕一不留神，就再也找不到她了。每次我用手抓她的肩膀，她都会使劲地甩开，就像我无论如何都抓不到的滑溜溜的鱼。虽然为了旅行，用娜娜的话是"卖掉房子，一起流浪"，我们吵了不少架，我们歇斯底里，互相说了很多恶毒的话，但没有一次像那次一样让我不知所措，因为她拒绝和我再说一句话。在回家的公交车上，娜娜也不和我坐在一起，离我远远的。我的目光没有离开过她哪怕一秒钟，而她的目光一直投向窗外黑漆漆的大海。

很快我的宣传册就发完了，随着一声号叫，第一支乐队的演出开始了，我没有听说过这个乐队的名字，实际上之后的几支乐队我也从来没有听说过。刚开始的时候我想着也许下一支乐队就不会这么难听了，可是我的期盼落空了，一支比一支更难听，我完全不能理解这些音乐，也不能理解台上的乐队的造型，对于我来说简直莫名其妙，让人完全无法忍受。我捂着耳朵，看着身边的年轻人又蹦又跳，而我之前发放的那些宣传册，在疯狂闪烁的光线中，被踏成了碎片。我就像深夜被手电筒照到的老鼠一样四处乱窜，无处躲藏，只想立刻离开这个该死的地方。舞台两侧的音响发出持续升级的噪声，我感觉自己虚弱的神经即将崩断，这儿简直要了我的老命，如果再不离开，我就要昏倒了，如果我昏倒，也会像那些宣传册一样被这帮年轻人踩个稀巴烂的。我努力保持清醒，使劲往外挤着，好几次被人们挥舞的胳膊打中了脑袋。远处的天空也不甘寂寞，几道银色的闪电和舞台投向夜空的灯光交相呼应，沉闷的雷声几乎被乐队声嘶力竭的号叫掩盖了，大雨毫不留情地浇在人们头上，就像我期待的那样，他们终于停了下来。主办方上台发言："由于天气原因，今天的演出就到这儿了，具体的演出时间另做安排，大家不要拥挤，注意安全。谢谢。"我看到有几个人将宣传册举在头顶上挡雨，我很欣慰它们并不是毫无作用。

返回的轻轨上挤满了失望的年轻人，他们湿漉漉地黏在一起，即使这样，人们还是和我保持距离。水滴从他们的头发、下巴、指尖和衣角啪嗒啪嗒掉在地上，湿掉的衣服紧贴着那些年轻而健美的身体。我牙齿打战，浑身瑟瑟发抖，疲惫的感觉就像这雨水一样从头顶蔓延到脚尖，我已经完全不知道年轻人在想着什么，就算我也年轻过，他们和这些音乐一样令人费解。我控制不住地自言自语"冷死了，冷死了"，我又想发笑，那种摇着脑袋自嘲的笑，我在车窗玻璃上瞥到了自己，仅有的几缕头发黏在脑门上，一个可怜的发疯的老头。小象岛上的摩天轮就像宣传片上说的那样，是夜空中一朵永不消失的烟花。我从未像现在这样孤独，我想立刻抱着娜娜热乎乎的身体，将摩天轮指给她看，让她在我的怀里傻笑，就像饥肠辘辘的小鸟，仰着脑袋轻啄我被雨水淋湿的嘴唇。

七

从那天开始，我时常觉得我们已经将快乐挥霍完了，而我们正在为此付出代价。

除了上班，娜娜几乎都待在床上。她时常蒙着脑袋呼呼大睡，每次醒来都是一脸的若有所思，坐在那里老半天都回不过神。她还是不和我说话，我一次次向她道歉，威胁她，给她讲道理，做出搞笑的样子逗她发笑，向她求情，甚至故意用小刀划破小臂来博得她的同情，可是这些都没有起到作用，她每天都在玩她的哈扎尔之匙。有一次我为了让她听我说话，抓着哈扎尔之匙想要扔到一边，娜娜发出歇斯底里的尖叫声，就像空袭时拉响的防空警报一样持久和尖锐，连她自己都捂上了耳朵。我也选择不再和她说话，我安慰自己，这只是一次比较严重的闹别扭，就像一场重感冒一样，没多久自己就会痊愈了。

我将精力都放在了工作上，我的上司在清晨的高尔夫球场笑盈盈地对我说："这么早就来上班了。"我的白色制服在清晨的阳光中闪闪发光，而鞋子被草地上的露水浸湿了。我有了一个主意，为了即将到来的两周年纪念日，我准备给娜娜一个惊喜，一顿浪漫的晚餐，一笔钱，一个假期，两张火车票，一次完美的旅行。很快我就为了这个计划开始努力，在加油站找了一份夜间的工作，如果没人来加油，我还可以打个盹，怎么说呢，自从有了这个目标，我全身充满了力量，就算不怎么睡觉，也觉得精神饱满。每天早上我回家洗澡换衣服的时候，娜娜几乎都还在睡眠中，她的床头放着一小瓶安眠药，我想她一个人在家一定睡不着觉吧。她胸前的哈扎尔之匙泛着蓝色的幽光，眼球在眼皮下边快速转动着，不知道正在做着什么美梦呢，一副心满意足的表情，我每次都不舍得将她叫醒，轻轻地吻着她的额头，然后又匆匆离开了。

这样的日子大概过了一周左右，也可能有十天的样子，有一天我从乡村体育俱乐部匆匆赶回家，娜娜有点反常，正站在卧室的玻璃窗前，等待六点三十分的火车经过远处的高架桥。

我们两个已经很久没有看火车了，我走过去，从后边拥着娜娜。她并没有反抗，也没有躲开。当火车开过去的时候，我甚至在火车的窗口看到了我俩的身影，娜娜正趴在车窗玻璃往这边张望，似乎在寻找哪一扇窗户才是我们自己的家。娜娜问我："你最想去哪儿？"

我有点激动，差点就把我的计划说出来了，我使劲地控制自己，为了在结婚纪念日那天增强效果，好让娜娜觉得是一个惊喜。我将脸埋进她后脑勺的头发，支吾着说："我哪儿也不想去。"我很久没有和娜娜这么亲密了，我贪婪地闻着那股熟悉的香甜味，"我只想和你在一块儿。"

娜娜又问我："那如果是另一个我呢，和我长得一模一样，但是另一个我，或者和我长得不完全相似，但是也是我，你还会爱我吗？"

我知道娜娜又开始说傻话了，我将她转过来，看着她的眼睛说："无论你变成什么样，我都会一眼认出你爱上你的。"

我们去 7-11 买了一些微波炉加热的食物和几瓶酒回家，娜娜喝了不少，眼神变得呆滞，脸颊泛着红晕，笑得合不拢嘴。她每次都用手捂着嘴巴，但实际上我最喜欢看她笑的时候露出那两颗挤在一起的小虎牙，她说："我去了很多很多地方，我哪儿都去过了，就是用这个东西。"娜娜指着胸前的哈扎尔之匙。

我说："这是个好东西。"实际上那时候我对哈扎尔之匙简直一无所知。

娜娜说："是不是我想去哪儿，你都会跟着我去？"

我几乎要憋不住了，我提醒自己，只要是这样的时候，娜娜谈到旅行的时候，我就说反话："我们哪儿也不去，我们永远都在一起，就在这个房子里，我们自己的家里。"

娜娜盯着自己手中的酒杯，老半天没有说话，好像忘了自己想说什么。娜娜瘦了一圈，眼窝深陷，像是被什么东西榨成了人渣，这让我心生愧疚，接着她又捂着嘴笑了起来，就像在酒杯上读到了什么笑话："我已经在梦里爱上别人了，可惜也是你，这有点奇怪，只是又不是你，有点不太像，比你干净……好像眉毛也不太一样，总之我又爱上了一个你，比你更好的你……我们准备在泰德罗定居。那儿有瀑布、大象，还有小木屋。"她一边说着醉话，一边用手指在我的身上画来画去，好像要勾勒出什么人。她的手不小心伸到了我的腋窝，我使劲躲开了，那是我最大的弱点。娜娜扑了过来，两只手使劲朝我的腋窝进攻，我一边反抗一边大笑，直到我们扭成一团，在地上打滚，笑得上气不接下气。

我的电话响了起来，我从裤兜里摸索出手机，是加油站打来的，我一看表，已经八点半了，我迟到了半个小时，我赶忙从地上爬起来，连声道歉："对不起，我立马赶去，家里有点事，对，我这就过去。"娜娜站不太稳，踉跄了一下，扶着墙说："你不要走。"我赶忙换掉了乡村体育俱乐部的白色制服，安慰着娜娜："明天早上我就回来了，你乖乖的，早点睡觉，我多挣点钱，咱们……"我差点暴露秘密。娜娜叫她胸前的哈扎尔之匙播放 *Suicide is Painless*，她拉过我的手，将它们放在她的腰上，她的两只手揽着我的脖子，脑袋靠在我的胸口，我们伴随着舒缓的旋律慢慢摇摆，我感觉娜娜就要在我的怀里睡着了，我将她推开说："我真的要走了。"娜娜有点失望，站在门口看着我穿鞋，我对娜娜说了好几次再见，我们就像不停回放的镜头一样，告别了好几次。我刚进了电梯，就又匆匆按开门，冲了回去，娜娜还站在那儿，我亲了她，就差点就说出来了，说我要带她旅行，她也好像正在期待着我说点什么，我简直不敢看她。我们又告别了几次，我一边走一边扭头对她做出各种各样的飞吻。我觉得幸福，我几乎是连蹦带跳地去了加油站。我为我们再次和好感到高兴，就像胸口压着的大石头终于被搬开了，我为我保守住了那个秘密而高兴，我知道我们的生活会越来越好，我们两个人都会如愿以偿，我对未来充满了自信。一辆红色的大货车开了过来，司机从高大的车头跳了下来，点了一根烟说："小伙子，大半夜的高兴个啥啊。"我在汽车的尾气中兴奋得无法坐下来，我走来走去，盼望着天亮，好立刻向娜娜奔去。

八

我决定换乘地铁直接去医院，将"汽水"先生告诉我的消息再告诉给"大个儿"。我已经不再那么生气了，"大个儿"说的话也并不是毫无道理，我们脆弱、极端、落后、偏执，就算这个世界上没有出现哈扎尔之匙，我们的生活也好不到哪儿去。我们就是这样的人，早就像手机一样被这个时代所抛弃了，特别是现在，连我们唯一擅长的——我们的痛苦也无人购买了。我想要向她道歉，为那天粗鲁的行为道歉。

"大个儿"又在睡觉，被子拉得很高，只露出来头顶那些焦黄的头发，就像被子底下是一个拖把。我走过去，轻轻地拉开被角，一个崭新的哈扎尔之匙正在闪烁着幽蓝的光，"大个儿"脸上泛着红晕，一脸的幸福，我见过她这个表情，如果我没有记错的话，我只见过一次。

自从娜娜离开之后，很长一段时间我都心怀警惕，特别是对美好而快乐的时刻，比如说那晚，我和"大个儿"唯一的一次"约会"，我去她家吃了顿晚饭。"大个儿"做的卤肉饭太好吃了，我一直鼓励她不如开一个餐厅，就叫"大个儿卤肉饭"，一定会发大财的。我们吃完晚饭，坐在餐桌前聊天，我们没有提到我们的工作，我们的计划，我们的过去，甚至没有提到一次哈扎尔之匙，我们就像两个生活一帆风顺的人。"大个儿"很会讲笑话，我笑得眼泪都流了出来，轮到我的时候，我支支吾吾一句话都说不出来。"大个儿"从对面盯着我，脸上泛着红晕，一脸的幸福，就是现在这个样子，就像动了春心的少女，我不敢看她，心脏扑通扑通地跳着。这立刻被我判断为一个标准的，充满了幸福，暗潮涌动，令人担忧的晚上，我告诉自己要保持警惕，不可沉浸其中，不再被上帝作弄。我抬起头，开始讲娜娜，讲我那天清晨回到家看到的娜娜。天知道她在我离开之后喝了多少酒,又吃了多少安眠药,我讲了那些呕吐物,讲了还在泛着蓝光的哈扎尔之匙,我一眼就知道她已经死掉了,就算我扑过去晃她,抱她,为她做心肺复苏,拨打急救的电话,但是从我看见她的第一眼,就知道我的娜娜已经死掉了,去了很远的地方,而这只是一具苍白冰凉的尸体罢了。

我匆匆地拉开"大个儿"床头柜的抽屉,抓了一瓶安眠药,就像娜娜被医院开除前做的那样,她打开的可不止一个抽屉,这是在娜娜离开之后我才知道的。我又将剩下的八万和那张一百元放了进去,我觉得自己已经用完了最后的一点理智和力气。

我在路上走着,浑身潮湿,散发着臭味,如同鬼魅,人们在我的面前绕开。每隔一段路就会有一个哈扎尔之匙自提处,一个透明的立方体,在夜晚散发着白光,吸引着那些因为各种原因失去哈扎尔之匙而失魂落魄,无法再忍受一分钟的人。我们以前经常在深夜破坏这些自提处,将它们砸个稀巴烂。可是后来哈扎尔公司全面更换了材质,简直可以用坚不可摧来形容,就算你用尽了浑身的力气,也无法在这光滑的表面上留下哪怕一条划痕。我走近了一个没人排队的自提处。"欢迎来到哈扎尔之匙自提处"这声音怎么听都像是"汽水"先生在说话,立方体上表面闪烁着一排蓝色的字体:哈扎尔之匙,比你更了解你自己。"请睁开眼睛,靠近虹膜扫描处。""汽水"先生又说话了,我按照语音提示,睁大了眼睛,对准虹膜扫描处。"扫描结束,正在注册您的哈扎尔之匙,请稍后。"这枚属于我的哈扎尔之匙很快就会掌握我的全部信息,了解我的全部喜好,成为一个比我更了解我的鬼东西。一枚哈扎尔之匙从这个立方体中伸了出来。"请取走您的哈扎尔之匙,祝您好梦。""汽水"先生在给我道晚安呢,我将哈扎尔之匙戴在了脖子上,不知道这样会不会让我看起来年轻一点,正常一点。我加快了脚步,就像娜娜正在家里等着我,就像那天早上一样迫不及待地要赶回家去。

当我拿出钥匙开门,哆哆嗦嗦老半天也没有插进钥匙孔,钥匙掉在了地上,发出刻薄而干脆的响声。我有点气急败坏,对着门骂着脏话,又是踢又是踹,我知道是时候了。我洗了澡,认真地搓洗我那松懈的皮肤,喷了大量的香水,换上娜娜最喜欢的那套衣服,格子衬衣,米色长裤,娜娜说这让我看起来非常干净,我修剪指甲,将我的眼镜擦得发光。我在屋子里翻来翻去,倒了一袋木炭在铁盆里,点燃它们比我想象的要困难,这年头就算十瓶安眠药也要不了你的命。我浏览了哈扎尔之匙今晚即将为我推送的广告,什么"哈扎尔之匙智能门锁""康乐养老院""北面速干户外休闲外套""草原音乐节"……我迅速地删除了这些乱七八糟的广告,定制了那条"泰德罗,一个让人难以离开的地方"的旅行广告。我恨不得带上所有我觉得重要的东西,就像要从老家捎东西进城的农民,我的口袋塞得鼓鼓的,身上刺鼻的香味让我打了个喷嚏,可是这些并没有任何作用。

这不,我来了,我今年二十五岁,牛仔裤又臭又硬,生活出现了问题，无论如何也矫正不到正确的轨道上来。我时常晃动自己，就像晃动一个坏掉的电子设备，说不定哪一下就能恢复正常了。

后 记

　　自 2020 年哈扎尔公司发布哈扎尔之匙以来，据不完全统计，全球年平均自杀率对比 2020 年，已经增加了 5%，其中格陵兰、中国、日本分别增加了 15%、11% 和 8%，位居前位。哈扎尔公司发言人表示，世界自杀率的增高是一个非常复杂的社会现象，和哈扎尔之匙并无直接关系，而直接由于哈扎尔之匙死亡的人数，远远低于上个世纪被电视机砸死的人数。曾发生过几起由于被他人恶意勒紧项圈而引起窒息死亡的事件，哈扎尔之匙自从二代起就更新了项圈材质，更加柔软舒适，在承受到会伤害佩戴者的力量时，会自动脱落，从根本上解决了这个问题。而哈扎尔公司发言人强调，哈扎尔公司近些年来一直致力于科技创新，将收益用于各项公益慈善事业，为全球人类创造更加幸福和安全的未来是哈扎尔公司的唯一宗旨。在 2030 年 7 月 22 日晚发布的 2030 年世界五百强企业名单，哈扎尔公司排名第一，成为了历史上排名上升最快的企业。值得注意的是，哈扎尔公司在 2022 年收购的印度欧恰城堡生物制药公司，是世界上最大的催眠镇静类原料药生产商。

　　此书为了纪念那些因为哈扎尔之匙而选择永恒沉睡的人们。

/OM

· OM

我坐在沙滩上，手里握着一个皱巴巴的本子。实际上从正午开始我就坐在这里了，刚刚经历过动人心魄的一幕，我的双手还在抑制不住地颤抖着。为了掩饰这一点，我故作轻松地晃动着双腿，可是这四肢无论如何也无法抖动在同一个频率上，这让我看起来像是一个得了跳舞症的病人。

环顾四周，我只能眯着眼睛，刺眼的阳光加上沙滩的反射，让一切都浮在它本来的位置之上。一头牛在沙滩上散步，动作缓慢，一会儿离吐着白沫的海浪很远，一会儿又很近，倒像海浪是静止的，而牛伴随着浪声，忽远忽近。牛大部分时间都淡定地向前看着，时不时抽打几下尾巴，将头扭在脖颈蹭痒，很难将它同一个残暴的凶手联系在一起。而就在刚刚，在正午的白光中，它用坚硬而有力的蹄子踩死了一个人，确切地说是踩了个半死，我用颤抖的双手展开那个皱巴巴的本子来再次确认这一切，那咳出的血覆盖在狂乱的字迹上，早已成为褐色，而我汗津津的手掌和下巴上不断滴落的汗水，让这血迹又再次湿润起来，我甚至嗅到了浓烈的腥味。"我想我活不过今天了。"这就是写在这个本子的最后一句话。

这个本子其实是一本旧书，1969年出版的古印度《爱经》，我在加尔各答一个二手书店买到的。由于书的大部分已经被它的不知道第几任主人用又粗又大的蓝色字体覆盖了，如果想看书本来的内容是非常困难的，再加上被画上大大"OM"符号的肮脏封面，我只付了二十卢比就得到了这本破书（整本书没有任何署名，我决定叫他 H 先生）。当我翻到第二十页，H 先生第一次开始把这本书当成一个本子时写道："1975 年我踏上印度的土地，想在东方寻求一点信仰。"这本书的气味难以形容，霉味、咖喱、墨水、精液、鼻涕、血渍等混合在一起，就好像一个从不洗澡刷牙、满身跳蚤和伤痕、从地下室爬出来的人在和你谈话，并且离得很近。

我不知道我们的时间是如何渐渐重合在一起的。当我在这个冬天，从干燥凉爽的印度北部，连续坐了两天两夜的火车，来到这个炙热的南印沙滩，我强烈地感觉到季节不再那么有序，于是对于时间也放松了警惕和计算。1975 年和 2015 年失去了界限，这四十年仿佛在印度这片充满中世纪风情的土地上从未流逝，而满街的粪便、垃圾、古迹、纱丽、神牛、野狗、乞丐更证明了这一点。我离 2015 年日益遥远，确切地说，我感到自己离任何年份都越来越远，时间无所谓了方向和速度，在这片神奇的土地上不断变形，无人诞生，也再也无人死去。

"阿尔的阳光令凡·高疯狂，而这片沙滩上炙烈的阳光却令我斗志昂扬。印度洋有着狂野的海浪，看这片奇异的泛着红色光泽的沙滩，还有这悠闲自信的神牛，我再一次感到生机勃勃，我迫不及待地想要和一切产生关联。我曾经受到启示，要和动物交配，而这眼前的一切不就是为我准备的吗？实际上我还想要和沙滩交配，和大海交配，这万物的母亲，万物的子宫，这涌动着的温暖的海水，这能够使万物受孕的海水。一想到生生不息这样的词语，我就克制不住地激动，我无法描述对于生命的热爱，我的身体里像火山一样不断喷发着繁衍的激情，以至于我根本不在乎对象和传统的形式，我只是想表达我的这种念头，我觉得自己已经忍受不住了。"

我不得不承认，当时看到这儿，更多的是对这种天真的激情感到好奇，才驱使我一路奔向这里。当我坐在正午的海滩上，被烈日晒得神志不清时，很快就看到这令人战栗的一幕。沙滩一片惨白，连一串脚印都没有，海浪缓慢地涌动，竟然没有声音，看起来十分黏稠。沙滩边椰子树的阴影下有一个乞丐在唱着歌，抑扬顿挫，总在高亢的时候出现沙哑的嗓音，他丑陋凹陷的双眼随着音乐一张一弛，他面前的帽子里只有一枚两卢比的硬币。而当我再次向前看时，H先生已经出现在那里，他的前方还有一头体型庞大的神牛。我看不清楚他的样子，总之一副亢奋又邋遢的样子，在强烈的阳光下发着橘色的光泽，有点像要融化了，而乞丐那双翻腾的瞎眼不停打断我的视线。我正奇怪沙滩上为何没有一个脚印，H先生已经从后边抱着牛的臀部，紧紧地贴了过去。乞丐唱歌的声音仍然影响我的注意力，虽然椰子树下已经没了他的踪迹，换成了一只野狗趴在那里耷拉着脑袋和舌头。眼前的神牛和H先生动作缓慢，和海浪一样寂静无声，定睛一看好像静止了，我感受不到任何他曾描述的激情和力量，我只是感到窒息和疲倦。我所熟悉的死亡气息扑面而来，潮湿腐朽，时间绷得很紧，就要立刻裂开一般，我的耳朵开始鸣叫。

这时忽然刮起一阵狂风,椰子树在身后抖动着树叶,书页哗啦啦响着,我眼前出现了一个简陋的房屋、一套陈旧的木桌椅,轻薄的白色窗帘被海风掀起,窗外除了荒凉的沙滩空无一物。我看到了 H 先生在本子上写下这一句:"我想我活不过今天了。"当我再次抬起头,H 先生已经倒在神牛的蹄子之下,在一番狂野地踩踏之后,沙滩终于拥有了一片凌乱的脚印,而海浪又再次恢复了它的声音和速度。

我想躺下来可以缓解身体的不适,我用手背挡着双眼,试图邀请 H 先生来到这一小片阴凉中,可他就这样凭空消失了。我的眼前是个黑洞,我竟然不愿相信他丧命在牛蹄之下,而宁愿相信他消失在神牛的阴道,就像眼前这片黑暗,他钻进去消失了。我的这个念头说明在印度的这些日子,我已经通过这个本子和 H 先生建立了一种奇妙的情感,我对他十分好奇,而我们的追求却背道而驰。这个念头是我所珍藏的最好的死法,我曾无数次想把我的生命重新交给母亲,从哪儿出来再从哪儿进去,就像我从未存在过一样,我和她也就两不相欠了。

至于我自己还没来得及介绍,我是一个自杀爱好者,这么说好像有点浮夸,而此次来印度,就是因为我在第十次自杀未遂之后,我的妈妈对我说:"出去旅行,散散心吧。"我想她一定已经厌倦了这个把戏,而彻底对我绝望了。她老了,身体缩小了,一脸疲倦,我想她的言外之意应该是死远一点,请不要再麻烦我了。我觉得我们的关系从来没有像她说出那句话之后那么轻松过,我甚至幻想她和她未来的男人手牵着手,为我扫墓的情景,没有一丝悲伤,特别安详美好,一切各归各位。我听说印度很糟糕,于是就来了。我和 H 先生的爱好是完全相反的,比起繁衍,生生不息,我更渴望彻底消失,死亡和毁灭。我并不是因为疯了或者受到什么刺激才会诞生这样的念头,它好像是与生俱来的,我想从这一点上我并没什么特别之处,我们每个人生来不就指向死亡吗,只是大部分时间人们忘了自己很快就会死去。我可从来不会忘记这一点的,我的妈妈曾经对我说,我的冷酷让她想吐。我想我可能是比起别人拥有更多的智慧罢了,在看完《日落号列车》之后,我更加确定了这一点。"进化是不可避免的,这使得极具智慧的生命体,最终意识到一件事,一件在所有事之上的事——那就是,一切都是虚无的……每一条路都通向死亡。每一段友情,每一种爱都是。折磨、失去、背叛、痛苦、苦难、苍老、屈辱、久治不愈的恶疾——所有这一切,只带来一个结局……如果人们能够看清这个世界真实的面目,看清他们的生命真正意味着什么,撇清那些梦境与幻象,我相信他们会尽快地去选择死亡。"我甚至将自己的网名学着电影里的话改成了 "Professor of Darkness"。

"在别人才开始偷偷写情书的时候,我已经和好几位女同学发生了关系;当别人开始和女朋友发生关系时,我已经和男人搞过了;我还和肉、蛋糕、床垫、玩具等一切有可能的东西发生过关系,如果有人觉得我是个色情狂,我也没什么好反驳的。

我的欲望非常强烈，我尝试各种方式，充满了冒险精神，那时候我还没有思考过这一切意味着什么，只是跟随着自己一触即发的情欲。直到后来我接触到一些有关印度宗教的书籍，对神秘的东方宗教充满了向往和好奇，特别是当我在某本书中看到这句话：性欲是最大的创造性能源，经由男女性交，可激发人类灵魂与肉体的能源，与宇宙的灵魂合二为一，达到一种最高的精神境界。我感觉自己总算找到了精神家园，我的欲望立刻披上了闪闪发光的神圣外衣，我随后来到了印度，开始了我的朝圣之旅。"

这是这个本子中，唯一一段H先生对自己过去的描述，我想我们还是有一点相似之处的，就是过于追求形式感，却也充满了冒险精神。我的第一次自杀发生在我五岁的时候，我的妈妈由于我打碎了一个瓷碗而大发雷霆，她长篇大论地哭诉着一个人抚养我有多不容易。具体的细节我已经记不得了，也十分厌倦再次描述，我只是感到自己不应该诞生，不应该存在在这个世界上，因为我的出生给没有结婚的妈妈带来了巨大的耻辱和可以预见到的悲惨的一生。她最后信誓旦旦地说不会为我找一个后爸的，她要一个人把我带大，无论受多少苦。晚饭的时候，我两只手捧着那把沉甸甸的菜刀递给妈妈，我说："妈妈你吃了我吧。"我还记得她惊愕的表情，和我当时被拒绝的失落。我用五岁的大脑分析自己来自于妈妈的肚子，如果让一切消失，我也只能回到那里吧。之后我就开始了各种各样的自杀，如果想要体验各种死亡的感受却又不至于真的死去，这就变成了一件需要动脑子的事情，比 H 先生的爱好可要困难多了。我的妈妈咆哮着：你为什么要折磨自己，为什么要折磨我！我向她解释我并不是惧怕死亡，它对于我的吸引力实在太大了，我竟然不舍得一口吞下，就像小猫在玩弄它最爱的猎物，请你放心，我一定会尽快去死的。我知道这一切对于她来说完全无法理解，她恶狠狠地对我说：你是个变态！你有病！我渴望着一次完美的死亡，就像 H 先生渴望着一次伟大的性爱。

"我在瓦拉纳西，印度教的圣地。"

其中一页上只有这么孤独的一句话，H 先生对瓦拉纳西竟然没有任何描述，这不符合他一贯激情昂扬的风格，我想他一定不喜欢这里。太阳渐渐丧失了它一天中最强劲的势头，它稍稍倾斜的角度给我的身旁留下一片细小的影子，像是我身体的水分正在被沙滩吸去。海边的人渐渐多了起来，一具具白花花的裸体伸展在沙滩上，有一些则漂浮在海水里，有一具和神牛擦肩而过，她还抚摸了神牛的脊背，嘴里嘟囔着什么。我忽然想起了瓦拉纳西岸边的神牛和满地的牛粪，当地人并不嫌弃，跟在神牛后边，用手掌飞快地铲起牛粪，一巴掌糊在了墙上。这一个个圆形的粪饼，为墙面装饰出时髦又原始的感觉。我到达瓦拉纳西的时间是早上六点，大雾笼罩着一切，依稀看见岸边高耸的城堡，从雾中伸出的黑色电线上边站着几只巨大的乌鸦，夜灯还尚未关闭，岸上的雾气被照成橘红色，而恒河上的雾气则是青色的，偶尔有几只小船在雾薄的地方忽隐忽现，很难分辨它是在水面上还是飘浮在半空中。停靠在岸边的船夫用梦呓般的声音拉揽生意，邀请乘船游览恒河看日出。我实在无法相信这座死气沉沉，如此虚弱的城市还会有日出。一时觉得这船会驶往另一个世界，驶往彼岸，可我不希望有另一个世界，我希望死了就是死了，没有天堂，没有轮回，也没有来生。即使对于这条洗涤灵魂的圣河来说，我也是一个不折不扣的异教徒，可它还是十分宽容地带给我异常美妙的回忆。

我找到了一家叫作"OM"的旅馆，每一个房间的门上都挂着"OM"符。当我休息了一会儿再来到岸边，这里显然已经是另一个世界了。金色的阳光早已驱散了雾气，有人在岸边建造一艘巨大的木船，它的脊骨暴露在阳光下，散发着油漆和木屑青涩的味道，直到我离开瓦拉纳西它也没有完成。恒河岸边非常忙碌，无数黝黑健硕的身体正在沐浴，台阶上晾满了洗好的衣服和床单，神牛和野狗在上边漫步，很多人坐在岸边在祭司的指导下进行着神秘的仪式。乞丐和小贩不厌其烦地纠缠着游客，有人在岸边结婚和跳舞。远处烧尸台不断涌起黑烟，那里吸引着我，离得越近越发现周围的地面、墙壁和天空全是一片阴沉，四处飘着骨灰和炭灰。一具具尸体裹着华丽闪亮的布被抬往这里，家属在旁边的木材店用巨大的秤买来木头，负责烧尸的人摆好木头，将尸体摆放其上，再在尸体上压上一些木头，祭司开始举行一些简单的仪式，很快尸体就被点燃了，开始是青色的烟雾，接着就是熊熊烈火，在火焰和烟雾中，对面的家人和围观的人群都在变形。一群群的羊跑来这里抢食死者身上的鲜花，野狗趴在厚厚的灰烬中取暖，小孩在一座座燃烧的尸体中间追逐打闹，又跑去河里抢夺那些并未完全燃烧的木炭带回家。没有哭泣和歇斯底里的喊叫，人们坦然地看着这一切，即使你是一个新来的游客，也很快会被这种祥和的死亡气氛所感染。于是我在瓦拉纳西的这些日子，每天都来河边看烧尸体，什么思考也没有，大脑一片空白，然后携带着一身的烟味，和头发里的骨灰回到旅馆。傍晚所有的屋顶都在放风筝，而第二天就会在曲折的小巷、杂乱的电线和恒河中，看到无数破碎的风筝。

我喜欢这座城市的气氛，我甚至幻想眼前那具被烧掉的尸体，就是我自己，我只是不希望灰烬被推入恒河，不希望升入天堂。我想我现在可以理解 H 先生为什么无法描述这里，这儿的死亡气息如此显而易见，赤裸裸地呈现在眼前，由于太过于具象和频繁，导致根本无法思考，就全盘接受了。生和死的距离被拉得这么近，几乎不分彼此了，夜晚的浓雾，白天烧尸体的浓烟，空中飘浮的骨灰和满地的屎尿，这一切一定令 H 先生性欲全无，令他的朝圣之旅在圣地不但没找到一丝共鸣，而且遭受了打击。

H 先生的朝圣之旅不但在瓦拉纳西摸不着头脑，即使在他参加了一系列时髦的瑜伽，冥想课程，在心中口中不停地吟诵着"OM"——这让人远离烦躁的宇宙初始之音，甚至进了那家位于浦那的著名静修院之后，他却在最后近乎歇斯底里地在本子上用力写着"浦那的静修院完全是一个噩梦、一个骗局，我的钱全部花完了，我感到筋疲力竭，感到肮脏和堕落，愚蠢和空虚，我想我的追求不再需要什么组织，什么个人崇拜，什么信仰，什么仪式，我只需要跟随自己，我明白了追求理想是一件孤独的事情。可是现在我感到精疲力竭，我觉得自己的身体和大脑被那掺了迷幻药物的圣水和没完没了的双修和轮座给毁了，我不需要任何药物，不需要任何宗教的指引，我需要健康的身体和永不消逝的繁殖欲望，可是现在，我皮包骨头，我想和这段朝圣之旅做个了断了"。

紧接着，H先生来到了克久拉霍，那里有着著名的性爱宗教雕刻，H先生在之后的本子上这样写着："我来到了克久拉霍，当我看到这些将近一千年前的神庙和无数的性爱雕刻时，竟然大哭了起来。我哭了很久，在旁边的草坪上睡着了。当我醒来的时候，又一次感受到生命的力量，那些栩栩如生的人物姿态，即使是一部分的表情已经被风侵蚀，我仍然可以感受到其中强大的能量、生生不息的激情。我在一座精美的寺庙侧面，看到了一排并不起眼的小型雕刻，它们被腐蚀得厉害，可还是那样的生动。其中一个人抱着一匹马交配的雕刻深深吸引了我，我觉得这是某种启示，我身体里又一次燃烧起熊熊的欲望，我想和动物交配，和植物交配，和万物，我为自己又一次充满生命力而感到高兴。"这就是他后来在沙滩上遇见神牛时所说的启示吧。

由于对这些雕塑的好奇，我也去了克久拉霍。在一番寻找之后，也在一座神庙的侧面看到了人和马交配的雕塑，在看了一系列的性爱姿态的雕塑之后，我竟然硬了。我为自己这突如其来的性欲感到羞耻，在一个无人的角落迅速地解决了它，我为手掌上那些黏糊糊的精液感到悲哀，我甚至不敢将这携带着我的基因的白色黏液抹在栩栩如生的墙上、树上，或者滴到地上，仿佛碰到哪里都会出现一片绿莹莹的嫩芽，随风颤抖，簌簌长大。强烈的空虚感在此刻挟持了我，我恨不得立刻去死。很快我被小贩发现了，他热情地向我展示一本本关于性爱的印度传统绘画，为了尽快将他打发走，我买了一副扑克，五十四张性爱雕刻的图片，它现在就在我的口袋里，我想将它送给H先生，所以它一直都在我的口袋里。

在沙滩上，人们和太阳的能量总是此消彼长，眼看着阳光越来越虚弱，人们则渐渐疯狂起来。和椰子树挤在一起的简陋酒吧已经放起了劲爆的音乐，越来越多的人聚集在酒吧附近的沙滩上手拿着酒瓶扭动着身体。据说这个村庄从上个世纪六十年代起就聚集了一大批西方的嬉皮士，现在仍然可以看到数量众多的老嬉皮和年轻嬉皮的身影，他们一部分人绑着脏辫，穿着个性又充满原始气息的服装，骑着摩托在土路上呼啸而过。今天一定是一个节日，至少也是一个派对，越来越多奇奇怪怪的人赶来了。一些人在沙滩上玩起了杂耍，还有一个印度教的巴巴牵着一头盛装的神牛，四处讨钱，他时不时躺在沙滩上，让神牛用两个前蹄踩在他的胸上，一会儿又将一只前蹄放在自己的头上。这一系列画面又让我回忆起 H 先生的死亡，我扭向别处尽力不去看他。如果说所有的死亡都可以牢牢抓住我的心，让我欣喜——比如这一刻我倒希望这头盛装的神牛可以忘记自己受过的训练，几脚将这个油头滑脑的巴巴踩个粉碎，可是 H 先生的死却让我战栗不安。我从未见过他这样天真热情、无所畏惧、充满生机的人，即使我希望全世界毁灭，希望自己死个彻底，我也从未渴望过他的死亡。趁着天色还可以看见本子上的字，我翻到 H 先生还在静修院的那一部分，刚开始 H 先生对一切都充满了好奇和善意，他认真地记录着一些箴言，不知道是从书本上摘抄还是导师口中传授的。"通过性交去获得自由。""要发挥你们的性欲，而不是压抑它！爱是万物之始，无始也无终。""进入性，就好像你进入了一座庙宇一样，它是非常神圣的。那个最奥秘的钥匙，能够开启一切锁的钥匙，就在那里。因为性是生命的源泉。"大量类似的记录，可以看出 H 先生如饥似渴地吸收着，他甚至在一些句子下画了几道来着重强调。

后来的一些笔记就越来越冗长和枯燥了，很明显 H 先生的笔记也开始潦草，甚至在一些句子后边画上了问号。有一页被 H 先生神经质般地画满了大大小小的"OM"符。太阳开始出现在视野里，出现深沉的橙黄色。有的人坐在了沙滩上不停地接吻，仿佛这样就可以阻碍太阳坠入海里。沙滩上跳舞的人群已经很难分辨出一个一个独立的人，而凝聚成了一片涌动的海浪,"他们早已在药物和酒精的作用下忘记了自己是谁"。我在灰色的光线下努力辨识着 H 先生的字迹。刚才那接吻的一对在渐渐黯淡的光线中开始抚摸对方。"今天我和 L 进行了双修。""今天我和 S 进行了修炼。""今天我和其他两个男士还有四个女士进行了轮座。"下边是一连串的类似的句式,没有任何具体的描述,就是一排排冷漠的句子。沙滩上已经有人赤裸着身体搂在一起,如果你仔细看,海里也有人拥抱在一起。沙滩上跳舞的人摇晃着脑袋,本子上一片青灰色,我撕掉了那覆盖着血迹的一页握在手心,将这本书留在了沙滩。

太阳最终承受不住自己的重量坠入了海水,我感觉自己的视力已经达到一天中最差的时刻。酒吧点起了灯,人们和昆虫一起聚拢了过去,星星点点的灯光,音乐和尖叫的声音越来越远了。这漆黑的海水渐渐没过我的膝盖,海水是温热的,每当海浪涌动,我都感到一阵晕眩,整个海面仿佛倾斜着。我等待这个时刻已经很久了,就像 H 先生所说的那样,这万物的母亲,这万物的子宫,这才是我完美的归宿,真的感谢他的启示。我差点忘了给 H 先生的礼物,我的口袋已经渗进水了,我将它打开,将五十四张克久拉霍的性爱雕刻纸牌撒进了黑色的印度洋。我想着我和 H 先生的时间是如何渐渐重合在一起的,又想着我偷走了他故事的结局,时间的终点,让他无限下去,想着他有了无数的子孙。

"我想我活不过今天了。"

/ 兔子

时间不逝，圆圈不圆。

一

一只兔子

"斯里兰卡内战从 1983 年 7 月 23 日开始，是世界上最致命的武装冲突，交战双方主要是斯里兰卡政府和泰米尔伊拉姆猛虎解放组织。猛虎组织已经被世界上三十二个国家列为恐怖组织。"

决定去斯里兰卡是因为"印度洋上的一滴眼泪"，我查看了地图，它的形状确实如同一滴眼泪，于是我购买了下个月放假时的机票，还买了一本旅行指南。旅行指南在开篇就极为详尽地讲述了斯里兰卡的历史，特别是关于内战的部分。很快我就被这段骇人听闻的历史所吸引了，还在网上查询了大量的资料，但这一切并未让我对这个国家更加好奇和憧憬，而是让我的心里充满了恐惧。说到这儿，我想我不能把内心的恐惧都赖到这段历史上，实际上这正是我要出去的原因，是我的一个朋友鼓励我出国旅行的，他是这么对我说的："出去转转，锻炼一下胆量。"

星期一下班的时候天已经黑透了，在这个最东边的城市，日出和日落总是太早。回家的路上会穿过一条两边是黑松林的公路，即使关上车窗，也能听到松林深处传来的古怪声音，它不是单一的声音，也许是树林、风，还有居住在里边的小动物和昆虫集体制造出的声响。当它们以一种节奏混合在一起时，我就不由自主地认为那片漆黑中一定存在什么恐怖的东西，巨大的怪物，没有形状的幽灵或者什么可怕的秘密，谋杀、强奸、抛尸。我有时甚至能听见一阵窃窃私语，像是某种完全听不懂的语言，当我努力去分辨时，它又消失不见了。最可怕的是，这一切似乎都是针对我，捉弄我的，我必须全神贯注，一点点松懈都会让它们有机可乘，忽然向我发起攻击。每次回到明亮的家中，我都会为自己在路上的胆小感到好笑，毕竟我又不是个小孩子，于是胸有成竹地认为明天一定不会再害怕了。

上班的路上也会经过这条路，在清晨一切都改变了模样。只要天气不那么冷，我总会打开车窗，让松林中清冽的空气扑面而来，它有着独特的清香，伴随着鸟叫，一切都美妙极了。就连风吹松林的声音都是那样动听，一波一波由远及近，就像海浪一样，我甚至觉得不远处就是大海，而我正在海浪声的召唤下驶向沙滩，我简直不敢相信自己会在晚上害怕这条神奇而美丽的道路，即使偶尔有朋友陪伴。

星期一下班的路上，汽车频道播放了一首我喜欢的歌，气氛好极了，我甚至跟随着音乐的节奏轻轻晃动着身体。在靠近松林的时候，我将音乐放到很大声，以便这次可以忘掉一切，可以一边愉快地哼歌，一边若无其事地驶出松林。这对我来说是一次难得的机会，一个很关键的改变，此刻我充满了信心。

可当进入那条没有路灯的公路，我所能看见的只剩车灯照亮的一小片区域，而其他的地方则完全被黑暗所吞没。道路仿佛没有了尽头，不知道它会通往哪里，它比白天更窄了，或者是茂密的植物正在向道路靠近。我的心脏因为一种逼仄的感觉，开始震颤着胸腔，音乐也变成了扰乱我注意力的噪声，我关小了声音，生怕错过什么致命的细节。我紧紧地抓着方向盘，又打开了大灯，以便能照亮更大的区域。而每一棵摇晃的树枝后边都仿佛有什么东西正在盯着我，议论我。我像一个接受审阅的士兵，又像一个伪装好了的逃犯，假装镇定，小心翼翼地前进，我想讨好此刻我所害怕的一切，声音、光线、幻想，这些都被我的恐惧编织着，在我的身体里迅速扭曲和膨胀。我的嗓子有一种被扼住的感觉，我甚至不敢看后视镜，生怕有什么骇人的画面，我屏住呼吸，希望尽快驶出这片区域。我知道这一切很快就会结束的，我会回到温暖的家中，我会再次嘲笑自己，会为现在的胆小而后悔不已，会狠狠发誓再也不要害怕了，我恨这片该死的树林，我恨自己。

正当我一边咒骂着自己，一边注视着前方，一个毛茸茸的物体进入了我的视线，在意识到它只是一只肥硕的兔子之前，由于过度紧张，受到了惊吓，我猛地转动方向盘，差一点就撞在了树上。当我在一片混乱中又驶回路中央时，那只兔子已经不见了，我的心悬浮在嗓子附近，我感觉口渴极了，一直在做吞咽口水的动作。我对自己又失望又懊恼，"我差点被一只受惊的兔子害死"这句话一直回荡在我的脑海里,以至于我脱口而出。为什么加上受惊两个字,虽然只有一瞬间,可它却在我的记忆里成为一个凝固的画面。兔子停在了车灯照亮区域的正前方,强烈的光线给它镶上了毛茸茸的金边,让它看起来比实际上更大,这只兔子就像舞台中央的主角,它缩紧了身体,向后倾斜着,像一个绷紧的弹簧随时都可以断裂。它的眼睛,我不确定它是否也在看我,因为明亮的车灯把整个眼睛都点亮了,让视线失去了方向,我只是看到它的警惕,不知所措,它恐惧。它像整个树林的中心,所有的重量和黑暗都被吸附在它紧绷的身体上,它像一个密度过大的物质,我觉得它随时都会爆炸,它像极了我,它差点把我害死。

我本来是想和一个高中同学联系的,他叫小路,是心理咨询师,他以前是学精神分析的,还在法国留过学。我对自己的胆小厌倦透了,它已经影响到了我的日常生活,我想借助点外力打败它,也许我现在真的需要找小路咨询一下。可是怎么描述呢,我说我晚上在某条路上开车很害怕,又被一只兔子吓坏了,差点撞到树上?这听起来太正常不过了,他会嘲笑我小题大做吗?可能大部分女孩都和我一样胆小吧。我当然还有一些其他的证据来证明我的紧张和胆小是超出常人的,比如我走在路上会很害怕离我近的人,如果身后有人忽然咳嗽就会把我吓一跳,是真的跳了起来。我还害怕乞丐,更害怕疯子和傻子,他们完全处于失控的状态,不知道会做出什么出格的事情,比如在路上忽然就抓住了你,还可能毫无缘由地用刀捅你。

　　我之所以最后没给他打电话,是因为我回忆起上次同学聚会发生的事情。我相信他不但不会认为我小题大做,反而会非常专业地耐心听我讲述,为我分析,可他分析的结果一定会令我难堪的——他会分析到童年的创伤,他会分析到性上,我觉得如果这次找他咨询,他一定还会分析到性上的。上次同学聚会,他很快就成为了整个餐桌的中心人物,并不完全因为他高大帅气,曾经是无数女生心中的白马王子,更多是因为他在餐桌上开始给大家释梦,每个人都迫不及待地想要破解梦中的密码,驱散迷雾,好更了解自己,而旁人也饶有兴致地窥视着这些秘密。各种各样的梦境都被他用含有大量与性有关的词汇的语句解释得非常合理,阴茎、阴道、性欲、生殖、欲望、乳房……大家听得津津有味,这些词汇从他的嘴里出来,就忽然变得自然而平常,整个餐桌弥漫着一种古怪又格外和谐的气氛,仿佛每一个人都主动走到他面前被他当众脱光衣服,却又不那么羞耻。甚至学生时代所有的矛盾、偏见都在这个瞬间得到和解了,每个人不再是个性鲜明,有着这样那样令人讨厌的缺点的人,而成为了玻璃瓶中的标本,被观察和分析,由于成为了虚弱冰冷的模型而令人同情,同学们的友谊忽然上升到了从未有过的高度。

　　轮到我时,我也说起了自己反复做的一个梦:"我总是梦见一辆火车要冲进房子,向我驶来,我十分紧张,火车即将撞到我了。"小路托着下巴思考了一阵,他随后一边用两只手做了一系列的动作,一边平静地说:"也许在你母亲怀你的时候,和你的父亲做爱,他的阴茎冲撞你的房子,令你感到害怕和不安,当然这是在你的潜意识里,所以你才会经常做这样的梦,不用太担心,这很常见的。"周围的同学看看我,又看看小路,纷纷点头,认为他分析得太形象了。可是我感到难堪,特别是回到家之后,总是想起小路的手势,这种难堪的感觉让我每回忆一次就出一身汗,我觉得自己不愿意再和任何一个同学见面了,他们见到我一定会想起我的父母在怀我时做爱的画面。

我从未向母亲去证实这一切,因为我开不了口,我无法在电话里质问她:"你和爸爸怀我的时候经常做爱吗?"但奇怪的是,那个反复出现,伴随我成长,令我紧张不安的梦竟然消失不见了。即使这样,我也不准备去找小路咨询。于是我听从了一位朋友的建议:"出去转转,锻炼一下胆量。"

二

一只海龟

"1985 年 5 月 14 日,猛虎组织劫持一辆公共汽车进入阿努拉德普勒,他们不分青红皂白地开枪射击,打死打伤许多在等待公共汽车的平民。这次大屠杀中,一百四十六名僧伽罗族男子、妇女和儿童被杀害。1987 年 4 月 21 日猛虎组织使用炸弹袭击了首都科伦坡的中央车站,当场造成一百一十三名平民、两名警察和一名士兵死亡。之后他们进行了一百七十多个自杀式袭击,超过世界各地任何其他组织。"

飞机在飞行了四个小时之后降落在了科伦坡机场。这是我第一次出国旅行,我的行李很多,从驱蚊水到创可贴,从感冒药到卫生巾,还有衣服鞋子帽子泳衣,一大堆洗漱用品、密码锁、方便面,我甚至准备了一把锋利的瑞士军刀,可以削水果皮,关键时刻还可以防身。一路上很难分清到底是因为过分兴奋还是过分紧张,我丝毫没有睡意,只好不断地翻看手中的这本旅行指南,美丽诱人的风景和种族屠杀的历史交替出现在我的眼前,我甚至有点后悔听信了朋友的建议,仅仅因为"印度洋上的一滴眼泪"这句话,就选择了这里。

可当我走出机场,看到可爱的花园、绿树如茵的街道,发现这里和世界上任何一个国家并没有什么区别。从机场前往长途汽车站,旅行指南上说步行十五分钟即可到达,可是天气很热,我背着包走路会很累,另外为了节省时间,好在天黑前赶到我要去的海滩,我打了一辆出租车,这样五分钟就可以到达车站。上车之后我假装老练地要求司机打表,旅行指南上说这样可以防止司机乱开价,也节约了砍价的时间。坐上车之后,我为刚才的表现而沾沾自喜,看着窗外陌生的景色和人群,很快就陶醉在异国他乡的新鲜感中了。当我发现马路两旁越来越荒凉的时候，汽车已经行驶了二十分钟。我的脑子一下子空白了，一些来自旅行指南生涩而陌生的词汇不断涌现：射击、打死、屠杀、杀害、劫持、死亡、袭击、绑架……

我听到自己的心脏疯狂地跳动起来，还伴随着微弱的耳鸣，我对司机大叫："快停车！让我下去！"

司机扭过头问我："你不是要去汽车站吗？"

我说："这里不是汽车站！让我下车！"我使劲捶打着窗户，司机一个刹车，停在路边，我抱着大包，打开车门，跳了下来。

司机探出头和一条胳膊对我说："一千卢比！"我根本顾不得去看咪表，赶紧掏出一千卢比给他好让他赶紧离开。

车子一溜烟跑掉了，司机那深棕色脸上轻佻得意的表情让我恶心，我甚至觉得他一定曾经参加过内战，他杀过人，他一定朝着无辜的百姓开枪，他冷漠而愚蠢，不可理喻，他的脑子里只有仇恨和暴力！我被自己这个疯狂的想法吓到了，路上零星走过的人用好奇的目光打量着我，他们棕色的面孔让我胆怯，我不由自主地想到他们中也许有人曾手染鲜血，或者失去亲人。我觉得战争的创伤在短时间内，不可能不留下任何阴影，我不相信他们，我害怕他们的肤色，他们的眼神，还有他们被仇恨和恐惧所扭曲的灵魂。我站在路边不知所措，觉得自己像个格格不入的怪物，又像一个弱小的猎物，我满头大汗，眼泪都要掉下来了。一个背着双肩包的年轻人向我走来，他戴着眼镜看起来像是学生。他问我需要帮助吗？我说我要去汽车站，可是被出租车司机越拉越远。他说这儿有公交车去汽车站,就在马路对面。我小心翼翼地跟着他过了马路,路边只有一棵树投下一片细小的阴影,他示意叫我站在那儿。我礼貌地对他笑笑,我怀疑自己并没有真的笑出来,只是稍稍舒展了一下皱起的眉头,他也对我笑笑。我们还没说一句话公交车就来了,他上去和司机说了一下,就下来了。然后他在后边帮我推了一下大包,我上了车,找了个位置坐下,车开起来了,那个男孩在路边朝我招手。到汽车站的时候,售票员提醒我下车,我问多少钱,他说那个小伙子已经帮我付过了。

傍晚,当我坐在咆哮的印度洋边回忆下午的种种细节,心情仍然十分复杂,久久难以平复。那个出租车司机只不过想绕路多挣点钱吧,可我却被害怕冲昏了头脑,真为产生了那么多疯狂偏激的念头而感到愧疚。带我坐公交车的男孩,一直在回忆里露着整齐洁白的牙齿,在向我招手和微笑,我甚至没来得及对他说声谢谢呢。我告诫自己要放轻松,要信任别人,这里只不过是一个标准的旅游国家,每一个做生意的都想在游客身上多捞点钱罢了,普通老百姓还是非常淳朴和善良的。而我此行的目的不就是克服自己的胆小和紧张吗?旅行指南上是这样介绍这片海滩的:"世界上最美的海滩之一,细腻的白沙,漂亮的海水,不妨待上几天,晒晒太阳,散散步,如果你是一个冲浪爱好者,这里一定是你的天堂!如果运气好还可以看见在沙滩踱步的海龟。"我就是被"晒晒太阳,散散步"这句话打动而选择这里的。现在是傍晚，已经没有太阳可晒，但是海浪的声音涌上我的身体，渐渐将我的思绪覆盖。海风把我的头发吹散，我的鼻腔潮湿而清凉。我感觉越来越轻松，就好像我是一棵椰子树一样，一直生长在这里，从不害怕，从不焦虑，只是轻轻摇摆。在越来越暗的光线中，在温暖的海风中，我感觉很舒服也很安全，渐渐觉得困极了，就像好几天都没有睡觉了一样。我的那位朋友说得对，"出来转转"，也许大自然就是一剂良药呢。

第二天早上醒来已经十点多了，海浪的声音召唤着我，让我赶忙推开房门。这儿的沙滩是白色的，十分宽广，海水呈现出梦幻般的蓝绿色，在阳光的照射下泛着光泽，像晶莹的果冻一般诱人。海浪不知疲倦地翻滚着白沫扑向沙滩，却又留下蕾丝般的花纹渐渐湮没在细沙中。不远处的椰子树下坐着一个男孩在看书。我顾不得那么多了，这一切实在是太完美了，我回到房间换好泳衣，迫不及待地想要跳进海里。虽然是上午，但阳光已经十分强烈，沙子热乎乎的，扭过头看，偌大的沙滩上只留下了我的一串脚印，可爱极了。

当我越走越近，才发现海浪并没有从远处看起来那样缓和。每个浪都有大概一米多高，从海面鼓起，渐渐升高，即将到达沙滩时，和上一波正在退回去的海浪相互撞击，掀起白色的浪头，卷起沙子，发出巨大的声响。我站在那儿，一直无法找到一个时机踏进海里，白色的浪尖会产生雨雾扑面而来，虽然清凉，却又让皮肤痒痒的。我一直在等待风平浪静的时刻，可是大海仿佛故意和我作对,一浪大过一浪,每当我试图前进的时候,它都会先用充满力量的海浪拍打我的腿,紧接着就卷着沙子迅速后退,让人目眩。它掏空我脚下的沙子,让我无法站稳,而另一波大浪又即将来临,我只好跌跌撞撞地后退好几步,站在没被海浪袭击的地方。我就这么和大海对峙了很久,刚开始还试图前进,后来就站在那儿老半天一动没动,任凭大海在我面前翻滚、嘶吼,沙滩上迅速后退的白色泡沫和炙热的阳光让我头晕。想要一下扑进大海的冲动,渐渐变成了无奈和害怕,我像一根软掉的冰激凌,就快被太阳晒融化了。一有这样的感觉,我就又忽然来了斗志,不是要克服胆小的毛病吗,游泳可是自己的一大爱好呢!浪也是水而已,钻进去不就好了,远处的海看起来风平浪静呢,只要突破靠近沙滩的这些海浪,就可以自由自在地畅游了!我深吸了一口气,趁着一个大浪刚刚结束,而远处的浪还没升起的时候快速往前进,脚底的沙子不停被后退的海水抽走,很难站稳,前进的速度太慢了。当海水才漫过腰部,我抬头看时,远处的大浪已经升得很高了,它伴随着一种低沉的吼声向前移动,仿佛再没有什么可以阻止它。每一滴海水都努力成为它的一部分,助长着它嚣张的气势,我被吓得一动不敢动,它比在沙滩上看起来高太多了,就像一座无比坚硬的水墙。我觉得自己太渺小了,我完全忘记最早计划好的钻进浪里,也忘记了它不过就是海水罢了,它早已变成巨大的想要摧毁一切的怪兽。我就那么傻站着,大脑无法指挥身体做出任何一个明智的动作，它就像一辆动力十足的卡车向我驶来，我觉得自己的身体里是空的，和海浪以同样的频率颤抖着。很快我就被吞没了，轰鸣的浪声忽然变成闷响，沸腾的海水忽然变得很深，实际上是一股巨大的力量拍打在我的脸上、身上。我像一个塑料玩具一样被掀翻，水里有无数股温热强劲的暗流，它们都在争抢着我，又在推搡着我，我在水中翻滚着，皮肤不停被沙子摩擦。我睁开眼睛，一片浑浊，我找不到水底，也找不到水面。海水像接到了什么使命，忽然开始后退，我被卷入更深的海水，海水苦涩极了，我觉得自己渐渐无法呼吸了，我拼命地寻找水面，可还没喘口气又跌了下去。我已经完全不会游泳了，胡乱扑腾挣扎着，我开始听见自己沉闷的呼吸声，我知道这次真的要完蛋了。

当我被托出水面时，才发现海水并没想象的那么深，而我离沙滩也没有想象的那么遥远。虽然又被从岸边退回来的小浪袭击，却在背后大浪来临之前被一个结实的手臂环抱着托上了沙滩。我跟着他一起坐在椰子树下，看到他放在那儿的书，是一本和我的一样的中文旅行指南。

我说："谢谢你。"我知道自己的形象一定狼狈极了，就把下巴放在膝盖上，双手抱着腿，尽量把自己缩小一点。

"你还真下去游泳啊？你看见有人敢下去游泳了吗？我以为你在那儿欣赏大海呢，谁知道你还真跳进去了，这儿是冲浪圣地你不知道吗？"他像批评小孩一样说了一通，他说话很快，声音洪亮，表情很夸张，两根黑黑的眉毛时而紧皱，时而伸展，时而挑高，时而下垂，他还用食指指着大海，不断比画着，就像重新把我的行为在想象的画布上都画上一遍。

"我不是想锻炼一下自己的胆量吗？"被他这么一番批评，我才回过神儿来，忽然觉得委屈极了，说着就哭了起来。

他一看我哭了，不知道怎么安慰，放低了声音说："别哭了，现在不是没事了吗。"

回旅馆洗澡的时候，我心里有种劫后余生的喜悦感。为遇见一个新朋友而高兴，也为自己的勇敢而感到骄傲，竟然和海浪搏斗了一番，不是说没人敢下去游泳吗，可我就去了，虽然结果不怎么样。如果有什么评分标准的话，我的胆量在这次"游泳"之后，有没有提高分数呢？

在出门之前，我刻意打扮了一下自己，穿上一条我很喜欢的连衣裙，想在男孩面前弥补一下刚才狼狈不堪的形象。再次见到他，我才发现他的个子很高，皮肤黝黑，手掌和脚都很大，膝盖和肘部的关节突出，看起来很有力气。他的眉毛抬得很高，一副天真又对什么都无所谓的模样。他的脖子上挂着一个大大的牙齿，他告诉我是在非洲旅行时，在一个马赛村子购买的，那个马赛人告诉他是一枚狮子的牙齿，可是后来他知道自己被骗了。我们沿着沙滩散步，想找一家餐馆吃午饭，太阳虽然很晒，可是完全不影响我俩的好心情。我们兴奋地聊着下一步的旅行计划，我甚至忘了自己是在斯里兰卡，忘了旅行指南上的内战，只想享受眼前这片椰林树影,水清沙幼。忽然他指着前方大叫:"快看!海龟!"我们跑了过去,确实是一只很大的海龟,褐色的壳十分坚硬,深灰色的爪子有着厚实粗糙的皮肤,我第一次在沙滩上见到海龟,可是它的四肢和头都无力地趴在沙滩上,眼睛凹陷了,嘴巴似乎有一点腐烂,露出一部分牙齿。它是一只死海龟,可能已经死了很久了。我不想再多看它一眼。

三

一只猴子

"1990年6月11日,猛虎组织在卡尔穆奈屠杀了一百一十三名投降的僧伽罗族和穆斯林族警察。1990年10月,猛虎组织驱逐所有居住在贾夫纳的穆斯林居民。总共有两万八千名穆斯林人被迫离开家园。1993年5月国际劳动节当天,猛虎组织暗杀了斯里兰卡总统拉纳辛哈·普雷马达萨。"

吃早餐的时候,一只苍蝇一直在我面前嗡嗡乱撞,我用手驱赶它的时候不小心打翻了红茶,茶水流在了我的旅行指南上,很快在翻开的这一页上扩散出了一片浅褐色的水渍。我们约好今天就去乘坐斯里兰卡十分有名的高山小火车,他在去火车站的出租车上还兴奋地念着"斯里兰卡拥有世界上最美的火车线路,高山火车穿越原始森林和锡兰红茶庄园。而最好的位置就是从不关闭的车门处。"

我们两个人一上车就占领了车门的位置，我紧紧地抓着把手，火车晃晃荡荡地前行，风扑面而来。眼前的风景果然名不虚传，一会儿是茂密的树林，一会儿是连绵的茶园，那种沁人心脾的绿色在蓝天白云的衬托下真的好看极了，一座座山头都像穿着崭新的绿色毛衣，在阳光下闪闪发光。采茶人背着布袋，从远处看像一群白色的蝴蝶收起翅膀静静地栖息在一片倾斜的碧绿中。当火车开至山顶的时候，我伸出车厢的双腿仿佛悬空了，而脚下就是壮阔的山谷。地面被农田和房屋切割成小小的方块，而农田有着深浅不一的绿色，道路像小孩用木棍随便在草地上划出的线条，而一群群的奶牛则像撒在地面的芝麻。我的心随着眼前的风景荡漾起来，仿佛我坐的不再是火车，而是神奇的飞毯。火车穿越一个个漆黑的山洞，阴凉的风扑面而来，带着山洞里特有的潮湿而腐朽的气味，我屏住呼吸，尽量不要吸入这黑色的空气。火车在轨道上行驶的声音由于空间忽然变小，而变得异常剧烈，震耳欲聋，当地的年轻人总在这个时候对着车窗外大叫。我觉得我的脚就要碰到洞壁了，不免又紧张又兴奋，我盼着黑暗快一点结束。很快火车就驶入了一片耀眼的明亮中，我们下了火车，我的心却还没下车，随着轰隆隆的声音仍在高原上奔跑，越来越远。我一路被震颤的双腿还没适应平缓的地面，有点发软，我们都沉浸在刚才梦幻般的体验中，抑制不住脸上兴奋的表情。

这座小镇就在山中,只有一条主路,步行十分钟就走到头了。两边有一些旅馆,饭店和小铺,其他的地方就都是荒郊野外了,来这里的游客基本都是为了坐这段号称"最美的高山小火车"。我们找到一家地势较高的旅馆,放下行李,已经快五点了,可我们似乎还沉浸在来时路上的兴奋中,一点也不觉得累。我建议沿着铁轨散步,旅行指南上写着:"沿着铁轨,向南走大概一个小时,那里有一个瀑布。"我俩一拍即合,他问了一下旅馆老板大概的位置我们就出发了。

路上大部分时间都是踩在轨道或者枕木上,铁轨很窄,而两边基本就是野草和树林了,铁路在山中穿梭,左边就是山下的村庄和田野,偶尔还要经过悬空的铁桥。我的思绪时常飘到远处,以便回头审视我俩走在这里的画面:太阳西下,把一切都染上一层橙黄,风偶尔摇晃草丛沙沙作响,而我俩看起来多像电影里的人物啊,不远处有两头牛在低头吃草,还有一头好奇的小牛抬起头哞哞地叫着。我们两个没怎么说话,但是一点也不觉得尴尬,仿佛各自都沉浸在这幅世外桃源般的美景中不愿被吵醒。

偶尔有一两个游客返回,我俩就靠一边走,大家擦肩而过时,都会互相问个好。可是一路上只有零星回来的游客,却没有见到去的,一定是我们出发得太晚了,想到这里我不由加快了脚步。走着走着前边出现两个男的,一个年纪较大的用大块的格子布围着下半身,光着膀子,头发和胡子花白而散乱,他一只手拿着一把砍刀,另一只手抱着一捆树枝,像是刚从地里出来,正要回家。另一位是个年轻人,戴着个鸭舌帽,穿着脏脏的T恤和短裤,表情严肃,眼睛布满血丝,他们两个都没有穿鞋。他们仰头看着一根电线杆。我们走近了,那个年轻人指着电线杆用英语说:"猴子!猴子!"他的口音很奇怪,可是我们抬头看什么都没有。接着他忽然伸直四肢全身用力颤抖,还伸着舌头,翻着白眼,然后又恢复了正常,用英语说着:死了!死了!"我们又低头看地上根本没有死掉的猴子。他忽然往前跑了一段,又跑回来说:"猴子!跑了!跑了!"我俩互相看了一下,表现出困惑的表情。那两个人并排站着,一脸严肃地打量着我俩,仿佛我俩可以给出答案,我的脑子里呈现出猴子被电线电死后挂在那里的模样,在斜阳中,它只不过是一个黑暗而无助的剪影。为了打破此刻奇怪的气氛,我友好地询问:"瀑布还远吗?"那个年轻人重复着:"瀑布!瀑布!"然后就走在我们的前边,示意我们跟上他,而那个老头则跟在我俩的后边。

走了一会儿,离开轨道,穿过一小片崎岖的林间小道就来到了瀑布。我俩失望极了,因为这里根本就没什么所谓的瀑布,那一小柱流水和水管里的差不多,地上的一点点积水浑浊肮脏,苍蝇和蚊子在上方飞来飞去,而瀑布下各种各样的巨石显然是常年被水冲刷成这样的。我们忽然意识到现在正是旱季,旱季根本没什么雨水,山间又怎么会有磅礴的瀑布呢?年轻人坐在一块石头上盯着我俩,他棕色的脸庞在渐渐衰弱的光线中颜色更深了。而那位年纪大的站在远处看着我们，他的样子在此刻看起来有点像野人，还挺叫人害怕的。我告诫自己要信任别人，不要胡思乱想，况且有人陪着我呢。瀑布没什么可看的，而天色也越来越暗，我俩决定现在就返回，我觉得天黑之前是回不到旅馆了，想到这儿真有点后悔，干吗一时激动非要来看这个瀑布呢？不过也有其他的游客来呀，重要的不是瀑布而是沿路的风景吧，我这么安慰着自己。

我们刚走回铁轨，年轻人伸出手用奇怪的音调说着："钱！钱！"我俩对视了一下，他抬起眉毛，对那个年轻人说："谢谢你，但是没有钱。"转身就拉着我往前走。走了一会儿我总觉得有人跟着我们，偷偷扭头一看，那个年轻人果然在远远地跟着我俩，而那个老头已经不见了。

我说："咱们要不要给他一点钱？"

"为什么要给钱？"他说。

"还不是给咱们带路了想挣点钱呗，而且一直跟着咱们怎么办？"我说。

"他也要走这里回家吧。"他说。

我觉得他说的也有道理，我干吗这么害怕呢，我不是出来锻炼胆量的吗。

天越来越暗了，虫鸣声越来越响,我觉得自己的视力变差了，在一片深蓝中连脚下的路都看不清楚。一想到后边有个人跟着我们我就开始紧张，想要加快步子。在傍晚走铁轨可没下午那么容易了,我有点跌跌撞撞的,我想抓着他的胳膊却又不好意思。远处忽然响起一声深沉的鸣笛声,就听见火车轰鸣的声音由远及近,越来越响,铁轨也震颤起来,我想赶忙跑到旁边的草丛里,可是太慌乱被轨道绊了一跤,他抓着我的手把我扶起来。我们一起站在草丛中任凭火车的大灯扫过脸庞,火车过来的时候整个地面都在颤抖,风也被扰乱了,变得十分疯狂,火车的轰鸣声包围着我俩,我觉得自己又像一个中空的皮囊跟随着火车的频率颤抖着,这种感觉太熟悉了,就像我面对巨浪时一个样。在车厢一晃一晃的光线中我看见他在对我说话,可是一点声音也没有,他的声音被火车这个巨兽吃掉了。真不敢相信我竟然乘坐它度过了愉快的一天,我不禁感慨就连火车在夜晚也会改变模样,成为面目可憎的怪物。火车渐行渐远了,我们又回到了铁轨,我发现他还拉着我的手,也没有要放开的意思,就像所有爱情电影里的桥段一样,可是我现在什么心情都没了,只想赶紧回到旅馆。

"你为什么在发抖?"他说。

"那个男的还跟着我们呢吗?"我小声问他。

他扭头看了一下说:"好像没有了。"

我说:"是他长得太黑你没发现吧?"

他笑了一下说:"你还挺幽默的。"

我放开他的手说:"我可没开玩笑,我真的很害怕,你看天都黑了。"

"月亮升起来了,你不觉得在月光下走这条铁路很美吗?"

他用食指指了指月亮,照着月亮的轮廓又比画了一遍,然后胳膊一下子甩下来,装作一副随意又潇洒的样子。我抬头看了看天空,大片大片的云变成深灰色,即使在黑色的夜空也仍然能看见,月亮在云层中有一种异常诡异的纵深感。往四周看了看,总觉得后边有人跟着我们,而每一棵树后也仿佛有人在盯着我们,风吹着草丛沙沙响着,像是在窃窃私语。"你不要再说话了,我真的很害怕,现在很危险,咱们还是快点走吧。"我觉得他每说一句话,都成为干扰我注意力的噪声,都会吸引藏在黑暗中的东西,我们应该默默前进,集中注意力,防止出现什么突然的攻击。这个感觉实在是太熟悉了,就像我每天下班经过的那片松林,可是我现在连汽车都没有!我再次感觉自己像一个接受审阅的士兵,又像一个伪装好了的逃犯,假装镇定,小心翼翼地前进,我想讨好此刻我所害怕的一切。"你的胆子太小了,你应该锻炼一下胆量。"他又说话了,可是我没有理他。

我们默默地走了一会儿,他说:"我去树林里方便一下。"我还没来及阻止他,他就钻进路边的树林不见了。我一个人站在铁轨中央一动不敢动,也不敢扭头看,生怕那个年轻人和老头的身影忽然出现,我觉得自己从未像现在一样害怕和无助过。过了一会儿,他还没有回来,我想叫他却又不敢出声。忽然刮起一阵大风,树林哗啦啦作响,一只大鸟扑闪着翅膀从头顶飞过,我的恐惧已经如同倾泻的洪水一般一发不可收拾,各种恐怖的念头拥挤着我的大脑：说不定那两个人就是猛虎组织的成员，这山里就是他们藏身的老巢，他们可能会杀掉我们，抢走我们的财物，也许他刚才去树林撒尿，就已经被那两个人干掉了，而下一个人就是我了。我的恐惧和幻想就像巨大的海浪一样向我涌来，我的双腿像灌了铅一般无法动弹，我的手在腰包里摸摸索索，拿到了那把瑞士军刀。我忽然听见身后小心翼翼的脚步声，我屏住呼吸，心脏快速跳动着，我觉得自己的眼球因为过度紧张就要迸出来了，脚步声越来越近，我颤抖着手打开了那把小刀。我甚至可以听见后边极力克制的呼吸声，我眼前浮现出刚才那两个人严肃的表情，棕色的脸庞，眼睛的血丝，我再次想到他们的仇恨、他们的暴力！忽然，两个结实的手臂从后边将我抱住，我尖叫了一声，闭起眼睛，转过身挥舞着小刀一阵乱划，当我睁开眼睛时，看见他摔倒在地上，脸上的伤口像小孩张开的嘴巴，他脖子上的狮子牙齿在月光下发出莹莹冷光。

四

一个建议

"2009年5月18日，在击毙了猛虎组织领导人后，政府宣布斯里兰卡内战结束。联合国5月20日报告称，这场内战造成八至十万人丧生。"

"我差点被一只受惊的兔子害死！"当我脱口而出这句话时，

汽车的收音机开始播报这则新闻,坐在副驾驶的朋友开大了声音,然后用右手的食指不断比画着说:"斯里兰卡不错,印度洋上的一滴眼泪。"他又拍拍我的肩膀说:"你应该出去转转,锻炼一下胆量。"他的眉毛抬得高高的,一副天真的模样,看着他脸上的刀疤,我觉得这是一个很好的建议。

/ 寻找安妮

安妮失踪了，可是我一点都不同情她。

说实话，我讨厌她，这种讨厌很可能来自于我对自己的厌恶，从某些方面来看，我和她有点相似，我们都不太合群，并且喜欢说谎。

她的失踪消息上写着："安妮，湖南人，三十五岁，六月底在埃及西奈半岛的大哈巴旅游时失踪。家人十分着急，已经联系中国驻埃及大使馆，请各位帮忙转发！"

下边有人评价："我就知道她不是二十八岁！"

还有人评价："我早就听出她的口音是南方人，可是她非说自己是北京人。"

大家仿佛并没有把重点放在她失踪了这件事上。而这则消息最令我意外的地方是，安妮竟然是她的真名。

下边贴着一张她的身份证和一张近期照片，完全是两个人的模样。身份证上的照片看上去更老成一些，半长的黑色头发拉了离子烫，紧紧地贴在头皮上，眉毛修得很细，在后半部分挑起，就像你会在随便一个营业大厅办理手机业务碰到的女职员一样，很难留下什么印象。你甚至不愿意猜测她的生活，仅仅是看一眼她的制服，就已经令人乏味不堪。

而近期的照片就是一个典型的背包客，走到哪里都会让人多看上几眼。照片上的她皮肤晒得黝黑，失去了年龄，穿着白色的吊带背心，在锁骨和胳膊附近可以看见深深浅浅的印子，是因为各种不同衣服的边缘晒出来的。脑袋上顶着一头脏辫，随意地在头顶扎起来。她正咧嘴笑着,眉毛杂乱,牙齿显得很白。我几乎从来没有见过她这样笑,在我的记忆里,她总是表情严肃,一副冷漠的样子。她脖子上挂着两条项链,一条是棕色的绳子,上边串着一些五颜六色的珠子和一个捕梦网形状的金属挂饰,另一条更短一些,坠子是一个用黄铜缠绕的水晶柱。

这种项链在背包客聚集的地方几乎随处可见,有些人在路边一坐,就从包里拿出一大堆,摆在前边一块脏兮兮的布上,一边编一边卖。有时候旁边会竖着一块纸板做的牌子,上边写着:我们正在环游世界,请购买一条支持我们,每一块石头他们都可以说出是从哪里搜集来的。

我见过最离奇的是一对来自维也纳的年轻夫妻,他们衣衫褴褛,面前摆放着一条手工编织的项链,土黄色的线不规则地包裹着一颗蓝色的玻璃珠,据说是从兰波墓前的泥土里挖出来的,而这颗蓝色的玻璃珠是上世纪七十年代帕蒂·史密斯埋进去的,是她从埃塞俄比亚的哈勒尔买来的十九世纪的古董。我后悔当时没有买下这条项链,虽然它的来路并不怎么光彩,并且标价高达一百美金。也许还还价,五十美金就能拿下了,我这么想着,心情遗憾地合上了电脑,甚至没有转发这条失踪的消息。

我已经回国一个星期了,我那脏兮兮的大包现在还站在墙角,一副天真的样子,好像随时等着我像曾经那样,背上它再次出发。我们关系亲密,在很长一段时间里,它都是我的全部家当。我在国外旅游了整整一年的时间,路线混乱,毫无计划,从斯里兰卡乘坐飞机在科威特转机到达约旦安曼，仅仅是因为机票便宜。又从约旦的亚喀巴坐船穿越红海到达了埃及西奈半岛，在边境警察局被审讯到深夜十二点才被准许入境。大门口停着几辆装甲车，狙击手站在车顶上举着枪随时待命，我们几个背包客像是一群罪大恶极的犯人，在探照灯的黄光下，低着脑袋匆匆踏上了埃及的土地——西奈半岛，《圣经》中"伟大而可怕的荒原"、摩西接受"十戒"的地方，也是安妮失踪的地方。

6月16日，一辆载着前来朝圣的韩国基督教徒的旅游大巴在西奈半岛上埃及与以色列边境处遭遇爆炸袭击，三名韩国游客和一名埃及司机死亡。我之所以记得这个日子，是因为这一天是我三十岁的生日。随后埃及伊斯兰激进组织"耶路撒冷支持者"在推特上警告游客离开埃及，如果6月20日之前还未离开，有可能再次遭到袭击。我就是在这样的时刻结束旅行的，我买了昂贵的机票回国，而结束旅行的原因却并不是因为这条推特，恐怖分子的威胁只会令背包客更加兴奋，简直是不要钱的赠送项目，会为乏味的旅行增添谈资。我在大哈巴无所事事地待了半个月的时间，在没完没了的苹果味水烟的烟雾中，终于想明白了一件事，促使我旅行的唯一动力就是我厌倦每一个地方和每一个人。我的样子更像是逃犯而不是什么旅行者，照照镜子就能明白这一点。我决定结束这种逃亡的生活。

我将大包打开，翻了个底儿朝天，才从一个皱皱巴巴的塑料袋里找到了带回来的纪念品，十个一模一样的金字塔冰箱贴，树脂材质，一个笨拙的土黄色金字塔图案，中间画着一些象形文字，最下边写着"EGYPT"，翻过来看，反面赫然贴着"Made In China"的白色标签。我小心翼翼地将它们一个个揭掉，这浪费了我很长时间，食指的指甲缝里塞满了胶纸，而冰箱贴的反面也因此变得黏糊糊的，粘着黑色的污渍，看起来更加廉价，一点都不像是新的。我感觉沮丧的同时，又认为自己买多了礼物，因为我根本就没有十个朋友。我从里边挑选了一个最好的，其余的九个都贴在了自己的冰箱上，这让我的冰箱看起来热闹非凡，像是一个同时拥有九座金字塔的世界奇迹。可最讽刺的是，我压根就没有穿越苏伊士运河到达非洲部分的埃及，这意味着我根本就没有去过金字塔。这有点类似于我在约旦压根没有去佩特拉古城，在柬埔寨没有去吴哥窟，在印度也没有去泰姬陵一样。这十个冰箱贴是我在大哈巴买的，经过一番讨价还价，花了一百埃镑，从一个圆滚滚的阿拉伯胖子那里买到的。

我拿着这个最好的冰箱贴出门赴约，我唯一的朋友，不如说是我的忠实粉丝——妞妞，要请我吃大餐。出门前我扭头看了一眼背包，它此刻更像是一个刚被开膛破肚的尸体，五颜六色的内脏被拖出来，扔得到处都是。

餐厅在商场的顶层，装修奇特，光线昏暗，四处都是扭曲的金属水管，刷着红色的油漆，营造出一种时髦的工业感。复古的铁艺吊灯挂得很低，黄色的灯光仅仅打在餐桌上，卡座里的人看起来各个表情神秘，像是前来交换情报的地下党员。我被这种诡异的气氛感染了，找到一个偏僻的角落坐下来，小声拨打了一个电话给妞妞，告诉她我已到了，在最里边。她的声音差点震破我的耳膜，告诉我她正抱着小孩在厕所拉屎，很快就过来。我闲得无聊，打开了餐桌上的菜单，菜品从印度飞饼到土耳其烤肉，从意大利面到墨西哥玉米饼，看完一遍让我心力交瘁，仿佛完成了一次环球旅行。

妞妞从很远的地方就发现了我，她大声叫着我的名字，一个胳膊抱着她的大女儿，另一个胳膊挂着一个大包，一扭一扭地朝我走过来。她比一年前更胖了，头发剪得很短，两个乳房就如同两个装得满满的大水袋，在胸前颤巍巍的，她的出现立刻改变了整个餐厅的氛围。她将女儿和大包都放在了卡座上，迫不及待地张开双臂要和我拥抱，我有点不好意思，却又盛情难却，只好轻轻地和她拥抱一下，她的身体散发着一股热烘烘的奶香。

"我可真羡慕你啊！"她每次见我都是这句话开头，她一边说一边脱掉了自己的外套，"一生小孩算是完蛋了。"她又为女儿脱掉了粉色的小外套。

"那你还不是又生了一个？"上次见面，她才刚当上妈妈没多久，可是短短一年的时间，她就又完成了一次怀孕到生产的过程，这次见面，已经是两个小孩的妈妈了，想一想真觉得不可思议。

"唉，没办法啊，我是警告你，千万不要生小孩，一生小孩算是完蛋了。"她上次见面也是这么警告我的。

"婚都没结,生什么小孩啊?"

"千万不要结婚,一结婚算是完蛋了。"

"结什么婚啊,对象还没有呢。"

"在路上没有找一个?"她的脑袋向前伸着,灯泡从头顶照下来,让她看起来有点古怪,脸上的疙瘩、粉刺、绒毛、皱纹都变得立体了起来,眉毛、睫毛、鼻子都在脸上投下阴影,看起来丑陋极了。

"没有什么人。"和所有在路上漂泊的单身大龄女青年一样,我也曾经幻想会不会在路上发展一段异国恋情,说不定还有机会远嫁他乡,生下混血宝宝。

妞妞的脸并没有从灯光下方伸回去,显然我的回答无法满足她。我努力在脑袋里搜索着那些我听来的故事,我觉得妞妞能和我成为朋友很大的原因就是我可以满足她的幻想,我不想令她失望:"在有些地方当地的男人非常热情,阿拉伯男子就会在路上直接问我需要几头骆驼就可以当他的老婆。"

妞妞爽朗地大笑起来,很快又将脑袋伸到前边问:"这不算,还有吗?"

"倒是还有一个也门人,长得也还算英俊,据说之前在也门从事酒店管理的工作。后来因为战乱就来到了安曼,在我住的那间旅馆常住。他对我很好,我说要去亚喀巴,他二话不说就跟我同去,我们在红海边上散步,他指着对面告诉我那就是以色列。我们走上栈桥，旁边不停有小孩故意跳进清澈的海水里，好把水溅在我们身上。他也跳下去游泳，身材很棒。晚上我们一起吃饭，他盯着我的眼睛说：'从你的眼睛里可以看到你很善良。'他说会同我一起去埃及，可是第二天我去办理埃及签证的时候，他却又说不去了，要返回安曼，他给我买了一些坚果和一个卷着烤肉的饼，就依依不舍地分开了。"这是我在七天堂听一个来自深圳的女孩讲的故事，实际上我在安曼也住在那家旅馆，也见到了那个也门人，他正对另一个中国女孩穷追不舍。

妞妞的女儿一直警惕地盯着我看，嘴巴里含着一个安抚奶嘴，一刻不停地吮吸着。妞妞两只手支着她的大脸，脸上的肥肉都挤向中央，嘴巴成为一个O形向前突出着。她的面色潮红，一脸陶醉的表情，仿佛是她自己正在和一个英俊潇洒的也门人在红海边漫步。

服务员过来唤醒了妞妞："请问要点些什么？"她说完就举起写菜品的小单子，将笔尖指向纸面，像一个速记员一样随时待命。

妞妞一边翻菜单一边问我："你想吃点什么？"

"我随便，吃什么都行。"

"这里的东西你一定都在世界各地吃过了！"妞妞大声说着，炫耀她有一个不同寻常的朋友。

"咖喱，我不能吃，这个也不行，这个里边有辣椒。"妞妞仔细研究着菜单，服务员在一旁不耐烦地轻轻摇晃着身子。

"要不你来点,我也不知道点什么,你毕竟都吃过,知道什么好吃。"妞妞又把菜单推到了我的面前。

"你们先慢慢看,点好了叫我,按那个按钮就行。"服务员指了指桌子中央的呼叫器,就迅速离开了。

"我要一份炒饭就行,我看这个泰国炒饭就不错,有菠萝,有虾仁。你忌口的太多,我没法帮你点。"我在吃方面没有什么追求,也懒得尝试什么当地美食,在任何地方只要菜单上有炒饭,我就一定会点。

妞妞又抱着菜单研究了老半天,按下了按钮。服务员风风火火地小跑着过来,又摆好了速记员的姿势。妞妞点了一大堆带有地名的奇怪食物,要求所有的菜品都不要放任何辛辣的香料,少放盐,并且不要放味精。

"你想喝点什么?"妞妞问我。

"喝水就行。"我端起之前服务员为我倒的柠檬水喝了一口。

"那来一扎橙汁吧。"妞妞合上菜单,交到服务员手上,像完成了一项任务一样,呼出一口气。

妞妞开始从大包里往外掏东西,她女儿的一堆餐具,小碗、小碟子、水杯、筷子、勺子、叉子,都被她整齐地摆成一排。最后又掏出来一个 Hello Kitty 造型的硅胶围兜,挂在了她女儿的脖子上,她女儿吐掉了嘴巴里的安抚奶嘴,两只小手拍打着餐桌,嘴巴里反复说着饭,饭,饭,妈妈,饭饭。

"你们家宝宝真的很乖很可爱。"我的视线总是被妞妞的女儿吸引，胖乎乎的可爱极了，一想到她将来可能会长成妞妞的样子就觉得很可惜。

"那是因为这不是你的小孩，小孩这种东西，别人家的最可爱！自己生的简直就是恶魔！"妞妞一边说一边把水壶放在她女儿的手上，让她喝点水。

"路上有什么好玩的事情吗？危险不危险？碰到什么有趣的人了吗？"妞妞像一个机关枪一样，对我进行了问题的扫射。

"在斯里兰卡的康堤，我住在缅甸寺里，和尚们在寺院中间的沙地上养了四只大乌龟，每天定时喂乌龟吃切成一段一段的豆角，四只乌龟每次吃豆角都面对面，十分整齐，像是在搓麻将一样。"我搜索脑袋里有趣的事情，好像就这么一件。为了让妞妞可以明白乌龟们怎么面对面站着，我动用了桌子上的餐具。妞妞的女儿来了兴致，趴在桌子上用她的小手把餐具挪过来又挪过去。还把筷子丢在了地上。

"没有遇见什么危险吗？"妞妞弯腰从桌子底下费劲地捡起来筷子，她抬起头的时候整个脸都憋得通红。妞妞对乌龟吃豆角显然没什么兴趣，她每天都要喂小孩吃各种东西，她需要来点刺激的。

"在内罗毕，我遇见过一次危险。"在妞妞的鼓励下，我竟然来到了非洲大陆。这也是我在路上听一个福建女孩讲的故事："有一天我在街头问路，一个黑人小伙告诉我他的朋友正好有车可以送我过去。结果我刚上车，这个黑人小伙就扑了过来，一改刚才礼貌的样子,面露凶光。他掐住了我的脖子,捂住我的嘴巴,他的同伙抢走了我的相机,还从我口袋里摸出了钱包。接着他们打开车门,将我丢了下去,又把我的钱包扔在我身上,就扬长而去了。"我拿起水杯喝了一口水,感觉自己有点喘不上气,好像真的看见了黑人小伙白色眼球上布满了红色的血丝,并且被他的一双汗津津的黑手捂住了嘴巴。

"天啊,太可怕了。然后呢?"妞妞睁圆了眼睛。

"然后,我从地上爬了起来,在街头失魂落魄地走着,一边走一边哭,直到走回了旅馆。这件事对我伤害很大,让我看见黑人就害怕。"最后这句话是福建女孩总结的,我几乎一字不差地复述了一遍,就差福建口音了。

"已经很幸运了,没有被强奸,或者杀掉扔在野外已经很不错了。"妞妞的口气有点遗憾的样子,好像在说命运已经对我十分仁慈了,这点伤害算不上什么,应该感激才对。她真正想听的危险要比这个还要危险,我想到了安妮,可是我没法像偷走福建女孩的故事一样,偷走她的故事,否则我就不会坐在这里了。

服务员开始不断走过来上菜,妞妞也忙活了起来,她不但要自己吃,还要负责喂饱她的女儿。所有的菜品都因为没有放足够的盐,没有放味精和香料而寡淡无味,颜色惨白,味同嚼蜡。她的女儿倒吃得很香,一手抓着小勺子,一手抓着小叉子,在自己的碗里扒拉着,吃得满脸都是。妞妞像个机器人一样不停地为她的女儿夹菜,自己先尝尝再放在她的小碗里,然后为她擦嘴，将快要掉地上的餐具再挪回正确的位置，这些动作熟练得就像是潜意识。妞妞几乎忘记了我的存在，我一边喝着柠檬水，一边观察着他们，在灯光的照射下对面的母女更像是一个虚拟的场景，遥远而不真实。

"这些外国美食味道也不怎么样啊。"妞妞的女儿已经吃饱了，开始玩她的餐具，在桌子上摔来摔去。

"我还是更喜欢吃中餐，感觉自己长了一个中国胃，几天不吃米饭就受不了了。"我从泰国炒饭里夹了个菠萝放进嘴里。

"你接下来准备干什么？是不是又要出去了？"妞妞开始大口吃饭，我感觉这一桌子东西她一个人就可以吃完。

"还没想好呢，不知道啊。"

"真羡慕你啊，我这辈子算是完蛋了，结婚，生小孩，没有一天好日子，没有为自己活过。"妞妞一口气喝掉了半杯橙汁，那副样子就像喝下去了半杯烈酒。

"哦，对了，我给你带了个小小的纪念品。"每当妞妞这样说话的时候，我都不知道如何回答，我赶忙从包里掏出来那个金字塔冰箱贴。

"哎呀，真客气，还带礼物。"妞妞笑眯眯地接了过去，拿在手里看了一会儿："金字塔你都去过了，真是不可思议，小时候课本上写到的地方，我觉得这辈子我都不可能去一次。"她的女儿伸着手哼哼着也要，她就给了她。

"实际上并没有那么壮观，很令人失望，还有狮身人面像也没什么意思,很小的。而且它们也并不是在沙漠中央,而是在开罗市区。"这也是我在路上听别人讲的,我总是用这种手段来安慰妞妞,但是她并不领情。

妞妞的女儿开始用嘴啃着那个冰箱贴,让干燥的金字塔上布满了口水。妞妞要从她的手里夺过来,她的女儿顿时性情大变,哇哇大哭起来,小脸皱成一团,泪水很快就将整张脸都弄湿了。她哭得几乎要窒息了,两个小手握成拳头,脸色绛紫。整个餐厅都安静了,只有妞妞女儿像空袭警报一样震耳欲聋的哭喊声。妞妞慌乱地又是吵又是哄,可是她的女儿完全无法沟通,像是另一种生物。

"我要先走了啊,估计她困了,正在闹觉,家里小的还等着我喂奶,我的奶胀得不行了。"妞妞飞快地整理起她女儿的餐具,又为她穿上外套。就像来的时候那样,她一个胳膊抱着她的女儿,一个胳膊拎着大包,遗憾地对我说:"真不好意思啊,咱们下次再聊。"

没走多远,她又扭过头,一脸真诚地看着我大声说:"你要加油,你要坚持下去,我永远都支持你,你是我的偶像,我是真羡慕你!"她的手握成拳头,吃力地在胸口举起来,做出一个加油的动作,完全不顾四周食客厌恶的目光,像是在表演什么令人作呕的电视剧,然后匆匆跑去前台买了单,就消失不见了。

这就是我唯一的朋友,我的头号粉丝。她的这番话让我尴尬极了,她女儿的号叫声仿佛仍在餐厅回荡,我决定迅速离开这里，去商场里随便逛逛。

整个顶层都是稀奇古怪的餐厅，在工作日看起来生意惨淡，每个门口都站着几个服务员在发放传单，极力争抢着寥寥无几的路人。我每次都要说声已经吃过了，可是他们一脸狐疑，还是硬将传单塞进我的手里。我转了一圈，决定下到四层。这一层看起来倒是清新可爱，粉粉嫩嫩，都是卖童装、玩具和母婴用品的，当我穿过一片婴儿推车和汽车安全座椅，服务员迅速地发现了我，并堵在我的面前，她的目光向下扫视，一副阅人无数的表情，充满自信地问我："四个月了吧？"我低头看着自己肥胖的小腹，支支吾吾地回答："没，没，没有。"就落荒而逃了。

接下来我尽量避免靠近任何商品，可是眼前的玩具区实在是有太大的吸引力。我伸长脖子四处侦查了一下，附近没有服务员，就拐了进去，面前是一大片粉色，各式各样的芭比娃娃礼盒，散发着梦幻的光芒，所有的细节都令人赞叹。我蹲下来，这个高度刚刚好。

小时候每次妈妈带我逛商场，都是把我放在玩具区，等她逛完了再来接我，我什么都不会要的，我已经在幻想里全部玩一遍了，最主要的原因是妈妈会夸我是个乖小孩、懂事的小孩、不乱要东西的小孩。我的妈妈很擅长这个，她知道怎么控制一个小孩，因此整个童年我几乎没有一个真正的玩具。可是最近一次见到我的妈妈，已经是一年前的事情了，她穿着拖鞋和那身肥大肮脏的睡衣,叉着腿,一手掐着腰,一手指着我,声嘶力竭地大叫:"你这个怪物!出去就不要回来!我没有你这个女儿!"我还没有告诉她,我已经回来了。我不太愿意想这件事,多么希望自己压根就没有父母,就像科幻电影里演的那样,从什么高科技的容器里慢慢发育出来的人体,或者让事情变得更简单一点——压根儿就没有我。

想到这儿,我开始羡慕安妮,就这么失踪了,留下一张开心的照片。真希望有一天我也可以像她一样,彻底地消失,没人能找得到我,最好连一张照片都不留下。实际上我已经开始做准备了,比如说,注销了一些网站上注册的账户,删除了手机上全部的照片,社交账户上不发布任何和自己有关的信息,甚至将曾经发过的东西也都删掉了。之前做这些事情的时候可是无意识的。

路的尽头是一个大型的儿童游乐场,里边有充气滑梯,可以向上爬的绳索,还有五颜六色的塑料球海洋。一群满头大汗的小孩在游乐场里跑来跑去,一些疲惫的父母正倚着栏杆玩手机。我也将两个胳膊搭在栏杆上,挨个儿看着游乐场里的小孩,对比哪个长得更可爱一些,更活泼好动一点,像是在宠物店挑选小猫,在和小孩对视的时候就做鬼脸吓唬他们,这让我看起来十分可疑。每次和妞妞见面之后我都会觉得她是不是什么巫婆,和我互换了生活,并且夺走了我的小孩,自己生个没完没了。她一直在努力阻挠我走进眼前这个肉乎乎充满奶香的世界,好像跨进去一步，就掉进了万劫不复的深渊一样。

也许妞妞说得没错，仅仅是盯着这些精力旺盛的小孩看了一会儿，就已经感觉筋疲力竭了，我都怀疑是不是自己的精力被这些小孩们黑漆漆的瞳孔给吸走了。我在游乐场左边一排带靠背的木头椅子上坐了下来，旁边坐着一个妈妈，怀里抱着一个两三岁的小孩，也可能三四岁，我还不太会分辨这个。小孩将手指头塞在嘴巴里，他的妈妈看见我坐了下来，企图和我聊天，我在她张嘴之前迅速地低下脑袋，假装在包里找东西。她无非想和我聊聊小孩的事，这些妈妈自从有了小孩，就忽然有了共同的话题，自己的网名也都改成了"某某妈"。为了不吓到她——一个无所事事，工作日还在瞎逛，偷看别人小孩的女人，我决定，如果她真的要和我说话，我就告诉她我的小孩正在游乐场里玩呢，我会随便指一个给她。我还特意伸头看了看，那个在海洋球里拼命游泳的小胖孩倒和我挺像的。

我的担心有点多余，这时从远处驶过来一辆火车，停在了我的面前。这辆造型可爱的火车有八节车厢，没有玻璃，刷着五颜六色的油漆，看起来像是将小孩的玩具火车放大了。坐在车头里的司机戴着墨镜，双手带着白手套，白衬衣外边套着一件不太合身的可笑制服，头上还戴着一个和制服配套的大檐帽。他伸出一只手摇响了驾驶室旁边挂着的铃铛。一个穿着背带裤的年轻女孩开始安排车上的几个大人和小孩下车，她的表情严肃，动作粗鲁，一副不耐烦的样子，像是一点都不热爱这份工作。坐在我旁边的女人交给了女孩二十块钱，抱着小孩坐上了一节车厢，小孩欢快地拍打着双手。我这才明白，自己坐在一个"火车站"的候车椅子上。扭过头仔细看，背景是一个卡通站台，一些熊啊，兔子啊正拿着行李等待火车，最上边还挂着一个像模像样的钟表，可惜指针一直停在五点五分。我刚才在这一层闲逛的时候就见过这辆火车，它绕着主要道路转圈，速度和人走路差不了太多。收钱的这个女孩在车头的一旁慢慢地走着，如果前方有路人，她也会上前提醒一下。

司机此刻坐在车头里一动不动，身子向后仰着，双手抱在胸前，黑色的墨镜让别人猜不出他的年龄，也看不见他的双眼，不知道是在东张西望，还是闭目养神。可是我总觉得他在盯着看我，这让我全身都不自在，我的两条小腿并紧，挺直了腰板，尽量吸紧肥胖的小腹，我的两只手不知道放在哪儿，一会塞进口袋，一会又将扎马尾的皮筋解下来，捋了捋头发，重新将它们扎了起来。我将脑袋扭向一边，假装看着高处的什么东西，很早以前我唯一的男朋友说过，我的侧面比正面要好看很多，我的双脚不安地来回敲打着地面，暴露着我的心思。

穿着背带裤的女孩看了看手表，然后推了一下司机的肩膀，提醒他开车的时间到了。司机不知道是从梦中猛然惊醒，还是由于正沉浸在偷看别人的世界，总之他被吓了一跳，慌乱地挺直了身子，摇晃了几下旁边挂着的铃铛，火车带着唯一的乘客——那对母子，无精打采地开动了起来，小孩还冲我招了招手，我并没有回应他。直到火车的车尾消失不见，我才放松了警惕，呼出一口气，肩膀下垂，小腹的脂肪也获得了解放，向前滚去，整个人都像一摊烂泥陷在木头座椅里。我为自己刚才的念头感到后悔，为自己的搔首弄姿感到羞愧，怎么会有人盯着一个三十岁毫无姿色的女人使劲看呢，我被这种自惭形秽的感觉折磨得异常疲惫，竟然皱着眉头，靠在椅子上渐渐进入了梦乡。

等我醒过来的时候，上半身已经从靠背上滑到了右边的座椅上，侧脸枕着背包。我匆忙坐了起来，睁大眼睛，假装自己压根没有睡着，用手检查嘴角是不是有残留的口水。我扭头看了看站台的钟表，还是五点五分，我感觉欣慰，自己应该没有睡多长时间，也没有被人发现。我一边这么自我安慰着，一边摸着右边脸上被背包压出的杂乱而滚烫的印子。

"你好，你终于醒了。"声音来自于左边不远的地方。

我向左边看去，果然一个穿着白衬衣的男人坐在离我不远的地方，我一眼就认出来他就是刚才那辆火车的司机。即使他还戴着墨镜，我也可以肯定他正盯着我看。我竟然一时语塞，不知道如何是好，在我睡着的时候，在我毫无防备、全身放松的时候，他到底是盯着我从上衣里偷偷滚出来的一点肚皮，还是盯着我又扁又宽的屁股，或者是我嘴角流出的口水呢？我拎着包决定快速逃跑。

他一下子从旁边挪到我的身旁，按着我的包说："你等一下，听我解释。"他的手很大，手腕很细，手脖外侧的骨头高高凸起。两个弯曲的膝盖从黑色裤子里浮现出来，像是裤筒里只有两根腿骨一样。即使他穿着衬衣我也几乎可以想象他的身体，皮肤紧紧地绷在一根根的肋骨上，努力吸气的时候，腹部会成为一个恐怖的大坑，说我侧面比正面好看的那个男朋友就是这样的体型。他身上有一股淡淡的松针味道，安抚了我的情绪，我决定听他的解释。

"我一开始就注意到你了，我想知道你为什么一个人坐在这里等火车，并且睡了这么久。"他的两个胳膊肘支在自己的大腿上，两只手握在一起，一副要对我进行采访的样子。

"你为什么要在室内戴墨镜？"我的口气有点咄咄逼人。

"对不起，我习惯了。"他将墨镜摘了下来，搭在了头发上边，他的两只眼睛狭长，并不是我所幻想的什么猥琐的面容，看起来倒是又年轻又干净。和他这双眼睛对视，我倒更加不好意思起来。

"我平时戴着墨镜主要是为了观察别人，如果不戴墨镜直接盯着别人看，这样恐怕不太礼貌。"他摘掉墨镜之后，就像卸掉了武装保护，看起来虚弱了不少，就连说话的声音都变小了。

"你为什么要观察别人？"我决定问个彻底。

"说起来有点不好意思，你不要觉得奇怪，实际上，我是写小说的，开火车属于我目前的副业。我对这个工作产生了兴趣，想写一个和这个工作相关的故事，说白了就是在体验生活，搜集素材。"他的双腿抖动了起来,两只大手抚弄了一下自己的脑袋,一副不自在的样子。

"你还没有回答我的问题呢?"他转移了话题,"你为什么自己一个人坐在这里等火车呢?你的孩子呢?"

"我走累了过来休息一下,我真的没有注意到这是一个站台,我对这个商场不是特别熟悉,第一次来。而且,我根本就没有孩子。"我的语气显得十分真诚。

"哦。是这样啊。"他有点失望,不知道他期待一个什么样的故事,早知道我就瞎编一个了。也许一个失去了孩子而疯掉的妈妈会更令他满意。

"你写什么样的小说?"可能是因为他对我丧失了兴趣,竟然让我有点失落。我决定说点什么,好打破这开始变得尴尬的气氛。我觉得自己说不定真的可以帮到他,如果需要旅行方面的素材的话,他今天遇见我可真是走运了。

"算是恐怖惊悚那一类的吧。推理还谈不上,我好像不太擅长这个。"

"那你出过书吗?"

"出过两本。"

"叫什么名字?楼下的书店可以买到吗?"

"你最好还是不要去看,恐怖惊悚类的小说就像恐怖电影一样,百分之九十都是垃圾,而我写的就属于这百分之九十里边的,彻头彻尾的垃圾。"他的两只大手摩挲着自己的两个膝盖。

"你可真是个谦虚的年轻人。"他的这段话让我惊讶,而我的口气像是一个长辈。

"说实话,我很后悔出版了那两本书,准备换个笔名重新开始。"他冲着我无奈地笑了笑,两只耳朵红了起来,害羞的样子看起来比海洋球里翻滚的小胖子还要可爱。

"这只能说明你在进步,所以看自己以前的作品,就觉得不够好了。"我继续鼓励他,用一种大姐姐的口气,不知道我把握的是不是恰如其分,因为有那么一瞬间,我恍惚觉得是在和自己幻想中的儿子对话。

"我以前总是闭门造车,从早上写到深夜,不和人交谈,也从不观察,写出来的净是些幼稚自恋的东西。可是我现在改变了,将更多的时间放在观察和体验上,我觉得亲身经历的事情,一定比完全瞎编来得更震撼。那句话怎么说的,现实永远比虚构更加荒诞,更加残酷,更加可怕。"他越说越激动,每个"更加"都加重了语气,并且每说一次"更加"就用手掌拍打一下自己的大腿。他说完这段话,定定地看着我,目光狂热,仿佛想从我这里获得更大的认同和鼓励。

"你一定会写出令自己满意的作品的。"我讨厌自己这么说话,像是一个从来不敢开心扉的人,又像是要礼貌地终结对话一样,可是我心里并不是这么想的。我觉得他说的很对,现实永远比虚构更荒诞,就像现在,还有什么比起在一个假的火车站台,坐在一个不旋转的钟表下,和一个假的火车司机讨论写作更加荒诞的事情呢。

火车从远处缓缓地开了过来,他朝火车司机招了招手,这位司机车除了没戴墨镜,几乎和刚才坐在驾驶室里的他一模一样,年轻,消瘦,心不在焉。火车司机摇了摇铃铛,另一个女孩开始安排下车上车,这个女孩长相甜美,头发认真地盘在脑袋后边,脖子上还戴着一条丝巾,说话的口气像是一个真正的乘务人员。他从旁边站了起来,比我想象的还要高一点,他捋了捋裤子,硬拉着我坐上了一节车厢,他的力气很大,完全没法拒绝。

女孩走上前来,一边关上了车厢的小门,一边冲着男孩伸出一只手,脑袋歪着,一脸撒娇的表情喊了一声:"大作家!"

男孩将手掌重重地拍在女孩的手上说:"一百元!坐五圈!"

女孩哼了一声,翻了一个白眼,收回手掌,握着不存在的百元大钞,一扭一扭地走开了。

我坐在车厢的角落,整个身子都缩在阴影里,不希望被别人看见。他的一只手支着下巴,脑袋一半都在车窗的外边,一会儿看看窗外的"风景",一会儿又笑嘻嘻地看看我。这是我第一次坐火车逛商场,车窗外不是田野树林,而是慢慢后退的商品。我想着如果放在我小时候有这样的火车,妈妈也不会带我坐的,当然我也不会要求,最多就是坐在站台看别的大人带着自己的小孩玩,因为那时我是个懂事的小孩,没有资格真正地享受这一切。他身上青涩的松针香味充满了车厢,我竟然渐渐放松了身体，不希望这列虚假的火车停下来。

火车到站了，铃铛响了起来，他没等女孩过来开门，就自己从窗户翻了出去，从外边打开车门，将我拉了下来，他说："欢迎来到黑浪的世界。"他看我一脸迷惑，又补充了一句，"这是我的新笔名，刚才想出来的。"

我准备和他告别，他一定是感觉到了，站在我的对面表情严肃地说："我想问你最后一个问题，你遇见过什么可怕的、危险的事吗？你不要觉得奇怪，我会问每个人这样的问题的。毕竟我是写恐怖小说的，就像我之前说的那样，我在从现实中寻找素材。"

今天真是个奇怪的日子，已经第二次被人问到这个问题了，我懒得再重复一遍刚才讲给妞妞听的——从福建女孩那里偷来的故事。作为他邀请我坐火车的回报，我决定坦诚一点，不再将别人的故事安在自己身上："有一个女孩失踪了，她叫安妮，是我在埃及大哈巴认识的。她就在那儿凭空消失了，行李还放在旅馆里，今天我才知道了这个消息。"

他来了兴致，示意我们坐下来聊，他总是有一股让人没法拒绝的力量，直接而粗鲁："我就知道我没有看错人。"他又将两个胳膊肘支在了大腿上，两只手握在一起来回搓动，一脸的饥渴，仿佛面前是一桌子美味，或者是一个秀色可餐的身体："埃及、失踪、女孩，听起来是个不错的故事，她是哪国人？这个叫作安妮的女孩。"

"湖南人，这是她的真名，网上有她的身份证照片，今年三十五岁，和我一样是个背包客。"最后一句话我刚说出来就后悔了，这让我看起来像是迫不及待地想要在他面前证明点什么，好摆脱一个平庸而无聊的形象，让他对我刮目相看。

"你和她是怎么认识的？"他并没有对我表现出非常惊讶的样子。他的注意力都放在了失踪的安妮身上，这让我有点嫉妒。

"一般中国的背包客到达大哈巴都会住进一家叫作七天堂的旅馆，大家都来这里考世界上最便宜的潜水证，我就是在这个旅馆第一次见到安妮的。"

"你能再讲得详细点吗？"

"中国人聚在一起就喜欢买菜做饭，有一个温州的男孩还带着一把吉他，每天吃完晚饭，大家都会在院子里弹琴唱歌，然后围着篝火聊天。可是安妮从来不参加这样的活动，她总是一个人独来独往，非常神秘，她很少笑，也从不主动和其他的中国人打招呼。唯一一次和她说话是我刚到的第一天，还不太了解情况，想要找提款机取点钱，恰巧她从对面走过来，我用中文问她：请问取款机在哪儿？她竟然用英文回答我说：出门右拐，直走，大概二百米远，左手边就是提款机。我用中文说：谢谢。她又用英语说了声：不客气。就和我擦肩而过了。没过几天，安妮就搬离了这个中国人大本营，我在这座小镇唯一的一条街道上见过安妮很多次，她时常和不同的洋人或者阿拉伯男人有说有笑，热情活泼的样子和在七天堂判若两人。"

中间那段我和安妮对话的故事是我杜撰的，我也不知道为什么要把事情说得这么夸张，把安妮塑造成一个这样令人讨厌的人。实际上我从头到尾就没有和她说过一句话，而且我自己也很少和旅馆里的中国人一起买菜做饭，也从不和他们一起弹琴唱歌，因为都是些我不喜欢的流行歌曲，我才是真的独来独往，我连洋人和阿拉伯的朋友都没有，安妮却很受他们欢迎，他们觉得安妮的性格和样子都很酷，非常国际化。这是安妮令我讨厌的另一个原因，我想这很可能是出于嫉妒。

"然后呢？"

"然后我就回国了，今天早上才得知安妮失踪了。"安妮的脸又浮现在我的面前，并不是照片上那张阳光灿烂的脸，而是我最后一次见到她，那张疲惫、无助、狼狈、衰老、失落的脸，仅仅见了一次，就足以令我终生难忘，这张脸至少以每天一次的频率出现在我的脑海里，像是一种警示和预言，我几乎不用照镜子就知道自己正在变成什么样子，它们渐渐地重叠，令我灰心丧气，无法忍受，这也和我结束旅行有着直接的关系。

我决定和他讲讲这件事："我在回国之前，最后一次见到安妮，是一天下午四点左右，我正在海边散步，想走得远一点。离开了萧条的商业街和住宿区，视线渐渐开阔，左边是一片浅滩，右边是一片荒漠，远处偶尔有一片片建了一半的烂尾度假区。路上一个人也没有，我只能听见自己的鞋踩在黄色砂石上的声音。海水平静而透明，可以看到里边布满了珊瑚。碎石和一个个黑色的巨大的海胆。我走了很久,越来越荒凉,当心里逐渐发毛的时候,听见了前边有大笑的声音,远处有几个人影。这给我增添了勇气,我决定继续向前走。当我走近的时候,才发现那是安妮,两个身材高大的年轻男人正试图将她搀扶起来,一个金发碧眼,穿着彩色的沙滩裤,另一个身材壮硕,像是本地人。"

安妮竟然穿着一套非常性感的比基尼,我不太好意思向他描述这些。在当时的气温下,她的嘴唇冻得发紫,全身都在哆嗦,一些小水珠还黏在她的皮肤上,她的头发歪在一边,水滴一串串地滴下来。安妮的身材并不太好,虽然算不上很胖,但肚皮松垮垮的,她的胸部很小,比基尼像是两块装饰的布,并没有真的兜住什么,在她弯腰的时候我看见了两个黑色的竖起的乳头。安妮的脑门上粘着一缕缕湿头发,却也没有挡住抬头纹,她黑色的眼线花掉了,在眼睛周围晕染开来,她的表情痛苦,嘴角下垂,两条法令纹成为了脸部最吸引人注意的地方。如果此时安妮告诉我她已经四十多岁,我也完全相信。

"安妮发现我之后,立刻弯腰从地上捡起来一条浴巾,围在了身上,背对着我站着,并不愿意和我打招呼。她的一条腿翘着,脚不着地,另一条腿一蹦一蹦地向前走,旁边的两个男孩一边搀扶着她,一边大笑。我这才注意到安妮的脚底板上扎着一个海胆,这个海胆加上又长又尖的黑刺,几乎和她的脚底一样大,我看了一眼就觉得自己的脚底板也痛到不行。"我用手向他比画那个海胆到底有多大。

"这就是你最后一次见到安妮了吗?"

"是的,为了避免她觉得尴尬,我在海边坐了一会儿,直到他们走远了,消失了,我才开始返回。在回去的路上,看到了几个牵骆驼的当地人,我觉得他们很可能是在旅游区做生意的,还看到了几个穿着黑袍的女人,她们从头到脚,只露着双眼。温度越来越低,我几乎是一路小跑着回去的。"

"失踪的安妮,真是个不错的故事,可惜信息太少了,我对埃及的大哈,哈,什么的,完全没有了解,感觉很难描写。"他抬起脑袋,仿佛商场的玻璃顶已经幻化出大哈巴的景色,而他已经开始构思小说了。

"如果你想了解大哈巴,可以问我,我在那整整待了半个月的时间,算是比较熟悉,而且我也会继续关注安妮失踪这件事的,有什么进展都可以及时告诉你。"我突然像是一个推销保险的人一样,生怕眼前的客户溜走了,我掏出手机,示意他我们可以互相记一下电话,"我叫王露露。"

"那真是太感谢你了。"他也匆忙掏出手机,开始和我交换电话号码,他的手机屏幕上有两条很长的裂缝。他记完电话很快就将手机塞回了裤兜,可我还是一眼就看出来了屏幕上永恒沉睡的主唱——安娜瓦尼那张白色而恐怖的脸。

"你的新笔名是 Dark Wave 的意思吗?"我受到了点启发。

"也不完全是,你也喜欢 Dark Wave 吗?"

"年轻的时候挺喜欢的。"我本来想说的是上学的时候,可是一张嘴就自嘲了起来,也许我急切地希望他能更多地了解我,询问我的年纪,好像我正在和安妮进行什么秘密竞赛。我也想知道他多大了,如果我没有猜错的话,应该二十出头。

"不如这样,我带你去一个地方。"他并没有回应我的自嘲,"我想你今晚就可以告诉我,关于大哈巴的一切。"

我们乘坐电梯来到了阴暗闷热的地下车库,我注意到每一个摄像头,并且期望它们统统坏掉。他走到一辆不知道经过几手的白色小奥拓面前,车子伤痕累累,玻璃上的贴膜皱皱巴巴,里边全是气泡,车灯罩子竟然是用透明胶带固定上去的。他打开副驾驶的车门,从车座上捡起来一堆垃圾,矿泉水瓶、塑料袋、用过的卫生纸、外卖饭盒,很熟练地丢到了后排座椅上。又用手掌拍打着坐垫上的烟灰和各种渣子,它们跳动了一会儿,又落回了原处,我被邀请坐上去,屁股下边那些可疑的油斑、污渍,令我有点心不在焉。我扭头看见后排座椅上除了垃圾还有几件冬天的厚外套、几本旧书,有些书还打开着,封面朝上地趴在那儿。这辆汽车简直就像是一个单身流浪汉的家。

他刚发动汽车,就点开了 CD 播放器,第一首歌就是 *No-one is Here*,安娜瓦尼如泣如诉的悲苦吟唱让我一下子就回到了"年轻的时候"。一路上我们几乎一句话都没有说,我连他要带我去哪里都没有问过,音乐代替话语流淌在我们彼此之间。一辆小型货车从旁边超车到我们前边,一股恶臭飘进没法完全摇上的车窗，货车后边有几只粉色的肥猪，它们将鼻子伸出栏杆，一脸的茫然，仿佛不知道自己正被拉去屠宰场。他沿着海边公路开着，太阳看样子已经消失很久，被晚霞灼烧过的云朵边缘失去光泽，成为了铅色，灰蓝色的潮水到达了最高点，悄无声息地吞没了半个沙滩。他开的速度并不太快，不停有其他漂亮的轿车按着喇叭从一旁呼啸而过，闪着蓝光的 CD 播放器一首接着一首放着那些我曾经非常熟悉的歌曲，时而是黑暗阴沉的黑嗓，时而是迷幻缥缈的仙音，时而是中世纪风格的宗教吟唱，我听得如痴如醉，很难分辨这辆车是开往天堂还是地狱，可我根本就不在乎。一个长得不算太糟的男孩带着我在海边兜风，这是我"年轻的时候"不敢奢望的画面，那时候根本就没有人愿意靠近我——一个喜欢穿黑色、满脸青春痘、听奇怪音乐的胖女孩。

每次等红灯的时候，他都从杂物箱拿出来一个电动刮胡刀，在自己光秃秃的下巴上来回划过。他越开越远，路上的车也越来越少，公路似乎走到了尽头，他从左边一条土路拐了上去，进入一片黑松林，这里比外边的公路更暗，几乎什么都看不见了。他这才想起来打开车灯，可是只有左边的一盏灯亮了起来，圆形的灯柱照在两只乌鸦身上，它们呼呼啦啦地飞了起来。

在土路上摇摇晃晃地不知道开了多久，他拉上了手刹，却没有熄火。我刚要开口，他将食指放在嘴唇前示意我不要说话，播放器开始放 Autumn Tears 的那首 *Do They Ever Sing?*，我还记得那张专辑的名字叫作《献给垂死孩子们的爱与诗歌》。这实际上算不上一首歌，是一个天真的孩子和一位美丽的女吸血鬼的对话，背景刚开始是细碎的雨声和偶尔的打雷声。虽然我熟记其中的每一句话和每一个细节，可当老旧木门打开的吱呀声响起，还是被吓了一大跳，接着是走在阴暗潮湿的石头路上的脚步声，我和他跟随着CD机里阴郁的音乐声，一起重复着女吸血鬼的最后一句话："现在睡吧，我们将一起走向结束，迎接死亡的来临，所有的一切将在瞬间完结。"我们在CD机的荧荧蓝光中对视着，像是相识多年的老友，最后音乐里拔剑的金属摩擦声令我起了一身的鸡皮疙瘩，直到这时，他才满意地关上了CD机，熄了火，拔出了汽车钥匙。

出了汽车才发现这里已经是黑松林的尽头，前边是一片礁石海滩，潮水如同穿着黑袍的仆人，弓着身体慢慢后退。礁石上长满了白色的牡蛎，像是溺亡者浮出水面的肿胀后背。巨大的月亮刚刚升起，将黑色的海水变得黏稠，泛着油腻的光泽。风从身后刮来，扭过头看，整片黑松林如同亡灵的军队，沙沙低语，传递着阴谋。新长出来的松枝，像是成百上千只熄灭的蜡烛，被举过头顶，在夜空中摇晃。我和他并排站着，像是整个军队的首领，我们的手如同两根相邻的藤蔓，不知不觉地缠绕在了一起，我的鼻腔里充满了海风潮湿的腥味和松林泥土腐烂的气息。

他扭过头对我说："我想写点真正吓人的东西，残忍的东西，令人毛骨悚然的东西。"

在月光的煽动下,我的嘴唇碰到了他冰凉的嘴唇。我们小心翼翼地轻啄着对方,他用舌头撬开了我的嘴唇,我的牙齿。我感觉自己被囚禁已久的身体获得了自由,我们呼吸急促,手指成为贪得无厌的殖民者,四处探索,侵占和掠夺。他一如既往的粗鲁而急迫,将我推向旁边的松树,我的后背在粗粝的树干上摩擦,我的脂肪迎接着他全身坚硬的骨骼。海面忽然刮起一阵狂风,巨大的海浪反复拍打着礁石,激起白色的泡沫向夜空飞去,我四处飞扬的乱发被刮进了张开的嘴巴里,整座松林和我俩一起颤抖。潮水轻轻舔舐着礁石,越退越远,周围渐渐变得宁静而缓慢,只剩下虫鸣和松球偶尔砸落在地上的声音。

他在我耳边轻轻地说:"新的小说会在第一页写上你的名字,献给露露。"

我感觉自己和魔鬼签下了契约,变得年轻而疯狂。

在一顿狼吞虎咽的宵夜之后,他住进了我的房子。我们甚至都没有商量,他就理所当然地跟着我回了家,像是我从路边捡来的孤儿。他并没有什么行李,从狭小的后备厢拿出来一个双肩包,放进去一个过时的笔记本电脑、充电器,又使劲塞了几件换洗的衣服。

他站在我的冰箱前边,盯着九个金字塔发呆,我取下来一个说:"送给你。"

他拿着金字塔说:"谢谢你,我需要先去买一个冰箱。"

我们哈哈大笑起来，我觉得自己好久没这么笑过了，我笑得前仰后合，蹲在了地上，笑得眼泪都出来了。

他在屋子里转了一圈，一屁股陷进沙发说："我睡在沙发上就好，旁边是个书架，这儿还有一个写字台，我喜欢待在这儿。"

我平时很少坐在沙发上，写字台也落满了灰。他洗了澡，我为他在沙发上准备了一个舒适的小窝，看着他像小狗一样弯曲着身体，蜷缩在里边，我感觉心满意足，甚至轻轻吻了他香喷喷的额头。我压根没有像当初约定的那样——今晚就告诉他有关大哈巴的一切，他也仿佛忘了这件事。我们忽然就有了无穷无尽的时间。

白天他出去上班了，我在家里查询"有关大哈巴的一切"，一边将搜索到的图片都存在电脑里，一边后悔之前删除了手机里所有的照片。当我想要向别人描述这个地方的时候，才发现自己几乎一无所知。我从网上下载了大哈巴的详细地图，上边标注着主要的餐厅、旅馆、超市、提款机的位置，还有车站、医院、清真寺和灯塔，我用手指在这些地方上走来走去，仿佛身临其境，回到了那个一半海水，一半荒漠的地方。又仿佛以上帝的视角看到了自己，曾在这些标注之间闲晃。

"被誉为中东苏梅岛的大哈巴，长时间以来一直以其廉价的海边露营，黄金海岸和背面崎岖的山脉吸引着旅游者，以将嬉皮文化和度假村完美融合而自豪。虽然这里有高档餐厅，精品旅馆和度假的欧洲家庭，但仍然保留了香蕉煎饼，月光下的摇滚和中坚的背包客。经过几天在清澈的海水中潜水,沙漠徒步,海边晚餐和无穷无尽的水烟体验,你将很可能想取消余下的行程。"

"尽管大哈巴是埃及最令人放松的目的地之一,但要注意那里是未来恐怖袭击的潜在之地。在2006年4月24日,人体炸弹致使二十三人死亡,好几十人受伤,埃及内政部长阿德里表示,这起恐怖袭击是西奈半岛上的贝都因人所为。"

"大哈巴的嬉皮根源和友好的背包客氛围与吸毒是相结合的。无论你走到哪里,都可能有人递毒品(很可能是更烈的原料),你可以看见周围的人公然地吸毒。"

"大哈巴的蓝洞,被称为'潜水员之墓',官方说有四十余名潜水员丧生于此,坊间流传有一百多人。其中最著名的是Yuri Lipski,一个来自俄罗斯的小伙子,二十三岁的时候潜入蓝洞就再也没有上来。他之所以出名,是因为他的随身录像机一直在拍摄视频,直到他离开人世。"

我在本子上认真记下从网上找到的信息,还下载了Yuri Lipski的著名视频。一天的时间过得很快,我甚至还没有展开对于安妮失踪消息的搜集。

晚上我像贤妻良母一样,准备好晚餐,等待他一起吃饭。他饿得要命,不但吃完了他的那份炒饭,还把我吃不下的半份都统统吃光了。我怀疑他压根就没有吃午餐。吃完饭还没来得及收拾,我就拿出本子,迫不及待地向他汇报今天的成果。我才念到一段,他就让我停下来:"你不用这样念给我听,感觉像是在念新闻稿,我希望你用自己的语言讲给我听,就像讲故事一样,讲一些你亲眼看见的东西,亲身经历的事情。"

我盯着不断被风轻轻掀动的窗帘,试图进行一次大哈巴的"回忆漫游",我一个人的时候经常这么打发时间,像是一种游戏,我甚至为它起了这个名字。渐渐地,我眼前不再是那块米色的麻布窗帘了,我来到了桥边,那儿有一个挺大的超市,2006年的恐怖袭击就是在这儿发生的,从此以后大哈巴的旅游业一蹶不振,到处都是倒闭已久的餐馆。

"那儿给我的第一印象就是萧条。"我开始将自己的"回忆漫游"转化成了语言:"海边有一溜餐馆,每个餐馆门口都有一两个男人在拉客,他们手上举着餐厅的菜单,不放过任何一个路过自己餐馆门口的人。有的餐馆一半是架在水面上的,还有的在靠近大海的地方,放了很多躺椅和棕榈树叶子做成的遮阳伞。你可以躺在那儿晒太阳,有牵着骆驼的人来到你的面前询问你是否要骑骆驼。每过一段时间,就有一群群穿着黑色潜水服的人,背着沉甸甸的装备,从水面冒出来,我看到一个肥胖男人的帽子是一条橘色的 Nemo 鱼。餐馆里边充满了浓浓的异域风情,贝都因风格的靠垫和毛毯摆放在椅子上,头顶上挂着很多阿拉伯风格的灯。在这样的海景餐厅吃一顿海鲜套餐,只需要人民币二十五元,简直不可思议,包括红茶、咖啡、海鲜、米饭、饭后甜品、水果。晚上可以在迷幻的彩色灯光下斜倚在靠垫上，吹着海风，听着阿拉伯音乐抽水烟，回忆着《阿拉伯的劳伦斯》里的画面。"

他示意我们到沙发上坐着，我的"回忆漫游"被打断了，只能重新开始："我想起了小镇中央的那座桥，北边是游客聚集的区域，南边主要是一些常住的游客和本地人，还有很多早已倒闭的破败餐馆,显得非常冷清。桥的旁边是小镇上最大的超市，我想说说这个超市，我几乎每天都要进去两三趟，买矿泉水和果汁喝，这儿的自来水是咸的，连本地人都不愿意喝。我住的旅馆卫生间里挂着一个早已被腐蚀成铁锈色的热水器，我觉得和这又咸又苦的自来水有很大的关系，当然，它是坏的，害得我只能洗冷水澡。有时候我也会自己做点简单的食物，花几块钱就可以在超市买到一包大饼，再买点吞拿鱼罐头、奶酪，如果运气够好，还可以在小菜店买到几根香葱，我将它们一起卷在大饼里吃，别提多美味了。"

"你到了埃及，仍然保持大饼卷大葱的饮食习惯，真是佩服。"他打了一个饱嗝，我觉得他是故意这么做的。

"不是大葱，是香葱，没有那么粗也没有那么长的。"我用手比画着，向他解释根本不是他想象的那样。他这么一说，又打断了我的"回忆漫游"，我一下子不知道再从哪开始了。

"你说说那个蓝洞。"他调整了一下姿势，就像我第一次见他的时候那样，两个胳膊肘支撑在大腿上，两只大手握在一起，一副准备认真听讲的样子。

"蓝洞是大哈巴有名的旅游景点，每天都有世界各地的潜水爱好者专程为它而来，也有很多人下去了压根儿就没有上来。蓝洞旁边的小山坡上全是各式各样的墓碑，俨然一座大型的潜水者陵墓，可是这并没有阻止更多的人前来冒险。我并不是什么潜水爱好者，也对沙漠徒步、入住贝都因人的帐篷毫无兴趣，更没有什么宗教信仰，所以在大哈巴这样的地方，很难从旅游宣传单上挑选一个好玩的项目参加。不过比起爬一夜的西奈山——这个全世界基督徒、穆斯林和犹太人都向往的地方，好赶上山顶日出这样的朝圣项目，我更愿意付上三十块钱去蓝洞浮潜。当天和我一起报名的还有一个在赞比亚工作的中国小伙，我们坐着敞篷的吉普车在沙石路上颠簸，这位皮肤黝黑的中国小伙一边奋力保持着平衡，一边在脸上涂抹防晒霜，可能是因为没有镜子，他抹得有点多，并且很多地方不均匀，让他的脸看上去是青色的。他问我要不要来点的时候，我慌乱地拒绝了。路上的景色极端而单调，一边是湛蓝的海水，一边是干燥的荒漠，吉普车后边扬起巨大的沙尘，留下一道车痕。还没一会儿就到了蓝洞，从远处就可以看见海面上深蓝色的区域。岸上有一些小店，提供寄存服务、浮潜设备和简单的餐饮。我们寄存了自己的东西，我压根儿没脱衣服就套上了救生衣，带着面镜和呼吸管下了水。水温很低，水下全是扎脚的沙石和珊瑚破碎的尸体，我小心翼翼地往深处走去。"

"你会游泳吗？"他问我。

"我不会,你呢?"

"我也不会。"

"你有没有发现一个奇怪的现象,很多住在海边的人并不会游泳。"

"我还问过一些渔民,他们不但不会游泳,还晕船。"

"其实很多学习潜水的人也不会游泳,教练说没关系,这并不影响。当我掌握了趴在水面上,而不是仰着脸躺在水上,并且可以顺畅地呼吸之后,我发现这三十块钱实在是太超值了。眼前的画面比我之前看过的任何水族馆都更加丰富多彩,各种各样我从来没有见过的鱼类在彩色的珊瑚中穿梭。我试图游到蓝洞的中央,那里只有令人窒息的深蓝色,无穷无尽,深不见底,让我感觉自己仿佛飘浮在茫茫的宇宙中,渺小而孤独。偶尔有一串气泡冒上来,我猜想是深海里那些潜水员吐出来的。除此以外,这儿连一条鱼都没有,安静得只能听见自己粗重的呼吸声,我感觉恐惧,仿佛再待上一会就被吸下去了,我迅速地向岸边游去,在较浅的水域里继续观察珊瑚和鱼。可是没一会儿,就又被旁边的蓝洞吸引,被那些葬身其中的亡灵召唤着,就像之前一样,待不了几分钟就又害怕了。我就这么反反复复了好几次,直到全身的脂肪已经无法抵御海水的冰冷,才小心翼翼地爬上了岸。刚上来的时候被风一吹浑身哆嗦,牙齿打战,我摘掉救生衣,找来毛巾擦了擦身子,坐在太阳下边晒一会儿,才恢复了元气。这就是我唯一一次和蓝洞的亲密接触了。怎么形容呢,就是令人窒息的美丽与恐怖。"我仿佛又在蓝洞畅游了一番,感觉到一阵寒意,拉过来一条薄毯子裹在身上。

他抬起屁股好让我抽出来那条灰色的毯子,坐下来之后继续问我:"你能多给我讲讲蓝洞旁边的墓碑吗?"

我伸长身子去够旁边写字台上的笔记本电脑,虽然他拿起来更方便,可是我一个人待久了,一点也不习惯麻烦别人。当我的身体经过他的脑袋的时候,他在我的肋骨附近亲了一口,害得我差点就把电脑砸在地上。他笑眯眯地看着我,我并没有回应他的目光,盯着电脑屏幕在一堆图片里寻找蓝洞旁边的墓碑:"你看,这张就是蓝洞旁边的小山坡,上边有很多墓碑,实际上只是一些纪念碑,很多都是死者的父母立的。"我将图片放大,最显眼的是一块黑色的墓碑,上边画着一个红色的脚蹼,写着一段英文"不要让恐惧阻碍你的梦想"。我又将图片移动到一块白色的方形小纪念碑上:"这块就是 Yuri Lipski 的墓碑,1977—2000,只活到了二十三岁,真是可惜。"

我打开了 Yuri Lipski 的潜水视频:"这是他出事的时候自己录制的。"画面很暗,我放下电脑关上了灯,这才能看得更清楚一点,我们两个离得很近,肩膀贴着肩膀,屏幕上的光映在我们的脸上。刚开始是在浅水区,画面上荡漾着蓝色的水光,左下角是潜水视频的日期和时间,2000 年 4 月 28 日,17 点 03 分,秒数在快速变更着,像是他生命的倒计时,可是画面中的 Yuri Lipski 并不知道这一切,他在镜头上安上了一片红色的滤镜，画面顿时成为了一片血红色，不像是什么好的兆头。随着他在蓝洞里下降，画面又变回了蓝色，可以看见几个从水底上来的潜水员，头顶冒着一串串白色的泡泡。接下来就是一路下沉，周围一个人也没有，一条鱼也没有，一片令人窒息的深蓝色，电筒照射到的地方呈现出红色。嘈杂的水流声、泡泡声，还有沉重的呼吸声充斥着整个房间。仿佛我们正在和 Yuri 一起潜水，一些漂浮物在他的身边快速上升，这说明他下沉的速度非常快。画面渐渐成为了黑色，只有灯光照射的地方是红色的，他第一次拍摄了自己手腕上的潜水电脑，上边显示着 81 米，随后他继续下降，又在镜头前显示了一下自己的潜水电脑，上边显示着 91.6 米，这时已经是 17 点 08 分了。接着他似乎停在了一片石堆上，画面中出现大量的沙子和浮尘，这意味着他在挣扎。过了一会儿，他去掉了口中的呼吸器，没有了呼吸声，只有撞击地面的声音，画面中仿佛掀起了一阵龙卷风，可以看见一些碎片，还有他的脚蹼在沙尘中旋转。稍微停止了一两秒钟之后，又是一阵剧烈的挣扎，扬起的红色沙尘完全占据了镜头，画面最终静止在 17 点 11 分，距离他开始录像，也不过短短的八分钟。最后的镜头失去了焦点，一片模糊的地面和一片红光，长久的沉默，只有画面左下角的时间继续前行。

我深深地吸了一口气，好像这八分钟我一直忘了呼吸一样，他盯着屏幕，红色的光映在他的脸上。

他说："再放一遍。"

我觉得有点残忍，可是说实话我也渴望再看一遍。我希望再次看见活着的 Yuri，再次跟随他一起潜入蓝洞，再次听见他沉闷的呼吸声，再次看见他挣扎时扬起的沙尘。我们看了一遍又一遍，无辜的 Yuri 被困在自己的镜头里，死了一次又一次。我们在红色的屏幕前接吻，在蓝洞中挣扎，在高潮时窒息，抽搐直到静止。我们像两只饥饿的鬣狗一样，撕咬着 Yuri 的死亡。

第二天上午，我的火车司机起晚了，不知道站台上是不是已经坐满了焦急的乘客。我钻进他沙发上的小窝，使劲闻着被子里属于他的独特味道，我的皮肤感受着他的余温，再次点开了 Yuri 的视频，准备重温旧梦。可是很快就发现，我需要点新玩意儿了。

我在网上搜寻安妮的信息，可是除了那个被重复转发的失踪通告以外，并没有什么有价值的新消息。我在微信上建立了一个群，叫作寻找安妮，拉进来一个之前在大哈巴的七天堂加我微信的女孩。她网名叫小珍珠，个子也小小的，非常年轻，充满热情，独自一人出来旅行，很喜欢结交朋友，也很爱聊天，几乎是我说一句，她说十句，像是一只天真的小麻雀。很快她就将自己目前的情况全部都告诉了我：她还在大哈巴学习潜水，刚学完了 OW，准备进阶 AOW。我将安妮失踪的消息复制给她，包括那张近期的背包客风格的照片，她说自己并不认识安妮，好像在路上见过几次。不过很快她就拉进来几个在大哈巴认识的中国背包客，接着这些人又拉了更多的人进来，有当地中餐馆的老板，有在成都学习中文的澳大利亚人，甚至连七天堂的老板都被拉了进来，可惜他并不认识中文。这个群在短短的一天内就增加到了二十多个人，有一部分仍然待在大哈巴。他们称我露露姐，话语里充满了尊敬，而我忽然成为了一个传说中的热心大姐，除了安妮的家人以外，唯一关心安妮死活的人，或者说是为了寻找安妮，第一个付诸实际行动的人。群里的人因为大哈巴而彼此相识，又因为安妮的失踪凝聚在了一起。而我像是一个织好网的肥大蜘蛛，静静地守在手机屏幕前，不怀好意地等待着捕获安妮失踪的蛛丝马迹。

大家经过一番自我介绍，当然主要是介绍和安妮有什么交集。安妮像是明星一样，群里所有的人都希望自己多多少少可以和她攀上点关系。可是除了那些走得早的和来得晚的，压根儿就没有见过安妮的人以外，其他人的描述也基本上没有差别，都和小珍珠说得一样，在小镇的街道上见过安妮几次。除此之外，就没有任何有价值的信息了。我像是一个充满智慧的领导者一样发布指令：我们应该展开调查。小珍珠和另外几个仍然待在大哈巴的人表示，准备开始一一拜访和安妮有更多交集的本地人，她住过的旅馆、去过的饭店、学习潜水的地方等。

我忽然想起来群里有一个当地中餐馆的老板，我在大哈巴的时候并没有去过那里吃饭，因为听说那里价格很贵。我问他："请问安妮有没有去过你的餐馆吃饭？"他过了很久才回复："来过一次，可是看了看菜单就走了，可能觉得价格没法接受吧，毕竟我的餐馆不是针对你们这些背包客的。"

我又联系上了发布失踪消息的人,他是安妮的一个表弟,通过他我获得了安妮妈妈的联系方式。我毫不犹豫地拨打了那个电话号码,先做了一番自我介绍,告诉她我们现在正努力调查安妮失踪的消息。安妮的妈妈那边先是一阵沉默,接着就是难以抑制的抽泣的声音,她开始断断续续地用湖南口音的普通话描述着她最后一次和安妮的联系:"应该是 6 月 18 日的上午,我说你什么时候回来啊?她一听就不乐意了,说不知道。然后我们就吵了起来,我说你这个年纪还不结婚生小孩哦,简直是不务正业。她就说要出去吃饭了,挂了电话,每次都是这样,根本说不得。后来就再也联系不上了,开始以为是她生我的气,后来她表弟也联系不上她了,他们关系很好的,这才知道出事了。"安妮的妈妈已经泣不成声了,我抬起脑袋看着天花板,试图寻找几句安慰她的话,我说:"阿姨,你别难过了,我们会努力找的,有什么消息我会告诉你,如果你有想起来什么线索,也记得通知我们。"她一边哭一边说着谢谢,谢谢……我迅速地挂断了电话,我知道她还没有说完,我感到厌恶,我想起了自己的妈妈,我发誓绝对不会再给安妮的妈妈打一个电话了。

我在群里发布了一条消息:"我已经联系上安妮的表弟和她的妈妈,她妈妈最后一次和安妮联系是 6 月 18 日上午,她们吵了一架,之后安妮说要出去吃饭了,就挂了电话。"

今天他回来得挺早,一进屋就少气无力的样子。我不想再叫他黑浪了，这名字让我觉得别扭，像是在叫什么洗衣粉，所以我几乎没有叫过这个名字，每次都是喂，哎，你……这样的称呼，我问他："你叫什么名字？"

他趴在沙发上说："黑浪啊，不是告诉你了？"

"我是问你的真名叫什么，小名也行。"

他把脸扭到了后边，紧贴着沙发靠背不说话。突然他又直挺挺地坐了起来，把我吓了一跳，他两只手揉搓着头顶的乱发说："我刚才被开除了。"

"为什么？是因为早上迟到了吗？"

"不是因为这个，是因为有个小孩卧轨了。"

"都没有轨道，卧什么轨？"

"总之就是有个小孩躺在地上，就在火车正要经过的地方。"

"不是有个女孩负责收费和看路吗，和火车前边的人沟通，让他们闪开。"

"我正在给那个女孩讲一个笑话，那女孩叫小翠，她压根儿就没有注意。"

"火车撞到那个小孩了！"我眼前出现了一副惨烈的画面，并不是什么商场的游乐火车，而是真正的火车，将卧轨的小孩压成了肉泥。

"差一点就撞到了，他父亲看到了，救了他。"他的口气并不是侥幸，而是有点遗憾。

"那你为什么被开除了？"

"因为他的父亲在商场大闹，他认为我们是故意向他的儿子开过去的，看见他的儿子压根儿就没有减速。总之我和小翠都被开除了，我倒无所谓，反正本来就是体验生活的，可是小翠完全崩溃了，她在商场里和那个父亲对骂，她不但诅咒他的儿子去死，还诅咒那个父亲出门就被车撞死。最后那个父亲扇了小翠一巴掌，小翠就上去和他拼了，他们两个撕扯在一起，他抓着小翠的头发，小翠咬着他的胳膊，还用指甲在他的脸上划了几道，都渗出血滴了。"他越讲越兴奋,模仿着他们厮打的动作。

"那接下来你怎么办？"

"接下来就是快点把手上这部小说结尾，已经写得差不多了。然后就可以开始写新的小说了。我已经有点迫不及待了，连开头我都已经想好了，你不知道一个开头对于小说有多重要，只要有了个开头，剩下的就好办了。"

我的意思是接下来他的工作怎么办，可是我没有好意思再开口，特别是当他又提起"献给露露"这部新小说的时候。我想起了李安的老婆，想起了里尔克的情人，又想起了凡·高的弟弟提奥，可是我连他的名字都不知道，我又问了一遍："你到底叫什么名字？"

"陈松，你可以叫我小松。"他想了一会儿才回答我的，像是临时编出来的名字。

"松树的松吗？"

"对，你喜欢这个名字吗？黑浪难道不好吗？"

"黑浪总让我想起洗衣粉。当作笔名还行,但是平常我总不能这样叫你吧,你自己不觉得古怪吗?"

他歪了一下脑袋,耸了一下肩膀,一副不置可否的样子。我的问题悬浮在空气中,仿佛是我自己脑袋里的一个无足轻重的疑惑罢了。他打开笔记本电脑,坐到了写字台上,啪嗒啪嗒地敲打起来,偶尔停下来,用右手的中指来回搓动着脑门,仿佛搓下来一些句子,又在键盘上敲打起来。

我站着看了他一会儿,却也看不见屏幕上的字,不敢打扰他,又不知道自己应该干什么,毕竟在家里养一个作家还是头一次,分不清楚这和养一只小猫或者小狗有什么差别。我像个新手一样,有点不知所措,我去接了一杯热水小心翼翼地放在他的旁边,我觉得应该是这么做的吧,第一步,端茶倒水。我看了看表,应该准备晚饭了,我这么想着,用冰箱里仅存的一个鸡蛋、一个番茄,做了面条。可是饭做好了,他还在噼里啪啦地敲打着键盘,没有要停下来的意思。应该是不能打扰他的,我自己在厨房吃了起来。吃完饭,我又不知道要干点什么了,我开始试着忽略他,就像我自己一个人在家的时候那样,可是才一两天的工夫,我竟然忘了自己一个人的时候到底在干些什么。我在屋子里蹑手蹑脚地转了几圈,拉上了窗帘,天黑了,只有写字台的电脑屏幕发着白光。我去卫生间洗了个澡,倚着床头看手机,我打开寻找安妮的群,里边有几个未读的消息。

小珍珠说:"她和七天堂的老板聊了聊,他说安妮之前确实住在这里，可是后来搬走了，不知道是嫌房价贵还是因为人多太吵了，她之前向他还过价，也抱怨过太吵了这个问题。他还说警方已经询问过他了，他也是这么回答的。"

一个新加进来的叫作zz5的人说："我是小猴的朋友zz5，我6月6日就已经离开了大哈巴，现在在亚历山大。是小猴拉我进这个群的。我之前在从亚喀巴来埃及的船上和安妮聊过几句，应该是6月2日，她当时穿得非常暴露，吊带背心、牛仔短裤，其实这也没什么，看起来倒是健康而性感。很多西方背包客都是这么穿，在东南亚满大街都是这样穿的女孩，可是我觉得这是在阿拉伯地区，宗教信仰和风俗不同，应该多注意一点才比较安全。可是她并不愿意和我交谈，可能觉得我思想落后吧，这让我也觉得自己多管闲事，挺尴尬的。后来在大哈巴的街道上倒也见过她两次，她还是那样的穿着风格，而且装作不认识我的样子。说实话，我不太喜欢安妮这个人，可是现在出现这样的事情，作为同胞，我还是应该提供我所知道的消息，希望可以帮上忙。无论如何，祝福她平安吧。"

下边是几条零零碎碎的消息，提醒"还在路上的人请注意安全"和"感谢提供消息的人"之类的。

除了我的手机屏幕，周围一片漆黑，看了一会儿，两个沉重的眼皮联手将我一把推入了黑暗的深渊。在睡梦里，我终于忘记了屋里还有一个人。我的梦境孤独而狭窄，我躲在其中尽情地放屁、打呼噜、流口水，感觉自在极了。直到我感觉无法呼吸，必须张大嘴巴才行。我睁开眼睛，床头站着一个人，一手抱着笔记本电脑，屏幕的光正好照在他的脸上，惨白而阴森，另一只手正掐着我的鼻子。我一时没有反应过来，一边尖叫，一边惊恐地挣扎起来，我的指甲划伤了他的小臂。他疼得倒吸了一口气，抽回了他的胳膊，在床头坐了下来，将电脑放在了大腿上，一边用手摸着我的头安抚我，一边小声说着："不要怕，不要怕，我是陈松，小松，黑浪。"直到他说到第三个名字，我才回过神。

"我写完了，你要不要看看？"他把电脑放在了我的胸前。

我眯起眼睛，还不能适应屏幕刺眼的白光，过了好一会儿儿，上边如同蚂蚁一般黑压压的字体才具有了含义。

"不是很长，一会儿就能看完。"

我调整了一下姿势，将枕头竖起来靠在身后，他将脑袋倚在我的肩膀上，我揉了揉眼睛，准备认真对待这件事。

"我喜欢我的工作，五颜六色的装饰，没完没了的儿童歌曲，糖果甜蜜的气息，还有那些年轻漂亮的妈妈们，疲惫的妈妈、生气的妈妈、快乐的妈妈、悲伤的妈妈，我的眼睛简直看不过来了。如果没有那些讨厌的小肉球们，我会更喜欢这个地方的。他们举着大脑袋走来走去，扭动着屁股，上边鼓鼓囊囊地塞着纸尿裤，里边没什么好东西，无非是屎啊尿啊，臭气熏天。他们哭哭啼啼，咿咿呀呀，引导着妈妈的视线，占领着妈妈的怀抱，甚至还吮吸这些漂亮妈妈的乳房。在火车站台的椅子上，这样的事情每天都会发生好几次。我恨他们，嫉妒他们，我想消灭这支邪恶的粉色婴儿军队，来解救这些妈妈。唯一令我欣慰，令我骄傲的地方是，我每天都可以在这辆游乐火车里待上六个小时。我戴着墨镜，白手套，大檐帽，像一个真正的火车司机那样令人刮目相看，帅气极了，年轻的妈妈们都喜欢对我笑，将我指给他们的肉球看，甚至与我合影，那些流着口水的家伙，却经常对我一脸狐疑。每次到站的时候我都挺直腰板，摇响铃铛，这弥补了我童年的全部缺憾，简直过足了瘾。

"童年的全部缺憾，我觉得自己说得有点过于乐观了，我童年的缺憾远远不止于此。可以这么说，我的整个童年本身就是一个缺憾，一个完整的缺憾，就像一个黑色的大洞一样看不见边缘，只须稍微回忆一下就令我瑟瑟发抖。很多时候并不是我主动回忆的，它就像火车一样准时到站，像一个冰锥一样从我的头顶毫不留情地刺入大脑，来回搅动，令我神志不清的同时又提醒我，让我记得自己是一个什么样的人，一个可怜的人，一个多余的人，一个残酷的人，一个追求爱的人。在这样的时刻，我的表情一定扭曲极了，即使我戴着墨镜，仍然面目可憎，这不，站台上的一个胖乎乎的妈妈捂上了孩子的眼睛，抱着那个挣扎的孩子匆匆离去了。

"下午四点钟，前来换班的小王大摇大摆地朝我走了过来，他只是我的愚蠢替身——剃着时髦的发型，弓着背，两手插在裤兜里，一脸谄媚地伸长脑袋，和他的搭档，负责收钱的小清姑娘打招呼。他的两条腿前后摆动着,像是一只精虫上脑的公狗。我将那件不合身的制服外套脱下来丢给他,还把那个夸张的大檐帽扣在他的头上。我知道小清姑娘对我有意思,她总是找各种理由说服老板可以将她调成早班,好和我搭档。可是精明的老板也能看透她的心思,永远有办法拒绝她。我上班的时候,小清姑娘休息,我休息的时候,小清姑娘上班,我们像两颗有着自己轨道的星星,一天只有在交班的时候相遇一次。她每天上班都打扮得像是要赴约一样,嘴唇又红又亮,像是一颗乐于奉献的樱桃。我知道如果我愿意,随时都可以得到那颗樱桃,我的小轿车上,我的出租屋里,甚至就在这商场骚臭的楼梯间。可是仅仅幻想一下我就够了,就像咬到了一颗酸涩的青杏,我龇牙咧嘴,摇晃着脑袋,缩起肩膀,倒吸了一口凉气。

"小清姑娘不明白我的世界,我只喜欢妈妈们,迷人而忧伤的单身妈妈们,她们被那些该死的小肉球们搞得一脸憔悴,她们有点不知所措,偶尔抬起头的时候目光涣散。她们被男人抛弃,或者抛弃了男人,她们的身体柔软,又热又香,松垮的肚皮就像海浪,还有令人心旷神怡的美味乳房。这不,我已经盯上了一个,她带着一个大概一岁多的小男孩来坐火车,她的眼圈很黑,显然每天都休息不好。她对小男孩很冷漠,大部分时间都是把他放在一旁,自己玩手机,并不像有的妈妈那样总是抱在怀里。我已经跟踪了她好几次了,她租住在一个破旧的小区的顶层,连电梯都没有。我几乎可以肯定她一个人带小孩,有一次看到她在桥边打电话的时候大声吼叫，内容不堪入耳，几乎全是诅咒，她的小男孩在怀里哇哇大哭，鼻涕眼泪弄湿了她的肩头。她挂掉电话的时候，双手举起小孩，举过了头顶，我敢肯定，有那么一刹那，她想将他丢进桥下湍急的河里，好开始新的生活。可是最终她放弃了，她的小孩咯咯笑了起来，以为他妈妈在和他玩什么飞天的游戏。我决定拯救她，就像给自己下达了一个神圣的指令。我充满了耐心，像是一只狩猎的豹子，可是很快我就走进了她的生活，这是我最擅长的一件事，几乎从来没有失手过，我知道怎么安慰她们，赞美她们，我知道如何接过她们手上的肉球，好让她们喘口气。

"当我将她的小男孩放在客厅的一块地毯上的时候，回忆的冰锥搅动起我的大脑，令我的面部失控，五官都痛苦地拧到了一起。如果他当初不用皮带抽打我，不将我的脑袋按进水盆里，或者不将我一脚踹到门外，不强迫我刷碗、擦地、洗衣服。当然，也不完全是因为他，还有她，我的母亲，如果她当初不改嫁，不生下那个该死的婴儿，不每日面色阴郁地瞧着窗外……我知道她病了，她在这个婴儿每日每夜的啼哭声中病得很重，她的脑子病得很重，连自己都顾不上了，更别提我了，这个早已失宠的小宝贝。如果不是因为她抱着我的弟弟面无表情地看着继父揍我，取笑我，羞辱我，叫我蠢货、杂种、垃圾。如果不是因为她杀死了自己，在一条尼龙绳上结束了性命，她的眼球突出，耷拉着舌头，她的屎尿顺着纤细的小腿往下流，从脚尖滴在地上，她轻轻摇晃着,就像一个不会响的风铃。如果不是因为我的弟弟,我那该死的成天啼哭和尖叫的弟弟,我不会从旁边的小盒子里抓起几粒纽扣和几枚硬币,随意地丢在地毯周围。

"她烫得焦黄的卷发有一股廉价的香味,粉色的化纤内裤脱了线,她用双手捂着自己的肚皮,因为不好意思让我看到那些可怕的妊娠纹。可是我毫不在乎,我亲吻它们,试图愈合这些裂缝,这让她扭动着双腿,发出少女般害羞的笑声。我迅速地钻进她的身体,成为她的一部分,成为她的孩子,她唯一的孩子,我像刚刚分娩的婴儿一样通红而湿润,我叫她妈妈,她用痛苦而快乐的呻吟回应我。我像孩子一样任性而蛮横,又像救世主一样温柔而慷慨。她的孩子,惹她生气的孩子、令她生病的孩子、让她绝望的孩子,正在客厅的地毯上四处探索,很快他的目光就被那些彩色的小纽扣们吸引了,这类似鱼看到了鱼钩上的蚯蚓。他将一枚红色的纽扣塞进鼻孔,一吸气卡进了细小的气管。他脸色酱紫,粗短的四肢拼命挣扎,像极了一个被翻面的乌龟。

我热爱这样的画面,令我想起我的弟弟,想起他的死亡,他根本没有机会长齐牙齿,就成为了一个垂死的婴儿,可惜这一切都太晚了,如果我可以早一点下手,也许我的妈妈就不会自杀。我并不是每次都能得手,这有点类似于给猎物下套,实际上我得手的次数非常有限,可是我总爱夸大其词。当妈妈们忽然又记起了自己的身份,匆忙穿上衣服,一脸愧疚地向客厅奔去的时候,我也紧随其后,查看自己狩猎的情况。有的小孩好好地趴在那里，口水顺着嘴巴流到了地毯上，看见他们妈妈的时候，咯咯笑着在地上扑腾着。有的小孩早就移动了位置，说不定已经爬到了厨房或者厕所。当然还有的小孩压根就不愿意让我碰一下，也不愿意单独待上一会儿，他们只会不停尖叫，令我的计划全面破产，令他们的妈妈失去了被拯救的机会，这才是真正的恶魔，我替他们的妈妈感到惋惜。

"大部分时候我都会变回一个正常的人，从内到外通通正常的人，我更愿意称呼为'他'。他就像博物馆里一个人类男性的标本，就像眼前走过的这个戴眼镜的普通男人一样，甚至比他还要更正常一点，因为我发现这个男人似乎一条腿长一条腿短，走起路来有点古怪。说实话，我不太相信这个世界上有所谓正常的人，而'正常'似乎成为一种伪装，或者是一个无穷大的数字，只有人无限靠近，却始终无人能及。而他是一个不用伪装就无比正常的人，一个令人过目就忘的人，一个像机器人一样准确反应的人，一个彻头彻尾的好人，一个道德标杆，一个老实巴交的双胞胎兄弟，他承担了这一切，这令他寝食难安，他早晚会毁了我的。我脱掉裤子，扒开自己的大腿内侧就可以看见，他用刀片划出的一道道伤口，它们早已愈合，摸起来像是防止车辆过快的减速带。它们并没有起到什么减速的效果，我的本事越来越大，我越来越了解她们，这些年轻的妈妈，我把钱都用在这个上，我知道怎么打扮自己，让我看起来闻起来都更有魅力，我为自己设置了各种各样的名字和身份，我甚至为它们各自发明了一种说话的声音。我打造出一条优美而灵活的舌头，说出的每一句话都令人信服，发出的每一个声音都令她们颤抖，吐出的每一口气都像迷药一般，令她们目眩神迷。我用这条舌头撬开了一个又一个温暖的身体，更像是一把万能钥匙，我可以随时进入。为了拯救这些妈妈，我会对那些孤立无援的肉球们毫不留情，完成她们不可告人的心愿。我在这条路上疾驶，而我这位可悲的兄弟只会在我每一次得逞之后，在大腿内侧划出这些毫无作用的伤痕，我嘲笑他，激怒他，他吞下那些我准备给小孩的纽扣、硬币，他将头撞向墙壁，他的'正常'占用了他全部的大脑，损伤了他的智力。他时刻准备着和我一起同归于尽。

"这些被我成功拯救的妈妈们，无一例外地都不再和我联系，完完全全地消失了，也许她们从此以后过上了幸福的生活，就像童话故事的结尾那样。而没有成功的妈妈们，我是不会给她们第二次机会的。毕竟我的精力有限，游乐场里总是有那么多疲惫而忧伤的妈妈等待我去跟踪，去拯救。那些肉球的每一次死亡，都让我的妈妈复活一回，都让我成为一小会儿独一无二的宝贝。还有一些躺在手术台上，被开胸破肚，从死神手里抢回来的小肉球们，我不愿意想这些，这是正常人才会想的事情。昨天，我又成功释放了一个小天使的灵魂，他长得很像我的弟弟，这让我对她的妈妈格外动情。今天，我心满意足地坐在这火车的车头里，变成了一个正常人，一个对我来说越来越危险的正常人，他的思想极端，而他的身体被他的思想控制着，肌肉僵硬，像是一块礁石。他在休息的时候跑去厕所，在大腿内侧又划了一道。我从来都不会使用这些危险的工具，这是我和他最大的区别。他捂着自己的嘴巴，一方面是因为疼痛，而另一方面是因为他在哭泣，我嘲笑他的懦弱和愚蠢，而他试图通过抽打自己，我们共有的这具躯体来报复我，他怒气冲冲地从厕所出来，甚至都没有擦干净大腿上的血渍。他把火车开得歪歪扭扭，像是一条喝醉了的蛇。而这时，一个契机出现了，一个懦弱的人可以轻易抓住的契机。在一排变形金刚的玩具旁边，一个小孩正躺在路中间打滚，而他可怜的妈妈站在一旁一会儿训斥，一会儿哄骗，一会儿央求，可是这些对于那个可恶的小孩都没有任何作用。我在想，这样的契机引诱了我，让我丧失了理智，我被他利用了，直到现在我都分辨不出当时是我还是他做出的决定。火车疯狂地向那个小孩撞去，他的妈妈甚至都没有机会救下他，只是站在一旁尖叫。

"我的命运走到了尽头，我就知道他迟早会害死我的，但奇怪的是，当冰凉的手铐戴在我的手腕上时，竟然感觉到无比放松，像是一个光荣退休的老干部。警察审讯的时候，我坦诚极了，将我的故事娓娓道来，包括我的童年，当然也包括我时常变成另一个人的故事，比我写的这些还要详尽。我甚至向他们展示了我的大腿内侧，可是警察全部一脸的迷惑，像是在听什么天方夜谭。我请求他们赐我死刑，我想像妈妈那样死去，如果实在不行，给我的后脑勺来上一枪也不错，我早就习惯了冰锥刺透我的头骨在我的大脑里搅动的感觉。如果天堂里全都是小天使，那我就坚决下地狱，听说自杀的人也会下地狱，那么我就可以和我的妈妈团聚了。我的这些痴心妄想，没有一个得以实现。我被送去了精神病院，而那个被车撞死的小孩，只是暂时昏了过去，完好无缺，唯一的变化就是再也不躺在路上打滚要妈妈买东西了。我感到遗憾，我开始了被迫吃药的生活，我感觉浑身无力，目光呆滞，直到那个正常的我占领了我的全部生活为止。

"我想我会像一个正常人一样重返社会，也许我会换一个工作，我只有一个要求，就是那儿有很多年轻的单身妈妈，那些令人讨厌的小肉球们举着大脑袋走来走去。"

看到最后一句的时候，我倒吸了一口凉气，想到了很多恐怖电影惯用的结尾，我觉得这就是他想要追求的效果。说实话，我不是很喜欢这最后一段，觉得有点仓促，虎头蛇尾，我更喜欢前边的部分。整个故事是用第一人称写的，这令我总是将故事里的"我"和身边的他的样子混为一谈，特别是看到他开着火车撞向小孩的时候，我的头皮发麻，想质问躺在身旁的人，他今天是不是故意要撞向那个小孩的。我也不敢用手去摸他的大腿内侧，担心真的会摸到那些可怕的疤痕。可是他歪在我的肩膀上已经睡着了，我看着他，竟然有一种失而复得的感觉，就好像故事里的他刚从精神病院放出来一样。他的鼻息均匀，模样平静而可爱，他的胳膊搭在我的肚子上，上边有刚才被我划伤的印子,血已经干了。我亲吻着散发着腥味的伤口,他醒了过来,我忘记了要问的问题,故事里的死亡和情欲同时充斥着我的大脑,我们很快就缠绕在了一起,而我此刻就是那些悲伤的母亲,他就是那个可怜又可怕的杀手。电脑被丢在了一边,像是小猫衔来的,献给主人的肮脏老鼠。

"起个什么名字好?"

"鸠占鹊巢,怎么样。"

"很好!我喜欢这个名字。"

我觉得自己成为了他的同谋的同时,又渴望成为受害者。我不希望看见任何光亮,也不希望第二天到来,我只想在永恒的黑暗中和他分享这一切。

我的房子和我的生活一起,渐渐失去了秩序。除了沙发和床以外,地面也成为了新的床铺,我们可以随地躺下,随时睡去,睡长长的觉,直到自己醒来为止。很快整间屋子几乎无处落脚了,被褥和垃圾、电线混在一起,这有点像陈松的小汽车里的情景,我惊叹于他这么快就可以把我的家也变成那副样子,我更惊叹于自己的适应能力如此之快,甚至从中体会到了乐趣,好像终于找到了适合自己的生活方式一样。这不,我刚刚擤完鼻子的纸,就被我随手丢在了身旁,因为我压根儿懒得站起来走到垃圾桶,而我的垃圾桶也早已堆满了,时常孵化出来一些虫子到处乱飞,它们又软又小,似乎活不了两天,落在皮肤上一按,就像是一丝冰凉的水雾。垃圾的顶端如同一座小山,很难再在上边摆上一团纸而不叫它掉下来。上次我这么干的时候，整座小山都倒塌了，就像被最后一根稻草压倒的骆驼一样，垃圾撒了一地，所以我学会了适可而止。

窗帘和窗户始终紧紧地关闭着，几乎很难分辨是清晨还是傍晚，这里成为了一个与世隔绝的独立空间，我们在其中失去了时间和方向，让我想起商场火车站台的那只静止的钟表。我们只有饿极了才会出门觅食，如果恰巧是白天，就眯缝着眼睛，因为很难适应外边强烈的光线。陈松的皮肤在太阳光下白得发青，他用很久没有修剪的指甲挠了挠，干燥的皮屑纷纷落下，我很担心再挠一会儿，整张皮都会像石膏做的壳一样碎掉。我们吃得越来越简单，懒得在这上边花心思，有时候买上一大包燕麦片和几个苹果，就可以吃上好几天。吃喝拉撒都成为了麻烦事，我们甚至连刷牙、洗脸、洗澡这样的事儿都免了，直到自己再也无法忍受为止。

我织好的网每天都能获取关于安妮新的消息，而陈松从来不愿意看上一眼，他让我自己将这些消息整理成故事讲给他听，还原现场。刚开始我还尽量实事求是，我的语言匮乏，这些干涩的句子时常像是卡在嗓子眼里的鱼刺。可是当我发现在安妮失踪这件事上，他已然是一个无辜的孩子，我说什么他信什么的时候，我就再也无法满足于陈述事实了。我希望自己像上帝一样，创造一切，毁灭一切。我从他好奇的目光、点头、沉思和随后噼里啪啦奋力敲打键盘的声音中获得了很大的鼓舞，有时候我甚至觉得陈松的这篇小说是我写的，而他仅仅是一个打字员罢了。

小珍珠和我私聊说："中国餐馆的老板姓马，看起来大概三十多岁，是西北人，个子不高，头发剃得很短，可以看到有些地方有过伤疤，像狗啃的一样。他不太愿意聊自己的情况，所以我知道的也只有这些。他和几个大哈巴的当地人一起开的这家中餐馆，并且会说当地的语言。至于他为什么选择在这样荒凉惨淡的地方开餐馆，我十分好奇，我问过他，他觉得遭到了冒犯，不愿意回答我。他说警察已经来询问过了，希望我以后不要再来问问题了，搞得他是罪犯一样，这已经影响他做生意了，可是我每次去他店里根本就没有一个顾客。他说我一个女孩子，出来玩，最好注意点，少管闲事。"

实际上这个中国餐馆的老板很早就退了群，我告诉小珍珠，她可以在群里说话，不用担心中餐馆的老板看见。我将小珍珠和我说的话又复制到群里，就像撒下诱饵一样，希望得到更多关于中餐馆老板这条线索的消息。

"是的，这个餐馆的老板非常不友好，感觉他的餐馆并不是针对中国游客的。我之前去过一次,刚开始看到中餐馆挺激动的，毕竟离家这么远，早就想吃中餐了。菜单上的东西都很贵，所以我翻来翻去只点了一碗拉面，可能因为不是饭点，他竟然对我说一碗面根本没必要做。我简直惊呆了，觉得不可思议，站起来就走了，从此以后再也没有去过。说实话，我觉得他是不是脑子有点问题。"

"你已经挺幸运的了，至少没花冤枉钱。我在他的饭店点了一盘孜然羊肉，结果根本没有几片肉。我就问老板，你这是孜然羊肉吗？老板两眼一瞪说这不是孜然羊肉是什么？当时饭店里也没别的客人，还有一个像是服务员的阿拉伯男人，他走到了中餐馆老板的身后，气氛有点恐怖，好像如果我再说一句，他就会冲进厨房拿把刀把我砍死一样。我不敢再说什么了，匆匆吃完，买单走人了。身在异乡，不敢惹是生非，现在想想真是窝囊。"

"我感觉他开餐馆根本不是为了赚钱的。"

"是的，我觉得他跑到这样的地方待着，说不定就是之前在国内犯过什么事呢。"

"是呀，说不定安妮就是被他害了！"

"他之前不是说安妮去过他的餐厅，嫌他的东西贵，没有吃吗。以他的脾气，很可能和安妮发生了口角，最后一怒之下……"

"太可怕了……"

群里掀起一阵热烈的讨论，各个都像是福尔摩斯，开始编造各种安妮被中餐馆老板杀害的故事。"我觉得他跑到这样的地方待着，说不定就是之前在国内犯过什么事呢。"这句话让我陷入了沉思，因为我真的遇见过这样的人，而且不止一个。

第一个是在老挝万象的饺子馆，那天是冬至，我被一种非要吃到饺子的执念所控制，在炎炎烈日下骑着自行车跑到了一个东北人开的饺子馆里。显然在热带，有我这样执念的人很少，毕竟完全不用担心耳朵被冻掉这件事。我推开玻璃门，屋里开着空调，一个顾客也没有，店里的装修和国内任何一个东北菜馆都很相似。一个当地小伙子送过来一本厚重的菜单，里边有几种常见馅料的饺子，可惜一份看起来没几个，价格却并不便宜，旁边标注着十个，这让吃饺子从来不数数的人感觉古怪。我点了一份白菜馅的饺子，服务员打开菜单让我选择做法，是水煮饺子、蒸饺子还是煎饺子，这个问题就更奇怪了，我当然要吃的是水煮饺子。热气腾腾的饺子很快就端上来了，我要了点醋、辣椒油和大蒜，像一个吃饺子的专家，可惜还没怎么吃就吃完了。正当我意犹未尽，犹豫着要不要再点上一份的时候，一个中年男人出现了，他摇着一把折扇坐到我的对面问我："味道怎么样？"

"挺好的，挺好的。"每次吃饭店被人这样问我都是这么回答的，就算心里压根儿不是这么想的。

"自己一个人来旅游的吗？"

"是的，今天冬至，想吃点饺子。"

"吃饱了吗？"

"嗯，吃饱了。"我再次打开了口是心非模式。这位老板殊不知就是他这么一问，就少卖一份饺子。我准备赶紧找个理由离开，因为这位老板扇动着扇子，一副准备和我促膝长谈的模样。这时门被推开了，进来一个大汗淋漓的年轻人，手里拿着一大包东西,里边有豆腐丝、豆腐干之类的豆制品。老板赶忙站起来,叫服务员接过东西,他和这个年轻人寒暄了几句,年轻人就匆匆离开了。

"湖北人,在这边做豆制品的生意。"老板又坐了下来。

"哦,挺好的。"

"你是自己一个人出来旅游吗?"老板竟然又问了我一遍这个问题,好像是要重新开始我们的聊天。

"是的。"我本来想提醒他这个问题已经问过了,可是觉得这样很不礼貌,所以就放弃了。

可能是老板发现我不是什么好的聊天对象,就掏出了手机,开始翻看起来,我正准备起身离开,他将手机递到我的面前说:"看,这是我的女儿。"

"看起来像是外国人。"我接过手机看了一下。

"是我和法国老婆生的。"老板有点得意,他又翻起他的手机,递给我看,"这是我的儿子,我的中国老婆生的。"

很快,我就在他的手机里看到了各个国家的、各式各样的女人和小孩的照片。据他所说,是他多年来在世界各地的老婆和孩子,他时常和他们保持联络。我问他,他们彼此之间都知道吗?他抿着嘴巴,抬了一下眉毛,做出一个"你懂的"那种表情,可惜对于他的世界,我一点都不懂。我的脑海里一直出现播种机繁忙工作的场景,和它所发出的噪声。

"我以前在国内,可是一个大老板,做煤炭铁矿生意的,后来出了点事，就跑出来了，在很多国家待过。"他把脑袋和声音都压得很低，打开折扇，挡着左边的半张脸。我不由自主地往他的左边看去，只有刚才为我服务的本地小伙子正拿着苍蝇拍，无精打采地追杀着一只苍蝇。

"出了什么事啊？"我也小声问他，看看外边炙热的阳光，觉得在空调屋子里多待上一会儿也不错。

"还能是什么事儿，整出人命了呗。"他说完就坐直了身子，快速摇晃起他的折扇，得意的表情和刚才炫耀老婆孩子差不太多。

我一时语塞，后悔问了这个问题。他又玩起了手机，递给我看一个小婴儿的视频，他说："这是我孙子，在东北老家。"

我接过来看了一会儿，一个肥嘟嘟的小婴儿挥舞着小拳头，嘴巴吧嗒吧嗒，一直流出口水和泡泡，我说："很可爱。"就将手机又还给了他。在他还没翻出新的东西给我看的时候，我赶忙站起来说："我要走了，祝你生意兴隆。"

他说："好。"就继续看他的手机了。

我推开厚重的玻璃门，仿佛从东北一下子穿越到了热带，我摸着自己还冰凉的胳膊，觉得餐厅里发生的一切遥远而虚假。我骑上那辆快要融化的自行车，屁股被黑色的车座烫得要熟了。一种被愚弄的感觉从屁股下边一路上升，我的嘴巴散发着一股大蒜味，令人恶心想吐。我在万象刺眼的街头骑得又凶又狠。

另一个是在缅甸仰光的一个青年旅馆遇见的，这间旅馆是华人经营的，父辈从云南过来，前台附近的墙上等距挂着几张儿女穿着学士服的毕业照。他会说一点普通话，将牛奶念成牛肉。一整间宽敞通透的大房子里大概有七八十个床位、两个厕所、几个洗漱台，窗台上总是站着又黑又大的乌鸦。一个床位十三美金，每个床位上都安着一个空调，令人印象深刻，一个英国妹子翻着白眼说这简直要赶上伦敦的物价了。可惜缅甸没有几家旅馆允许外国人入住，所以对于背包客来说，几乎没有更好的选择。这间旅馆除了住着世界各地的背包客以外，还住着一个中国公司派来常住，负责调试设备的技术人员，一个趁着缅甸刚刚开放，前来投机倒把的美国人。这位美国年轻人每天穿得西装革履，黑色皮鞋擦得锃亮，喷着浓烈的香水，每天都在换项目，回来滔滔不绝地讲给其他背包客听。还有另一个中国小伙子，不知道来缅甸干吗的，既不是背包客，也不像是来工作的。他看起来二十多岁，嬉皮笑脸的，头发剃得很短，可以看见一些伤疤，伤疤上不长头发，用小珍珠的话是像狗啃了一样。我的第一印象就觉得他长得像个杀人犯，就是那种通缉令上时常出现的面孔，总之看起来不是什么好人。

可是他很快就用热情好客、慷慨大方改变了我对他的第一印象，每天晚上他都买好一大堆零食饮料，放在桌子上，叫上我和那个常住的中国人一起吃喝聊天。他热情的样子令人难以拒绝，仿佛如果我不答应的话我就不是中国人，他几乎是一边请求，一边威胁，一边将我拉到桌子前边的。他有令人敞开心扉的魔力，他很爱笑，有点疯狂，什么问题都敢直接问，简单而粗暴，连那个沉默寡言的中国技术人员都聊到了自己远在家乡的老婆孩子，还有一个人在仰光工作的寂寞和无聊。我一边啃着鹿肉干，一边喝着芬达汽水，听两个中国男人聊天。

"你一个人出来旅游吗？"问题忽然抛到了我的身上。

"是啊。"

"你是哪里人，听口音像是北方人。"小伙子打开了一包油炸花生米，撒在桌子上。

"对呀，我是山东人。"

"我是四川人。"他将一粒花生扔到天上，再用嘴巴接住。

"你来做什么的？"技术人员问他。

"我来跑路的。"他抬着眼睛看了看我，又看了看那个技术人员，仿佛想要确定我们是不是被他吓到了。

"我在老家和人打群架捅死人了，家人想办法把我弄了出来，还给了我一笔钱。"他继续说着，嘴角还带着笑意，仿佛说的是别人的事情。

我嘴里还有一截鹿肉干没来得及咀嚼，就停了下来，而那位技术人员的一条腿越抖越快。小伙子得意地看着我俩，眼白泛着光亮，他前后摇晃着板凳，蹭得地面嘎吱嘎吱响。随后他仰起脑袋哈哈大笑起来，他说："看你们吓得，我是开玩笑的啦。"

夜里蚊子一直在耳边嗡嗡作响，房间里有人在打呼噜，有人在磨牙，像是开在黑夜里的集市一样热闹。我一直警觉地盯着我那被空调的风时不时吹动的帘子，生怕忽然被拉开，露出那张杀人犯的脸。我知道他没有在开玩笑，我几乎可以百分之百确定这一点。

很快我就将这两个人和大哈巴的中餐馆的老板融为了一体，就像是将他们三个揉成一个面团一样，他们成为一个崭新的人，一个我压根儿就没见过的人，我是这么讲给陈松听的：

6月18日上午，安妮出门之前和她妈妈吵了一架。她妈妈问她什么时候回国，她说不知道，她妈妈就来气了，说她这么大年纪也不结婚生小孩，简直是不务正业。安妮挂了电话，拎着随身用的小包就气呼呼地出门了。她在街上溜达，拐进了一家中餐馆，由于她来的时候已经错过了饭点，饭店里一个人也没有，只有一个本地伙计正拿着苍蝇拍在打苍蝇。安妮坐在板凳上，抽了一张纸巾在油腻的桌面上擦了擦，老板出来看见了，觉得安妮嫌弃他的桌子不干净，就没好气地将菜单丢在安妮面前。

安妮从头到尾翻看了一遍说："老板，你们家的东西也太贵了吧。"

"没钱就不要吃啊！"老板气得一把夺过菜单，扔到了一边。架着膀子站在安妮面前，一副凶神恶煞的样子。说实话他的样子有点可怕，个子不高，头发剃得很短，头皮上有很多疤痕，像是狗啃的一样，大概四五十岁，毛孔粗大，长着一张杀人犯的脸，至少是一张屠夫的脸。

"神经病。"安妮小声嘟囔着,站起来准备走人。

"你骂谁神经病?"老板堵住了安妮的路,几乎要贴到她脸前了。

"你想干吗?"安妮闻见老板身上一股油腻的味道,一阵恶心。

"你说我想干吗?"老板的目光偏执而疯狂,当地伙计也走到了老板身后,有点狗仗人势的模样。

"你有毛病吧!"安妮感觉有点害怕,就推了老板一把,想要赶紧离开。

安妮这么一推,暴躁的老板彻底被激怒了。他反手锁上了大门,然后继续向前逼近安妮,一把将她推倒在地上。他抓着安妮的脑袋撞向地面说:"你才有毛病,别以为老子好惹,老子以前在国内就杀过人,要不然干吗要来这个鬼地方!"老板每说一句,就将安妮的脑袋撞向地面一次,就像是使用一个逗号。很快安妮就神情恍惚,鼻孔和嘴角都流出血,四肢渐渐松弛,一命呜呼了。而老板和他的伙计迅速将安妮的尸体藏了起来,打扫了一下现场。在深夜悄悄地开车来到沙漠深处,将安妮的尸体埋起来了。就算是在沙漠中失踪的人,都很难找回尸体,更别说是被专门埋起来了。

讲完之后我的情绪久久不能平息,就像是自己化身为中餐馆那位暴躁的老板,刚刚杀掉一个人一样。我的右手还紧紧地抓着一个抱枕,刚才就是用它来比画的,我曾将它一次次砸向地面。陈松并没有问什么问题,他也从来没有对我讲的故事表示质疑,他的十个手指头像是撒下的豆子一样在键盘上跳跃起来,就像担心这个故事溜走了,就像要趁热喝下一碗汤。我仰面躺在地上,伸展着四肢,被这个故事耗尽了体力,小腹荡漾着一种奇特的满足感,安逸而宁静,我幻想着安妮的尸体在炙热的沙子下方渐渐失去水分,颧骨凸出,眼窝深陷,进入永恒。这份满足并不能持续太久,很快陈松就像嗷嗷待哺的婴儿一样,向我索要新的故事。他的十根手指并不能在空气中悬浮太久,像是十只骚动的蛇头,嘶嘶向前探索着。它们不是在抚摸我的身体——这部发臭的生产故事的肮脏机器,就是在抚摸他的键盘——同样肮脏而油腻,上边的字母几乎都看不见了。而寻找安妮的群里,又出现了新的线索。

小珍珠说:"我结识了一个新的小伙伴,他虽然没有见过安妮,但是也对这件事情投入了极大的热情。我们两个一起走访各个店铺,这也让我觉得更加安全了。我已经将他拉进了群里。"

一个叫作"爱吃土豆"的人被加入了群里,很多人发出欢迎撒花的小图标。

爱吃土豆打字有点奇怪,不喜欢标点,一大段话打出来偶尔只有几个空格而已:"大家好叫我土豆就行 今天我和小珍珠走访了几家店铺发现了新的线索 我们走进了一个穆斯林餐馆发现老板娘竟然会说中文是一个马来西亚的华裔嫁给了当地男人 她说她认识安妮而且相当熟悉 安妮离开七天堂之后租的房子就

是她介绍的 新旅馆的名字叫作 Circle of Life 是本地人经营的老板是一个中年男人 安妮在那里先定了一个月的住宿 我们之前已经走访过这个旅馆老板态度很差完全不配合不希望我们影响他做生意 可是这位马来西亚华裔说安妮和这家店老板相处得很不好特别是最近发生了很大的矛盾 主要是因为桶装水的原因这边人都是喝桶装的纯净水可是本地人买一个价格外地人买另一个价格 所以安妮就委托房东老板帮他买这样房东虽然加点钱但是仍然比安妮自己买要便宜一些简直是双赢的局面 直到有一天安妮发现老板给她的桶装水是自己拿桶直接接的自来水她非常生气和老板吵了一架于是安妮请求这位马来西亚华裔再帮她介绍一个好的住处。"

看完这条消息我感觉自己差点憋死,句子像是在大下坡滑行,越看越快,有时候甚至还没看清楚上一句的意思,眼睛就已经滑到下一句了。我正准备喘口气,再重新看一遍,土豆就又发出了新的消息,我由此判断,他一定是一个说话语速很快的人。

"马来西亚华裔老板娘还告诉了我们一件事安妮在一个意大利餐厅打工了十天可是老板只给了她五天的工资 安妮一气之下就不干了之后去意大利餐馆要过几次钱可是老板都以各种理由拒绝了她 就因为这件事安妮说自己几乎要对大哈巴绝望了 不过她很快又在网上找了新的工作据说是一个国际公益组织的项目保护海洋生物清理垃圾什么的。"

小珍珠补充了一下:"意大利餐厅我们也去看过了,老板是当地人,老板娘是意大利人,他们的混血儿子也在店里帮忙,当我们问安妮的消息的时候,老板的态度同样恶劣,几乎是将我们推出去的。据马来西亚华裔说,这个意大利女人曾经遭到过这位老板的家暴,还上了当地报纸,她觉得这个老板根本配不上这个意大利女人,用咱们的话就是一朵鲜花插在了牛粪上。"

"我感觉这个意大利餐厅的老板十分可疑,首先他有家暴的习惯,说明这个人性格暴躁而且有暴力倾向,其次,他欠了安妮的工钱,安妮反复去要,很容易发生冲突,说不定这个老板一怒之下就害死了安妮呢。我觉得应该将重点放在调查这个意大利餐厅老板身上。"

"可是安妮租住地方的房东也很可疑啊,因为纯净水他们发生了争吵,谁知道会发生什么事。说不定安妮失踪那天压根儿还没走出这个旅馆就遇害了。"

"小珍珠和土豆一定要注意安全。我觉得警察应该早就调查过他们了,只是还没有找到证据罢了。这么小的一个地方,罪犯肯定就在这几个嫌疑人之中,千万不要轻举妄动。"

"感觉埃及的警察不值得信赖,说不定他们早就知道了真相,只是不愿意曝光罢了。因为埃及这些年由于局势不稳定,恐怖事件频繁,旅游业惨淡,当局不希望再出现任何游客出事的新闻,这样只会让他们的旅游业更差。所以他们很可能将这个案子无限期拖延下去,让所有人都觉得安妮只是失踪了。"

"旅游业确实很差。那天我在尼罗河边,被十几个船夫争抢着坐船荡舟,实际上一条三桅帆船只需要二十元人民币,可即使这样,也没人坐,因为岸边压根就没什么游客。有一个拉客的船夫甚至掏出了他几个孩子的照片给我看,告诉我现在旅游业太差了,他们养孩子太难了。"

"我现在还在大哈巴。昨天听一个英国妹子说她前几天在灯塔的地方差点被人强暴,被路人及时救下的。之前还有一个日本女人被她的房东暴打,还抢了钱,在警察局报案却不予理睬。最近大哈巴入室抢劫案频繁发生。听说北西奈打得很厉害,很多人都往南西奈跑,贩卖毒品枪支,大哈巴只是表面看起来平静罢了。"

"这么恐怖。"

"看来我们在埃及玩还是不能放松警惕啊,各位注意安全,平安回家。"

大家热烈地讨论了起来,我还在寻思小珍珠和土豆带来的两条新的线索,我不知道如何编造一个故事让安妮同时死在两个地方。或者说安妮在一个地方死去,很快就又复活了,接着又在第二个地方死去。我决定放弃这些基本的逻辑和常识,反正之前安妮已经在中餐馆死过一次了。我觉得陈松也不需要这些,这让我变得胆大妄为的同时,又愚蠢而野蛮。我弹飞了一团已经被我揉搓得快没水分的鼻屎,它黏在了墙上,像是一只苍蝇,我决定开始讲新的故事:

大哈巴是一个表面平静而实际上非常危险的地方，很多游客在这儿丧了命。而安妮恰巧就是其中一个不幸的游客，她在一天之内就丧了两次命。

那天是 6 月 18 日，她出门之前刚和妈妈在电话里吵了一架，她带上随身的小包，气呼呼地出了门。她听见走廊尽头的公用厨房有水声，就想着是不是有人忘了关水管。她走了过去，碰见了房东，一个中年的阿拉伯大叔，挺着大肚子，一副贪得无厌的模样，老花镜挂在眼睛的下方，每次低头数钞票的时候都会皱起眉头，仿佛这样可以多数出来几张。他正鬼鬼祟祟地在往几个空桶里灌水，看见安妮过来，就赶忙起身，将插在水管上的皮管丢在旁边的大盆里，盆里的水很快就满了，流了一地。安妮前几天才和他吵过架。因为大哈巴的自来水又咸又苦，所以大家都是喝桶装的纯净水，可是买一桶水外地人和本地人完全是两个价格，所以安妮就委托房东帮她买水，这样房东即使加上几块钱，也比安妮自己去买要便宜，这就叫作双赢的局面，大家都开心。可是没几天安妮就发现，房东送来的桶装水味道和自来水差不多，原来是房东用空桶自己灌的。安妮气个半死，上去质问房东，可是房东死活不承认，这让安妮恨不得立刻搬走，换一个住处，就不用再见到这个贪婪的胖子。可是这次，恰巧让安妮逮个正着。

安妮正好刚才和妈妈吵了一架，心里堵得慌，就走上前去质问房东："你在干吗？"

房东也没好气地说:"不关你事!"

安妮说:"我要告诉所有的住户,你用自来水假冒桶装水。"

房东一把揪住安妮的胳膊,关上了厨房的门说:"你敢说,我今天就不让你走出这个房间。"

安妮扭动着胳膊,想从房东手上挣脱,一边大叫:"救……"

还没等安妮喊出第一个字,房东就将安妮摔倒在地上,将她的脑袋按进水盆里。刚开始,安妮使劲扑腾着,挥舞着四肢,将房东的胳膊都抓流血了,可是没一会儿就不再动了。房东的眼镜上挂满了水珠,他将安妮的尸体藏了起来,等待着夜晚埋进沙漠深处。

安妮整理了一下自己凌乱的头发和衣服,又用两只手胡乱抹掉了脸上的水。她的膝盖磕青了,走起来一瘸一拐,她的嘴唇紧紧地抿着,忍受着疼痛。安妮今天的心情糟透了,决定去之前打工的那家意大利餐厅讨要自己该得的那份薪水。自从刚才被房东淹死一次之后,就拥有了一种豁出去的情绪。她大摇大摆地走进那家意大利餐厅,那个埃及意大利混血小男孩热情地跑了过来,叫着:"安妮,安妮!"安妮推开那个小孩,径直走向厨房,推门进去,厨房笨重的不锈钢铁门在她身后又关上了。老板正举着铲子,将铲子上的比萨丢进烤炉,厨房的温度很高,老板卷曲的头发都湿掉了紧紧地贴着脑门。还没等安妮说话,老板就大声吼叫着:"滚出去!"

安妮也不甘示弱,说:"你今天不给我钱,我就不走了。"

老板又向烤箱里丢进去一个比萨大声说:"我已经给过你工钱了,你为什么没完没了!"

安妮说:"我干了十天,你只给了我五天的薪水!"

老板决定不理安妮了,继续往炉子送比萨。

安妮继续说:"真不要脸。"

老板挥起手中的铲子,就向安妮的脑袋拍去,就像他无数次想对他老婆做的那样,就像他无数次想对无理取闹的顾客做的那样。安妮几乎还没来得及反应,就像突然被抽去了骨头一样,瘫倒在地上。老板将安妮藏在了大冰柜里,准备等到夜里,将安妮埋在沙漠深处。她早已被冻硬的身体在同样寒冷的沙漠里保持了一夜,直到第二天太阳出来才渐渐融化,变软,可是很快就由于失去水分而再次变得坚硬无比。

陈松像之前一样,什么也没问,甚至没有问我为什么安妮一天死了两次,他很快就将一片空白的电脑屏幕塞满了黑色的字体,像是飞舞盘旋的乌鸦遮住了天空。我在旁边看着他快速打字的手指,后悔自己说得太快了,没有充分发挥我的想象力,好让故事变得更加残忍可怕。我感觉筋疲力竭,又仰面躺倒在地上,为了让故事变得合理耗费了我太多的精力,我决定下次放弃这样的念头,因为它令我没有丝毫自由,像是一头鼻孔被拴在柱子上的公牛。

小珍珠自从认识了这位马来西亚华裔老板娘,就像在堤坝上打开了一个缺口,安妮的各种消息如同水一样倾泻下来。

· 寻找安妮

"安妮总是觉得很多阿拉伯男人看她的时候不怀好意,仿佛用眼睛就可以强暴她。马来西亚华裔老板娘听她这样讲,就提醒她穿得太暴露了,应该注意一点。可是安妮说自己的警戒心很强,之后也并没有改变过着装的风格。她曾经对这位老板娘讲过自己的潜水教练好像对她有意思,经常单独约她出来玩,可是她有点担心,所以都拒绝了。我们之后去走访过这位潜水教练,他倒是非常热情,有问必答,还和我们互相留了联系方式,希望自己也可以帮上忙。一点也不像之前走访的那些暴躁易怒的店主,感觉他倒真不像是坏人。"小珍珠说。

"人不可貌相,这很难讲,说不定就是他干的呢,很多有名的杀人犯都长得温文尔雅,看起来也彬彬有礼呢。"

"这位马来西亚老板娘还说了安妮也有可能是被沙漠里的贝都因人掠走了这可就难办了。"爱吃土豆说。

"如果是被恐怖分子抓去当俘虏,一般很快就会公布啊,要赎金什么的。"

"贝都因人也不一定都是恐怖分子的,只有极个别,大部分人都只是沙漠里的居民罢了,你们不要瞎说。"

"也可能是被抓去当性奴了,如果这样可就惨了。我听本地人说,西奈半岛的人口贩卖交易十分猖獗。"

"有没有人想过,安妮会不会是游泳或者潜水的时候溺亡了?"

"如果游泳的时候溺亡,应该很快就能发现尸体吧。潜水的话会租设备，如果没有回来也会很快被发现的吧。"

"会不会爬西奈山坠亡了？"

"这种可能性更小，一般去西奈山都是报的团，自己无论如何也不会走着去吧，无论跟团还是租车，人没了都会被发现的。"

"会不会游泳的时候被鲨鱼吃掉了？"

"会不会在沙漠里走失渴死了？"

"会不会去当地人家做客被杀害了？"

"会不会被经常和她在一起玩的那几个欧美男背包客合伙杀掉了？"

"会不会就是这个马来西亚华裔老板娘把她杀掉了？"

杀戮的幻想笼罩着这个群，而安妮永远是女主角和无辜的受害者。人们像是趴在安妮尸体上的苍蝇，奋力产下邪恶的卵，孵化出那些白色的扭动着的蛆虫。

这些信息我几乎没来得及消化，就一下子全都吐给了陈松，他拥有一把钥匙，或者说他本人就是那把释放我身体里的恶魔的钥匙。陈松的头发越来越长，指甲缝里塞满了污垢，由于缺乏维生素，手指上长满了倒刺，他时常用牙齿撕咬这些倒刺，留下一个一个的红色的伤疤。我是闭着眼睛讲的，我的眼前一片黑暗，我几乎不假思索，这些句子就像唾沫一样从我的口腔分泌出来：

6月18日对于安妮来说是一个可怕的日子，也是一个异常忙碌的日子。因为她的亡灵会填满夜空，而她的尸体会遍布沙漠与红海。她在出门之前刚和妈妈在电话里吵了一架,她真想对她妈妈说自己永远都不回家了。可是一出门这个愿望就实现了,她先是遇见了她的潜水教练,他将安妮骗到一个没人的房间,先是强暴了安妮又杀害了她。为了让自己不受良心的谴责,他将安妮视为引诱他犯错的恶魔,原因是竟然衣着如此暴露。而在安妮被潜水教练杀害的同时,又在红海里潜水,氧气耗尽了也没有上来。她被西奈半岛的恐怖分子囚禁的同时,又在布满珊瑚和海胆的海水中游泳溺亡,也可能是被鲨鱼撕咬致死的,整片海域都被染红了,而她破碎的尸体成了一块块白色的浮岛,上边甚至站着一只海鸟。不合群的安妮却结识了那么多坏人,以至于她这小小的死亡很难平分。那几个不怀好意的欧美背包客,穿着松松垮垮的背心,皮肤被晒成粉色的年轻小伙子们,他们在安妮的身上扎上海胆,还有本地人,安妮所认识的每一个本地人,还有那位话多的马来西亚华裔老板娘,他们统统参与了安妮的死亡,很难说谁可以分得更多一点。还有小珍珠、爱吃土豆,还有群里那么多拥有奇怪网名的网友们,他们也很难逃脱干系,他们集体将安妮推下西奈山,在上帝的眼皮底下,将安妮的骨头摔个粉碎。他们在正午将安妮放在炙热的沙漠中央,当她每次走对方向的时候,都将她扭向反的方向,直到安妮喝干了自己的尿液,由于高温和脱水而意识模糊,出现幻觉,蝎子和响尾蛇在安妮身旁留下交错的踪迹。他们在这样的时刻阻止天空下雨,阻止牵着骆驼的贝都因人路过安妮,他们掐灭安妮的每一丝希望，让她死得透透的，直到沙漠的每一个小沙包下都是安妮的尸体为止。没人愿意放她一条生路，当然还有我们，我们俩，整件事情的始作俑者，在这肮脏肥沃的地面上生根发芽，结出可怕的果子。安妮更像是一只被我追杀的小鹿，四处乱撞，难以逃脱，在6月18日这一天反复死去，无论是她如何跪在地上请求，我都无动于衷。有时候我觉得，安妮失踪的根本原因就是被困在我的故事里了。

我说得很快，陈松打得也很快，几乎是一百根手指在同时敲击着键盘，发出很大的声音，像是暴雨落在铁皮屋顶。陈松打出最后一个字的时候尖叫了一声，捂着自己的手指，倒在地上，我知道他的手抽筋了。可是我已经顾不得那么多了。我的眼睛盯着什么东西看，可是并没有看见任何东西，而我自己也变成了一个空荡荡的容器，脆弱而纯洁，我像一颗吐净了沙泥的蛤，安妮的死亡净化了我。

等我们都回过神，陈松的手指爬向我，我冲它们吹气，我亲吻它们，安慰它们。这些神奇的手指，这些可怕的刽子手们，它们爬上我的脸，爬上我的耳朵，他的食指在我右边的耳朵上停了下来，反复摸着耳洞旁边那根突出的小肉柱。我躲闪着，可是他的手指更用力地按着它，像是在按下什么按钮，又用嘴唇亲吻它，用舌头舔它。这根小肉柱俗称拴马桩，会给人带来好运和富贵，我的妈妈经常强调这一点，仿佛这是她的功劳。可惜这个拴马桩在整个童年时期都只给我带来没完没了的耻辱，总有一些贱兮兮的脏手,想要揪掉它。我突然想起了一个细节,我在海边看到安妮的脚上扎了海胆的那天,在她扭身离开的时候,我在她的耳朵上也发现了一个"拴马桩",我觉得安妮和我产生了某种神秘的联系,我们的相似之处竟然如此之多。我甚至觉得安妮替代了我,或者我替代了安妮。总之,我希望自己能够从头开始,不是简单地从母亲的阴道分娩出来那种从头开始,而是让整个人类的历史都退回钻木取火的时代,退回到地球还不叫作地球、陆地和海洋还没有被命名的时代,有时候这样也无法满足我的这个念头,我希望这种从头开始比宇宙大爆炸还要早,是一种我们完全无法靠智力幻想出来的开始。

自从有了这样的念头,我就再也无法忍受这间房子了,我渴望更广阔的空间。我讨厌塑料,讨厌金属,讨厌水泥,讨厌乳胶漆,讨厌这些化纤衣服、棉被,讨厌冰箱、电脑、手机,我讨厌电,讨厌网络,讨厌天然气,讨厌自来水,讨厌货币,我讨厌一切便利,讨厌一切文明。这所有的一切都将我架在半中央,无法靠近最初,无法从头开始,我变得如此极端、如此迫切、如此坚定。我开始没日没夜地看各种野外生存的节目,我学习如何寻找淡水,如何生火,如何建造住处,如何辨认植物、采集果子,如何打猎、补充蛋白质。我几乎将所有的野外生存节目都看了个遍,《荒野求生》《单挑荒野》《荒野新生》《原始小哥》《原始拓荒客》《现代鲁宾孙》……我才知道原来世界上有这么多人和我有着相似的想法,并且很多人早已付诸实际了。

《原始拓荒客》里的寇伯特年轻的时候是个会计，曾经有着体面的工作和漂亮的大房子，当然也有需要常常修剪的草坪和昂贵的房屋贷款。他辞去了工作，卖掉了房子，在佐治亚州的沼泽丛林里已经生活了二十多年，靠捕猎和卖兽皮为生。他穿着自己用野猪皮制作的外套，戴着浣熊毛皮制作的帽子，在镜头前陷入沉思，回忆这二十年来的隐居生活，一脸真诚地说着自己获得了真正的自由。这句话打动了我，仅仅是"真正的自由"这五个字就令我兴奋不已。我反复念叨着，在嘴里细细咀嚼，仿佛舌头上的每一个细胞都可以品尝到自由的味道。

　　而陈松除了写小说以外，也和我一起看，我们像是在为什么新生活做准备。他穿着我的粉色睡裙，样子有点可笑。我们躺着，一动不动，就相信自己已经掌握了全部的技能，我们甚至认为这些东西是隐藏在大脑深处的原始记忆，是一种最基础的本能，只是我们根本没有机会来启动它们罢了。当有一天看到贝尔讲在中美洲的丛林里，一个在野外露营的人，手伸在床外，早上感觉到胳膊很麻，醒来的时候发现整条胳膊都被蛇吞下去了，当他将自己的胳膊从蛇的肚子里抽出来的时候，发现五个手指已经被蛇的胃液融化掉了。这个故事令我们夜不能寐、兴奋不已。那只失去五根手指、皮肉模糊、如同正在融化的冰激凌一样的粉色手掌，像一座灯塔一般，引导着我俩开始新的生活，令我们最终从地上爬起来，开始行动。

　　陈松将快要结尾的小说打印出来，和一些空白的纸钉在了一起,他说:"我只需要再带上一支笔就可以了。"

    他为了表达自己的决心,将笔记本电脑举过头顶,然后摔到地上,他的电脑并不像想象中一样被摔个稀巴烂,仅仅是发出一声沉重的闷响。这让他有点失望,接着他又找到那个屏幕早就碎了的手机,向天花板丢去,手机先是撞在天花板上,又砸在了地上。我决定加入这个游戏,我可以摔的东西那可太多了。我先是跑到厨房,摔了电饭锅,摔了烤箱,摔了电磁炉,然后就是锅碗瓢勺,接着我又跑到了卧室,推倒台灯,我转了一圈,发现卧室里可以摔的东西并不是特别多,我看着床上的床单、枕头、被子,真希望放一把火,让它们化为灰烬,可是我并没有那么干。陈松也兴奋极了,目光狂热,我们一同推倒了冰箱,砸碎了电视机,我们由于使了很大的劲而大口喘着粗气,脑门上湿漉漉的。我的脚也被扎破了,在地板上踩出鲜红的脚印,可是我根本顾不得那么多,破坏东西可真令人痛快。我看到了书架上的书,忽然想起来高考结束之后的传统项目。我打开电风扇,它颤悠悠地旋转起来,由于太久没用,发出嘎吱嘎吱的声音。扬起的灰尘迷住了我的眼睛,我眨巴着眼睛,翻动着眼球,用手背擦着眼泪,将电风扇开到最大,它在头顶上嗡嗡作响,像是十万只愤怒的蜜蜂,又像是一架不可靠的直升机,随时都会削掉我们的脑袋。我将这些书打开、撕碎,将书页丢向电风扇,它们被搅烂,被叶片打飞,像巨大的雪片一样纷纷落下,在地面盘旋。陈松紧紧地握着自己刚刚打印的小说,担心我一时激动,将它们也毁了。很快整间房屋变得雪白，我关掉了电风扇，屋子里恢复了宁静。一切垃圾都被掩埋在纸片的下边，地面并不平整，有的地方高高凸起，像是一座白色的坟冢，我尽量不这么想，我鼓励自己将它想象成神圣的雪山。

我拎起我的背包，在遍地的垃圾里翻出来一个不锈钢小奶锅，将它放进背包里。陈松又找到了一把水果刀，一个打火机，我将打火机扔到一边，钻木取火才更适合我们，而且我对这项技能充满了信心。一人只能拿上一个最有用的工具，这是我们在《赤裸与恐惧》这档节目上学到的。我和陈松到达目的地之后，也会像这档节目里的人一样，一男一女，脱个精光，带上两样工具，展开在荒野中的新生活。而我们会比节目中的男女更聪明、更快活、更自由、更健壮，当然也更加真实。我关上家门之前，摸了摸口袋，将钥匙和最后几枚钢镚丢进了屋里。

我背上背包，它显得有点得意，晃晃荡荡，刀和锅刮出刺耳的声音，还硌痛了我的后背，我知道这才是一次真正的旅行，令我之前所有的旅行都黯然失色。我不会再回到这里，我告别了一切，物质、家人、文明，这些一直束缚我的东西，我跟着这个男人，恶魔一般的男人，前往我们的伊甸园，从此以后销声匿迹。而且，我并不是因为喝醉了或者是疯了才这么干的。

陈松的车已经很久没开了，发动了老半天才颤颤巍巍地向前挪动起来。我们一路上大声放着那些来自地狱的音乐，比打开空调还要阴森凉爽。在汽车散架之前，在汽油耗尽之时，终于到达了黑松林的边缘，可是这里距离礁石海滩还有很长一段路。我们就像《赤裸与恐惧》节目中的男女一样，脱光了衣服和鞋子，将它们丢在地上，我们互相打量着，微笑着，只有夏日的热风包裹起我们的身体。我再也不感觉害羞，再也不试图用手遮盖我下垂的乳房和褶皱的腹部。陈松一只手拎着背包，另一只手牵着我向松林深处走去。我们的后背在松林的阴影中泛着青白色的光泽，又在树林的间隙接住了太阳的射线，像是黑色木炭上忽明忽暗的火星和灰烬。

我们有点兴奋，像是要赶去海边参加什么节日一样，经常忍不住就笑出了声。我说："我们两个的执行力真强，说干就干！"

陈松说："执行力这个词和这儿真是格格不入，我觉得咱们应该使用更自然的语言。"

"你是说我们自己发明一套语言吗？"

"这个主意不错，我们有的是时间。"

"只有我们两个能听懂的语言吗？"

"乌鸦能听得懂，喜鹊能听得懂，松鼠能听得懂，就连兔子都能听得懂。"陈松列举了我们刚才看到的一些动物。

我的眼睛和手都有点忙不过来，我捡起松球，又将它们丢掉。如果不是我的脚底板在家被划破了，走起路来很痛，我想我会更自在，更快活，甚至可以像那只兔子一样奔跑跳跃起来。我希望我的双脚可以很快磨出厚厚的茧子，等到了目的地，我还可以练习编织草鞋。

这片松林比我们想象的要大很多，陈松越走越慢，脚步越来越犹豫，最后停了下来说："不知道我们走得对不对。"

"夏季刮南风，海在北面，风朝哪儿刮，我们就朝哪儿走。"虽然我现在这么说，说得铿锵有力，但实际上我之前压根儿就没有想到过这个问题，就是一个劲儿地向前走，好像前方就是大海一样。我也停了下来，决定认真感受一下风。

陈松四处张望着，似乎想要通过太阳来辨别方向。他说："贝尔在节目里教过用手表来辨别方向，可惜我们没有手表。"他找到一片太阳可以照到的空地，蹲了下来，在土里插上一根树枝，又在影子的顶端放上一块石头，他接着说："等过一会儿，影子移动了，再摆上一颗石头，然后将这两颗石头连成一条线，再在这条线上画上一条与之垂直的直线，这条直线一头指着……"陈松正说得来劲，像是一个老师一样，一会儿在地上画来画去，一会儿抬头看我的反应，可是他忽然发现自己忘了最为关键的结论。这令他有点恼火，两只手掌按着太阳穴，仰面思考了一会儿，还是没想起来，他将树枝拔出来扔掉，掐着腰原地打转。

这时候我的刘海被风吹动了起来，虽然非常短暂，但我还是感觉到了方向，我指着左边说："风刮向那边。"

我们继续往前走，说实话走得犹犹豫豫，我身体上的每一个细胞都成了风向标，可惜它们并不总是统一意见。我有时候觉得要向左边走，有时候觉得要向右边走，最可怕的是，有时候我竟然感觉应该向后走，我们几乎一句话也没有说。天越来越暗了，我们甚至还没来得及用太阳落到西边这个人尽皆知的常识，就再也找不到太阳了，它好像突然之间消失了，连个招呼也没有打。

陈松再次停了下来说："咱们今天先准备露营过夜吧，明天再继续走。"

我觉得他说得很对，夜里辨别方向，我们就更不擅长了。我们要做的事情还有很多，生火、搭住处、寻找食物、寻找淡水，我已经一下午没有喝水了，而且还走了这么多路，觉得自己此刻可以喝下一个池塘的水。可是我有点搞不清这四件事的顺序，好像每一件都如此重要和紧急。我说："咱们现在要生火，还要搭住处、找食物、找水喝。你觉得应该先做什么？"

"你负责生火，我负责搭住处，一天不吃不喝也不会死掉，我感觉现在找淡水和食物有点困难。"

听他这么一说，我有点失望，可是钻木取火这件事召唤着我。我在电视里已经看了无数次了，那些野外生存专家们在手中搓动着树枝，木头底座渐渐冒起白烟，他们赶忙将底座上的火星倒在火绒上，双手捧起火绒，用嘴轻轻地吹着，目光迷醉，仿佛不是在吹气，而是吸入了最为强劲的毒品一般。很快白烟越冒越多，一团火焰就这样诞生了。每次看到这里，我都跃跃欲试，手心直痒痒，我也渴望自己可以眯起眼睛，目光迷离地吹气。我开始寻找一根完美的树枝，和一块完美的底座，可惜树林里除了松树，并没有什么像样的木头。我决定先找火绒，我在地上搜集了一些干草，将它们揉成一团，像一个鸟窝。接着我向陈松借来水果刀，努力将一根细树枝修理得又直又圆，又将一根粗树枝截出一段，两边削平，最后挖上一个小坑。准备这些花费了我很多时间，天几乎就要黑透了。而陈松发现在松林里临时搭个住处非常困难，特别是只有一把水果刀的情况下。他决定和我一起生火，他四处寻找干枯的树枝，在一旁搭成一个火堆，在这样的夜晚，也许篝火才是唯一的安慰，说不定我们还能在星空下烤一只鸡吃，一只兔子也不错。我这么想着，有了更大的动力。

　　我用两只脚固定着木头底座，双手来回搓动着小树枝，小树枝的一头在底座的小坑里旋转。我的手掌磨得又热又痛，两个小臂又酸又僵硬，可是老半天不但一点火星没有看见，就连一丝烟味都没有嗅到。紧接着换上了陈松的两只大手，我相信它们常年在键盘上疾速挥舞，生火也一定在行。陈松的鼻孔喘着粗气，仿佛他的肺部正在燃烧，他手中的小树枝越转越快，我在旁边加油鼓劲，直到陈松一不小心折断了树枝，也没有磨出半点火星。我们反复交替着尝试了很多次，就像是接力赛跑，这耗费了大量体力，并且令人心情沮丧，有时候我觉得我的手掌都要冒烟了，可这两块冷酷的木头仍然无动于衷。我后悔扔掉了打火机，我恨透了钻木取火。我们仰面躺倒在地上，地上的小碎石和松针让我的后背又扎又痒。我心里抱怨着，陈松连个床铺都没有搭好，可是我口干舌燥，筋疲力尽，一句话也懒得再说。

　　我觉得自己赤裸的身体仿佛从地面升起的青山，很多昆虫开始爬上来探索，有的在头发里穿梭，有的翻越了乳房，还有的径直从我的指尖跑到了肩膀。我不断在身上挠来挠去，驱赶这些不受欢迎的游客。消息在夜晚传播得很快，整片松林的蚊子都闻讯而来，分享着这两块鲜美的蛋糕。它们按捺不住喜悦的心情，嗡嗡叫着，我感觉有成千上万根细小而尖锐的吸管插进我的皮肤，尽情畅饮。我像牛一样会突然晃动脑袋，赶走那些狂妄自大，站在鼻尖上，眼皮上的蚊子，如果我能像牛一样长出来一条又长又柔软的尾巴该有多好。陈松在旁边翻来覆去，我想说一些好听的话来安慰他，比如现在至少是夏天，没有像节目里的一些人被冻得瑟瑟发抖，至少没有下雨，让我们躺在水里。可是这些糟糕的情景仅仅是想了一下就令我更加疲惫和沮丧。天上有一些闪烁的星星，就像我所渴望的火星，我多么希望可以掉下来一颗，掉在我准备好的火绒里，为我们生起篝火。如果它恰巧掉在了别的地方，点燃了整片松林，让这里成为火海，我也觉得比现在要强，我从未像此刻一样渴望过火，渴望过光亮。

　　陈松整晚就说了一句话："今天晚上没有月亮。"

　　他的声音在这空旷的松林中听起来有点奇怪，里边不掺杂一丝情感。既没有恐惧，也没有期盼，没有口渴也没有饥饿，就像是一个毫不相干的局外人在陈述一个事实，平静得令人害怕，这种害怕就像是一个小说中的人物第一次发现自己仅仅是一个小说中虚构的人物，而她冷酷无情的上帝说"今天晚上没有月亮"，她抬头看看就真的没有了月亮。我想起了他上次给我看过的小说，想起了他的结尾，想起了他第一次带我到海边对我说的话，想起了他对于写作的看法。我的身体紧绷，竖起耳朵，每次松球砸在地上都把我吓个半死，我知道陈松可以随时干掉我，就像在小说中干掉一个人那么容易。他会挖个坑把我埋在这儿，然后用腐烂的树叶和厚厚的松针覆盖在上边，根本就不会有人发现。我会像安妮一样失踪的，蛆虫会在我腐烂的眼窝中扭动，会因为吃掉我的大脑而异常肥硕，从我的鼻孔、嘴巴、耳朵眼里纷纷爬出来。而且不知道要过多久，才会有人在网上发布我失踪的消息，这条消息可能是妞妞发的，我甚至连消息的内容都想好了。可是如果这一切都是虚假的，那我又有什么好害怕的呢，我觉得自己的思维已经混乱不堪了。陈松翻过身子，在黑暗中摸索了一会儿儿，握住了我的手，他将头拱过来，顶着我的肩膀，我所有的恐惧就像这些谨慎的昆虫一样，顿时四处逃窜，消失不见了。

我迷迷糊糊地坠入梦乡，才发现月亮去哪儿了——它躲在我梦中的角落，并不是圆形的，呈现出幽暗的红褐色，焦黄的云在它的周围聚拢，又散开。松林沙沙作响，声音从四周荡漾过来，我知道那不仅仅是松林发出的声音，而是海浪。细碎的红色海浪，像是洪水一般在松林中急速前进，从四周将我们包围，浪花舔舐着我的小腿、我的头顶。我被这些浪花托起，它们软软的，散发着潮湿的腥味，用我听不懂的语言在窃窃私语。我在松林里迷路了，这不要紧，大海最终找到了我。

当我睁开双眼的时候，看到白茫茫的一片。开始以为是眼睛被糊住了，用手背揉了揉，仍然没起到任何作用。我的脑袋歪向左边，看到松树的根部长着几棵湿漉漉的蘑菇，我又将脑袋歪向右边，看到陈松沾满枯草和树叶的后背。我站起来，浑身酸痛，空气潮湿而冰凉，让我连打了一串喷嚏。透明的鼻涕流了出来，我只好用手接着，蹭到了松树粗糙的树皮上，这让我有点狼狈。陈松也站了起来，看到了这一切，我的鼻尖上还挂着一串晶莹剔透的鼻涕。

"这是平流雾。"陈松在空气中伸开手掌，又收起来，仿佛抓到了一块白色的雾气。

"不知道什么时候可以散去。"我四处看了看，感觉我们被困在一团白色的云雾中，更难辨识方向了。

这座滨海小城经常出现这样的天气现象，很多摄影爱好者会专门等待这样的时刻，拍摄从海面飘来的雾气，让整座城市淹没其中，只有高楼从雾气中伸出脑袋，他们称之为仙境。可惜我们今天没有欣赏仙境的心情，我此刻只想喝水、吃东西、生一堆火取暖，搭一个屋子，我想陈松也一样，他四处打量了一番，蹲下来盯着那些蘑菇。他摘下来一个，仔细瞧了瞧，放在鼻子前闻了闻，又扔掉了，他说："可惜了，我对蘑菇一窍不通。"

我学着电视里贝尔的口气说："如果你不是一个菌类专家，

就一定不要轻易尝试蘑菇。"

"你看,这些雾气是在流动的。"

"我觉得是从海面刮过来的。"

"那我们朝着它刮来的方向走,就可以走到海边了。"

说实话,我不太明白为什么昨天还在说夏季刮南风,今天就忽然变成北风了,可是我们总不能原地不动吧,仅仅是没水喝这一条,就会要了我们的小命。总要有点行动的,如果我们走反了,说不定还可以回到昨天出发的地方。如果现在给我一个机会重新选择,我很可能不会这么干,即使这么干了,我也至少会穿上衣服,带上足够的矿泉水,还有一个打火机。我恨透了那个叫作《赤裸与恐惧》的电视节目。

"帐篷、睡袋、头灯、牛肉干、面包、方便面、驱蚊水、薯片、太阳帽、手机、吊床、巧克力、可乐、橙汁……"我脱水的大脑反复滚动着这些词汇,我多么希望我的背包像以前那样鼓鼓的,可是现在里边只有一把水果刀和一个该死的小奶锅。

我们不知道走了多久,也不知道走了多远,眼前仍是毫无变化的松林和弥漫的雾气,就像一直在原地踏步一样,令人泄气。我之前被扎烂的右脚脚底又红又肿,伤口里流出黄色的脓液,每走一步就痛一下,我尽量将重心放在左脚上,这让我走起来一瘸一拐,影响了我们前进的速度。陈松说他实在是渴得不行了,他决定像贝尔一样喝掉自己的尿,他对着小奶锅尿了起来,并没有尿太久,他举起小奶锅,连闻都没闻,就一饮而尽了。

"味道怎么样？"

"又苦又咸，我觉得你也可以试试。"

我躲到了一棵松树后边，觉得自己狼狈极了，又蠢又丑。现在我连不穿衣服这件事都已经无法接受了，更别提在陈松面前撒尿。可是当我把这又黄又骚、热乎乎的尿液端到面前的时候，情绪一下子就崩溃了，不知道为什么仅仅两天的时间，我就已经沦落到需要喝自己的尿了。我将它倒在了一旁，还害怕溅到自己的小腿上，我的胸脯剧烈抖动着，号啕大哭浪费了我更多的水分。

"要不我们休息休息吧，等雾散了再走。"陈松不知道怎么安慰我，他向前走一步，我就向后退一步，我甚至不愿意低下头，看到他那丑陋的下体。

"离我远一点。"陈松又向前走了一步，试图抓住我的肩膀，我感觉头晕恶心，皮肤发烫，特别是我的两只耳朵，像是两团火苗。

我先是背对着陈松，靠着一棵树站着，姿势一点都不舒服，后背硌得很痛，右脚也很难受。还没一会儿儿，就觉得疲惫不堪，不知道自己干吗要摆出这样奇怪的姿态，也不知道自己到底在期待陈松做什么。我躺倒在地上，闭上眼睛，偶尔眯起眼睛偷看一下他。陈松靠着一棵松树坐在地上，掏出他的小说，唰唰写了起来，他时不时地抬头看看我，面无表情，那副样子不像是在写小说，而是在画一幅素描。

不知道什么时候我昏睡了过去。在梦里陈松舔干我的眼泪，他捧着我的脸，拼命吮吸我的眼睛，他的力气很大，很快我的身体就像是一包被吸干的酸奶一样皱皱巴巴。我梦见我们终于到达了海边，就是第一次陈松和我接吻的地方。天气很好，一丝风都没有，整片大海安静极了，我踩在尖锐的礁石上，脚被划得血淋淋的。我趴在礁石上拼命喝着清澈的海水，又苦又咸，我捉了一些小螃蟹，嘎吱嘎吱地咀嚼着，还用石头砸开了一些牡蛎，一口吞掉它们肥美的肉。我在荡漾的水波中看到了一条鱼，于是一下子跳进海里，海水可真是冰凉，我全身绷紧，在水里睁开眼睛，可是那条鱼不见了，无数水草如同陆地上的密林。当我再回头，发现海面离我很远，怎么游都到达不了，我感觉窒息，拼命挣扎，最后再也憋不住了，冰凉的海水进入了我的气管，我的肺部。

"做噩梦了吗？"陈松使劲摇晃着我的胳膊。

我睁开眼睛，可是什么都看不见，又一个漆黑的夜晚。我感觉冷极了，嘴巴苦涩，牙齿打战，全身上下抑制不住地抖动着。陈松在我旁边躺下来，将我抱在怀里，和我分享他的体温。我感觉有无数的细菌从脚底溃烂的伤口进入了我的身体，占领了我的大脑，杀害了我的细胞，令我再次昏睡了过去。

陈松不见了，我的身上盖满了腐烂的树叶和厚厚的松针，我的身体发烫，几乎要将它们点燃。我从这天然的厚被子里爬出来，脚底发出一股恶臭，就像是从墓穴里爬出来的僵尸。

我使劲叫了两声:"陈松!陈松!"可是声音微弱得像是蚊子在哼哼。

我感到困惑,从旁边的背包里摸索出陈松的小说读了起来。

第一页是一张空白页,右下角只打了几个小小的字"黑浪著",这部小说还没有它的名字,第二页在正中央有四个字:献给露露,第三页小说就正式开始了。这次他没有用第一人称,而是用了陈松这个名字,而他——黑浪,这个作者则成为了一个上帝,这让我读起来有点古怪。

"陈松总是有一些危险的念头,可是从未执行,哪怕他将所有的细节都幻想过一遍。他杀死过他的父亲、他的母亲、他的老师还有那些愚蠢的朋友。有时候陈松默不作声地站在他人旁边,幻想着他的死亡,幻想自己如何一点一点要了他的命。陈松的身体微微地前后摇摆,重心都落到了脚尖,所有的念头和愤怒也落在脚尖,即将一跃而起,就像狩猎的狮子就要扑向它的猎物,狠狠地咬着那柔软的脖子。身旁的人总会警觉起来问陈松:你怎么了,不舒服吗?他们会稍稍退后,一脸的关切。而这时陈松总是装作自己的颈椎不太舒服,所以左右摇摇脑袋。多少次了,就差那么一丁点,他就要梦想成真。

"我一定要杀掉一个人。陈松说这句话的时候过于凶狠,以至于咬到了自己腮帮子内侧的一块肉,很快鲜血就填满了牙缝,让镜子里的他看起来倒像是刚吃过一个人。

"陈松很快就找到了一个更好的办法,让这些危险的念头有了用武之地。他在故事中杀人，他用键盘杀人，他已经杀掉了不少，手段残忍，就连女人和小孩都不放过。他成为了一个恐怖小说作家，还出了两本书。可是陈松渐渐厌倦了这种闭门造车、完全靠杀戮的冲动所写出的幻想小说，他将它们视为垃圾。在一篇作家访谈中讲到写作是需要体验生活的，生活本身永远比小说更荒诞，更残酷，更可怕，陈松如获至宝，开始为新的小说体验生活，甚至不惜做些手脚。就在这时，他认识了一个叫作露露的女人，一个志同道合的人。"

接下来就是陈松到商场里当火车司机，还没多久我就出场了。陈松事无巨细地描写了我们的相遇和我们之间发生的所有事情。就像昨天他靠在松树上一边看我一边写所带来的那种感觉，如果说这是一部小说，不如说是一幅素描、一个纪录片。可是看着看着，我就渐渐感觉哪里不太对，陈松描写我——露露的心理活动，竟然和我当时想的一模一样，可是我压根儿就没有告诉过他。

我迅速向前翻看，把纸张翻得哗哗作响，比如这一段："陈松此刻坐在车头里一动不动，身子向后仰着，双手抱在胸前，黑色的墨镜让别人猜不出他的年龄，也看不见他的双眼，不知道是在东张西望，还是闭目养神。可是露露总觉得陈松在盯着看自己，这让她全身都不自在。露露将两条小腿并紧，挺直了腰板，尽量吸紧肥胖的小腹，两只手不知道放在哪儿，一会儿塞进口袋，一会儿又将扎马尾的皮筋解下来，捋了捋头发，重新将它们扎了起来。露露将脑袋扭向一边,假装看着高处的什么东西,很早以前她唯一谈过的一个男朋友说过她的侧面比正面要好看很多。露露的双脚不安地来回敲打着地面,暴露了她的心思。"再比如我的梦境,前天晚上的梦境、昨天晚上的梦境,我敢保证我根本就没有告诉过陈松,可是他都可以丝毫不差地写出来。

"露露感到毛骨悚然,身体忽冷忽热,小说上的字体忽大忽小,有时候扭曲,有时候变的异常明亮,有的时候整段整段都模糊不清,无论她怎么揉眼睛,也无法辨识上边的每一个字。它们在离她远去,露露的心脏也在离她远去,在遥远的地方剧烈跳动着,而松树上的每一个松球都变成了小小的心脏,它们以不同的速度剧烈收缩,露露的耳朵在耳朵以外冲她鸣叫。"

这本小说没完没了,每次我有了新的举动和新的感受都会跃然纸上,我知道结局,无论我如何挣扎,如何求饶都没有用,陈松的恐怖小说的结局——露露必死无疑,他有一百种方式可以折磨我,杀掉我。可是这并不是真正令我恐惧的东西,陈松真正的残忍之处是竟然让我知道了自己是一个虚构的人。

我的意识越来越模糊,一切都在加速离我远去。

"露露,露露。"

"快把她抬上担架。"

"小心一点,你看看她的脚,感染得很厉害。"

"可能还有点脱水,你刚才说你们几天没喝水了?"

"今天第三天了。"

"病人体温很高，需要输液。"

我闻见一股消毒水的味道，看到白色的褂子在我半睁的眼前晃动，我虚弱得说不出一句话。陈松不知道什么时候已经穿上了衣服，他在一旁手忙脚乱地帮助医生和护士，回答着他们的问题。我对他轻轻摆了摆手，他将脑袋靠了过来。

"安妮没有死。"我说出的话变成了一团气，连自己都没有听见。

"不用担心，好好休息。"陈松抚摸着我的小臂。

我闭上眼睛，看见安妮从海水里冒出来，从沙漠里走出来，从西奈山走下来，从旅馆里走出来，从餐馆里走出来……完好无损地走在大哈巴的街道上。安妮背着她的大包，穿着吊带背心和牛仔短裤，皮肤晒得黝黑，一头脏辫，脖子上挂着两串手工项链，一脸灿烂的笑容，眉毛杂乱，牙齿洁白。

后　记

2011年，我和小刀带着一只猫搬到了海边。

在沙滩上站久了，双脚就会陷进去，很难拔出来，这幅景象提醒了我们要保持移动。于是2013年到2014年，我们用了差不多一年的时间，走过了东南亚，走过了缅甸、印度、斯里兰卡，从约旦坐船穿越红海来到了埃及的西奈半岛，之后又穿越苏伊士运河到达了非洲大陆。我们陆路过境埃塞俄比亚和肯尼亚，穿越赤道，从春天到达秋天。

在旅途中，最常干的事情就是无所事事地看着窗外。破旧的大巴时常在土路上颠簸二十多个小时，窗外后退的人群、树木、荒漠、河流、星辰……都在催生着故事，人物疯长。在路上，我用手机写了很多短篇小说，大多黑暗而压抑，和旅行毫无关系。"每次抵达一个新城市，旅人都会再度发现一段自己不知道的过去：你不复存在的故我或者你已经失去主权的东西，这变异的感觉埋伏在无主的异地守候你。"我第一次真正感受到卡尔维诺这段话的含义。

我们在西贡重温《情人》和《现代启示录》，在毛淡棉看奥威尔的《缅甸岁月》，在印度看奈保尔的印度三部曲，在卢克索看《尼罗河上的惨案》，在亚历山大读卡瓦菲的诗歌，在肯尼亚看布里克森的《走出非洲》，这样的体验，甚至比单纯地荡舟尼罗河，参观金字塔、泰姬陵这样的旅游项目更令人难忘。我的背包里是一个电饭锅和一些餐具调料，而小刀的背包里是衣服、电脑，就这么一点点生活用品，就足够支撑起我们简单而充实的生活。在路上，我们遇见了疯子、乞丐、骗子、罪犯，还有形形色色的旅人，不停地相遇和告别，接触到了更多不可思议的价值观和生活方式。

我写这些并不是要怂恿各位出门，长途旅行如同一个缩小版的人生，充满了更加强烈的焦虑和虚无，毫无意义可言。它也不是一剂特效药，无法真正地解决你人生中的困惑和问题。

而这本书里有四个故事，写于 2015 年到 2017 年，我待在家里一动不动，却写的都是和旅行相关的故事。如果无法移动双脚，不如"把你的视线转向内心，你将发现你心中有一千处地区未曾发现。那么去旅行，成为家庭宇宙志的地理专家"，这是梭罗在瓦尔登湖边想出来的，他还这么写道："我希望世界上的人，越不相同越好；但是我愿意每一个人都能谨慎地找出并坚持他自己的合适方式，而不要采用他父亲的，或母亲的，或邻居的方式。"

这也是我对各位读者的美好祝愿。